Nathalie Sarraute

Martereau

Gallimard

Rien en moi qui puisse la mettre sur ses gardes, éveiller tant soit peu sa méfiance. Pas un signe en moi, pas le plus léger frémissement quand elle frétille imperceptiblement et dit sur un ton ironique, en plaçant entre guillemets « gens importants », « grands manitous » : Nous étions obligés de recevoir des tas de « gens importants ». <u>Nous</u> étions reçus chez des tas de « grands manitous ». J'observe scrupuleusement les règles du jeu. Je me tiens dans la position voulue. Je la regarde sans broncher même dans ces moments où l'on a un peu honte, un peu chaud, et où l'on détourne les yeux malgré soi pour qu'ils ne s'aperçoivent pas qu'on voit ; même dans ces moments-là je la regarde bien droit d'un regard innocent et approbateur.

Aussi avec moi <u>elle</u> peut s'en donner à cœur joie. <u>Ils</u> peuvent tous s'en donner à cœur joie avec moi. Je n'oppose jamais la moindre résistance. C'est cela sans doute, cette étrange passivité, cette docilité que je ne suis encore jamais parvenu à bien m'expliquer qui les excite, qui leur fait irrésistiblement sécréter à mon contact une substance

7

pareille au liquide que projettent certains animaux pour aveugler leur proie... « Des tas de gens " importants ", de grands " manitous ". Un tel... vous le connaissez ? Vous en avez sûrement entendu parler. J'ai dîné avec lui l'autre jour... il m'a raconté... »

Il est amusant de voir cet air qu'ils ont tout au début, quand ils ne savent pas encore très bien à quoi s'en tenir, cet air d'appréhension prudente. Comme ils tournent autour de vous avec précaution, comme ils flairent. Mon excès même d'effacement doit éveiller parfois au début leur méfiance. Et puis ils s'enhardissent, encore un peu inquiets, pas tout à fait sûrs d'eux. Je ne sais jamais si c'est quelque chose en eux qui les gêne ou si c'est moi qui leur fais honte sans le vouloir, en dépit de tous mes efforts, mais il me semble qu'ils ont envie aussi de détourner les yeux tandis qu'ils me présentent cela de l'air le plus négligent, le plus naturel possible : « C'est X... qui m'a raconté ça. Vous ne le connaissez pas ? C'est un grand ami, il est tout à fait charmant. Il a beaucoup vieilli ces derniers temps. La mort de sa femme l'a beaucoup éprouvé, mais vous savez, il est encore éblouissant dans ses bons moments, et si simple... » Je n'ai pas encore réussi non plus à bien m'expliquer cette jouissance pénible, un peu écœurante, que j'éprouve quand je les sens qui s'enhardissent peu à peu, essaient de me bousculer à petits coups légers et m'observent du coin de l'œil, amusés, tandis que je m'efforce de me maintenir sur mes deux pieds dans une pose décente et réponds sur un ton où je mêle en les dosant le plus exactement que je peux le détachement et l'admiration...

8

« Non, je ne le connais pas. Mais j'imagine... j'ai entendu dire, en effet, qu'il était tout à fait exquis... » Oui, avec moi ils jouent à coup sûr.

Elle, une fois surmontée cette gêne à peine perceptible, ce sursaut léger de pudeur qu'elle a, même avec moi, pour commencer, elle peut s'ébattre à son aise... « De gros manitous... Toutes sortes de gens importants... La situation de mon mari... Vous n'avez pas connu votre oncle en ce temps-là. Nous ne vivions pas comme des ours, comme nous vivons maintenant. Nous sortions presque chaque soir. Nous recevions beaucoup...» Comme le danseur bien entraîné d'un corps de ballet sur une certaine note fait un bond de côté et se place à la distance voulue tandis que s'avance au milieu de la scène la danseuse étoile, il me semble que je me déplace aussitôt légèrement, je me mets un peu à l'écart et m'immobilise, penché légèrement en avant; elle rougit, elle rosit plutôt, à peine, elle ne toussote pas, mais c'est tout juste, elle doit se retenir : « J'avais réussi à grouper autour de moi quelques amis... Le Brix, vous savez, le peintre... » J'opine de la tête, l'air pénétré... « Nous étions très liés en ce temps-là; il n'était encore apprécié que d'un petit cercle. Il l'a un peu oublié, mais j'ai beaucoup fait dans ce temps-là pour le lancer... Ducret... elle frétille doucement... Vous savez, le grand collectionneur, je les avais invités à dîner chez moi, j'avais presque forcé Ducret à lui acheter une toile. Maintenant quand il nous arrive de nous rencontrer, il me rappelle ça, nous en rions : vous vous souvenez comme je m'étais fait tirer l'oreille pour acheter cette toile de Le Brix ? C'est qu'il faut vous dire... »

il me semble qu'elle tremble très légèrement, excitée par sa propre audace... « c'est qu'il faut vous dire... dans ce temps-là, dans un certain milieu... comme on dit : dans une certaine " élite " »... elle baisse les yeux, mais les relève aussitôt courageusement : « on comptait un peu avec mon opinion. On disait de moi — on me l'a rapporté — vous savez, cette petite bonne femme avec ses airs évaporés... » elle roucoule en roulant les r et traîne sur chaque syllabe... é... va... po... rrés... « eh bien cette petite bonne femme avec son air de ne pas y toucher, elle fait en ce moment la pluie et le beau temps. Votre oncle en était très fier. Il ne s'est jamais beaucoup intéressé à toutes ces choses-là... toujours pris par ses affaires, mais au fond il était très fier de moi... ». Pour un peu elle se tortillerait avec cet air minaudeur et faussement innocent que prennent certaines fillettes précoces qui font l'enfant... « A ses yeux, partout où nous allions j'étais toujours la mieux... » Elle glisse vers moi un regard mutin et se penche vers mon oreille : « Et entre nous, pour dire la vérité, je crois que ça ne lui est jamais tout à fait passé... je lui dis souvent qu'il est un vieux fou... Il disait que j'étais sa mascotte... Il fallait que je sois la plus chic... Parfois je me rebiffais, je lui disais : mais tu sais j'en ai assez de te servir de panneau-réclame. Mais j'adorais m'habiller... Paquin... Patou... Poiret... Ah! Si vous aviez connu Poiret... Quel homme exquis! Il disait que j'avais manqué ma vocation, que j'aurais pu faire fortune. C'est vrai que je m'amusais parfois à m'habiller avec rien. Il roulait ses gros yeux, il disait — car il avait un coup d'œil! rien ne lui échappait — il disait : Mais où diable a-t-elle encore trouvé moyen de dégotter ça? Je me souviens d'une robe... » elle plisse les paupières et avance les lèvres amoureusement : « Oh! trois fois rien, un simple sarrau de toile à rayures violettes et vertes. Mais qui l'avait emballé! Je lui avais répondu — et vous savez c'était vrai — Mais... je l'ai coupé dans un vieux rideau... Ça l'avait enchanté. » Elle se sent en confiance maintenant, très à l'aise, elle pose la main sur mon bras : « Mais voyez-vous, malgré tout ça, je n'aimais pas beaucoup Paris. Non, j'y venais surtout au printemps... Y a-t-il quelque chose de plus beau que Paris au printemps avec tous les marronniers en fleurs? Et puis, je voulais voir les collections, courir à toutes les expositions. Mais l'hiver, ah! l'hiver je préférais la Côte d'Azur. Et puis les voyages... Oh! ça, les voyages... Mon mari voyageait beaucoup dans ce temps-là, pour ses affaires. Il me télégraphiait de venir le rejoindre à Constantinople, à Rome, au Caire... J'emportais deux ou trois robes. Je savais qu'il allait me traîner à toutes les réceptions. Mais au retour, je lui demandais toujours ce que j'appelais " ma petite prime "... Nous faisions escale à Naples ou bien nous quittions l'Orient-Express à Venise. Il rechignait un peu. Il me disait : " Ma petite fille, tu me fais faire des folies. " Forcément, pour lui, pour un homme occupé comme lui, chaque jour perdu comptait. Mais je tenais bon. Ah! l'Italie... Venise... ça, pour moi c'était le paradis... Nous descendions au Danieli... Quand on va à Venise, il faut descendre au Danieli. Cette vue qu'on a des fenêtres... San Giorgio... La Lagune... »

Elle peut être tranquille, c'est là en moi, tout prêt, préparé depuis longtemps. Quelques traits jetés négligemment, quelques hachures rapides, grossières, et l'image surgit d'elle-même comme dans ces albums d'enfants où il suffit de couvrir au crayon une feuille de papier blanc pour faire apparaître un dessin... Venise... Le grand Canal. Les vieux palais tout éclairés... les lanternes roses se balançant aux proues argentées des gondoles... les hommes en habit, les femmes en robe du soir prenant le frais accoudés aux balcons... derrière eux les hauts plafonds, les lambris dorés, les lustres en verre filé, les grands bahuts sculptés, les coffres en argent, les tableaux, les tapis d'Orient, la terrasse de marbre rose où l'Arétin s'était accoudé, d'où s'était penché Tintoret... et sur ce fond, comme les princesses de Carpaccio, elle, la princesse lointaine, la dame à la licorne, la petite fée... sa « main gantée avec art » effleure le poing tendu du gondolier, elle saute sur les marches d'un pied léger, elle avance de son pas dansant, mystérieuse, exotique, détachée, « frêle parmi les nœuds énormes de rubans », vers le hall ruisselant de lumière, « un singe en veste de brocart », « un négrillon écarlate » la suivent, la précèdent, le vieux concierge sur son passage se lève et la salue, le groom de l'ascenseur touche sa casquette, elle est un vase précieux, une statuette de Tanagra, une potiche fragile à laquelle chacun au passage donne son coup de ciseau, de pinceau, pour parachever sa forme exquise, elle reçoit de chacun, elle le sent, tandis qu'elle passe devant lui et répond à son salut, cette aisance joyeuse, cette liberté, cette justesse, cette souplesse de mouvements, cet air de gentillesse délicate — rêveur, mélancolique, un peu distant; elle glisse dans un univers moelleux, ouaté, parfumé, aux rouages bien huilés, aux bruits estompés comme le cliquetis soyeux de la grille de l'ascenseur que le groom écarte devant elle d'un geste discret, comme le tiède ronronnement de l'eau bleutée dans la vaste baignoire d'albâtre... la femme de chambre attrape au vol son chapeau au voile flottant qu'elle lui jette d'un geste las, elle fait glisser pensivement ses longs gants de « ses doigts fluets aux larges bagues », lady Hamilton, la belle Ferronnière, la dame aux Camélias...

Mais il se passe quelque chose. Quelque chose est en train de changer. Elle plisse les paupières et fixe un point au loin d'un air nostalgique, elle soupire... « Eh oui, c'était beau tout ça... J'étais jeune... C'était le bon temps... » Mais je sens que le cœur n'y est plus. Elle pense à autre chose. Elle répète mécaniquement : « Eh oui, c'était le bon temps. Oui, j'aimais bien tout ça... » On dirait qu'elle rompt son élan, qu'elle ralentit insensiblement... « Oui... Tout ça c'était très joli... Mais voyez-vous... » elle me regarde gravement : il me semble qu'elle se ramasse sur elle-même, se décide : « Voyez-vous, un beau jour je me suis rendu compte que ce n'était pas tout, que la vie ce n'était pas ça. Et alors je n'ai pas hésité un instant... » son mouvement me fait penser à ce coup de reins, d'épaules adroit grâce auquel les skieurs bien exercés exécutent leurs slaloms... elle tourne... elle vire... « pas une seconde, vous m'entendez, pour envoyer tout ça promener »... Elle a senti quelque chose, c'est certain... elle s'est méfiée... elle m'observe... elle n'a pas cessé de m'épier par en dessous tandis qu'elle avait l'air de gazouiller innocemment, de s'ébrouer avec insouciance, quand je me croyais si bien en sécurité, fermé, gardé de toutes parts — mais on ne peut jamais, malgré toutes les précautions, les efforts, réussir à les tromper — elle s'est aperçue tout à coup, elle a aperçu quelque chose, une vibration, moins qu'un souffle, un mouvement dans le pli de mes lèvres, dans mon regard un vacillement, elle a compris : ce n'est pas ce qu'il faut, il y a eu maldonne, elle s'est trompée comme lorsqu'elle étend la main dans son placard et décroche par erreur au lieu d'une robe de « petit dîner » une robe du soir, ce n'est pas du tout ce qui convient. Elle s'était laissée aller étourdiment, elle n'y avait plus songé, et brusquement cela lui est revenu : ce qu'elle sait, ce qu'elle a surpris en moi, amassé, collectionné peu à peu, ou bien ce qui lui est apparu d'un seul coup dans un moment de lucidité, grâce à une de ces illuminations, de ces divinations subites comme il s'en produit : un rien parfois, une intonation, un mot dit au hasard leur suffit, ou moins encore que cela, des indices visibles à eux seuls les instruisent; quelque chose m'a échappé à quoi je n'ai pas pris garde, quelque chose d'indéfinissable dans ma démarche ou dans la coupe de mes vêtements, peut-être un jour où elle m'a vu qui flânais le long des quais, dans les rues, me croyant si loin d'eux, délivré d'eux un instant, m'abandonnant à moi-même, insouciant, détendu (ce malaise, quand elle me dit avec son petit rire pointu : « hn, hn, vous savez, je vous ai vu, j'étais dans l'autobus »); ou bien cette fois où je l'ai aperçue qui trottait, affairée, sur le trottoir opposé, furetant, fixant d'un œil de chien à l'affût les objets dans les vitrines des magasins et où elle a pu me voir, elle aussi, — rien ne lui échappe, elle voit tout — où elle a pu capter quelque chose sur mon visage tandis que j'étais assis à la terrasse d'un café en train de me prélasser au soleil; ou encore — c'est ce qui me fait le plus peur — quelqu'un a déposé cela en elle, glissé cela en elle insidieusement (juste un mot, un sourire quand on parlait de moi) et tout ce qui flottait en elle, en suspens, s'est cristallisé autour de cela — je n'en sais rien, ni elle non plus probablement, mais en tout cas elle a senti, j'en suis certain, que c'est autre chose dont il convient de me régaler : qu'à cela ne tienne, elle ne s'embarrasse pas pour si peu, elle possède plus d'une corde à son arc, un riche répertoire... « Oui, je me suis réveillée un beau matin — c'est le matin, au réveil, qu'on voit ces choses-là clairement — je me suis assise sur mon lit et je me suis dit : " Ma pauvre fille, mais qu'est-ce que tu fais là? Mais qu'est-ce que tu es en train de faire de ta vie? Un oiseau dans une cage dorée, voilà ce qu'on a fait de toi. Un objet de luxe. " Vous comprenez, c'était très joli tout ça, de dévorer des bibliothèques entières, de réunir des gens, d'aider les autres à se lancer, mais je savais que je valais mieux que ça, je voulais faire quelque chose par moi-même, travailler, vivre ma vie, comme on disait. Alors voilà — vous savez, j'ai une tête folle — un beau jour, j'ai pris mes cliques et mes claques, enfin c'est une façon de parler, ça se réduisait à bien peu de choses, je n'ai voulu emporter que le strict nécessaire, je n'ai pas emporté un bijou : juste mes bijoux de jeune fille et ceux de ma mère, c'est tout, et un petit camée que votre oncle m'avait donné, j'y tenais beaucoup... et je suis partie. Les gens n'en revenaient pas. Mon père était fou furieux. Mais mon mari a été très chic. Il est toujours très bien dans les grandes occasions. Je lui dis quelquefois : " C'est bien dommage que les grandes occasions ne se produisent pas souvent, parce que là, tu es parfait. " Il est venu me voir. Il n'arrivait pas à me prendre au sérieux au début, mais après, quand il s'est rendu compte, il a tout fait pour me faire revenir; il était prêt à toutes les concessions... il a proposé de me donner de l'argent pour fonder une revue d'art, ouvrir une galerie de tableaux, une maison d'édition, de couture... tout ce que je voulais... mais à ce moment-là j'ai tenu bon. Vous comprenez, il me semblait que j'avais vécu dans une sorte de léthargie. J'ai senti tout à coup que je n'avais pas encore vraiment vécu, je voulais me jeter dans la vie à corps perdu, lutter, souffrir pour de bon... » elle hésite une seconde... « aimer... J'étais une enfant quand je me suis mariée. C'est l'inconvénient de marier les filles si jeunes. Pensez donc : j'avais dix-sept ans! J'étais flattée qu'un monsieur si bien, respecté de tous — mon père l'estimait beaucoup — un homme instruit, intelligent, s'intéresse à une gamine comme moi. Mes parents étaient si heureux quand il a demandé ma main... Ils étaient déjà âgés, ils se demandaient ce que je deviendrais sans eux... Moi je ne me mettais pas martel en tête. J'étais toute fière, je me sentais devenue du jour au lendemain quelqu'un de très important. Vous ne savez pas ce

que c'est, ce sentiment pour une jeune fille...
Votre oncle était à mes pieds, naturellement, il
faisait mes quatre volontés... C'était un beau
rêve... Et puis un jour je me suis réveillée... »
J'acquiesce avec sympathie, je suis touché malgré
tout, vaguement flatté, on l'est toujours un peu
dans ces cas-là : elles le savent et jouent à coup
sûr... menue monnaie qu'elles distribuent généreusement au pédicure chinois accroupi à leurs
pieds, à leur coiffeur, à leur masseur; conscientes
de la valeur du don gracieux qu'elles font; se
conservant intactes, distantes, glacées, Madame
Récamier souriant au petit ramoneur, grandes
dames ouvrant leur cœur généreusement à quelque
petit-bourgeois éperdu — qu'elles trouvent si «gentil », si « sympathique », qui mérite vraiment d'être
encouragé — avec cet air de sincérité, de modestie exquise, de parfaite simplicité, de complète
égalité, « qui n'est qu'à elles, on a beau dire »,
racontera plus tard à ses amis admiratifs et attendris celui qu'elles ont ainsi voulu gratifier, « vraiment, cette grâce, cette simplicité, elles sont seules
à en avoir conservé le secret. » Il accepte, il
recueille — ravi, vaguement gêné comme moi,
un peu surpris, mais flatté, même parfois avec une
sorte de petit sourire intérieur infatué — il est
bien décidé à conserver pieusement ces reliques
qu'elles lui font l'honneur (« il est si différent des
autres, n'est-il pas vrai, si compréhensif, si fin »),
ces dépôts précieux qu'elles lui font l'honneur de
remettre entre ses mains. Mais un rien suffit parfois, un peu trop de zèle à supprimer les distances,
à effacer chez lui un reste de timidité, d'humilité,
une raideur gauche qui les gêne, où elles craignent

17

d'apercevoir une réserve un peu hostile, une résistance... elles vont peut-être un peu trop vite, un peu trop loin, et soudain, au cœur du sentiment exquis d'intimité, d'amitié naissante, de rapprochement inespéré, quelque chose se lève en lui, un petit souffle glacé, un doute qu'il ose à peine formuler — comment croire à tant de cynisme chez elles, à tant de froideur hypocrite, à un sentiment si outré des hiérarchies — quelque chose se lève à quoi il ne donnera jamais complètement droit de cité ou seulement beaucoup plus tard, une de ces demi-haines de l'espèce la plus dangereuse, de ces rancunes honteuses, larvées, presque impossibles à assouvir.

Mais entre elle et moi, ce n'est pas cela. Pas cela du tout, bien sûr. Cela a juste glissé en moi, un écho, un reflet, moins qu'une réminiscence, un vague rappel de quelque chose que je n'avais peut-être pas moi-même éprouvé, mais vu, mais lu quelque part, entrevu, frôlé, flairé je ne sais trop où ni quand. C'était plutôt, pendant qu'elle parlait, comme la pointe avancée d'une terre lointaine, un promontoire qui m'était apparu tout à coup à la faveur d'une brève éclaircie, je l'ai juste aperçu un instant et il s'est effacé, a disparu.

Non, entre elle et moi, ce n'est pas cela. Ou si peu. Il ne peut pas y avoir chez elle à mon égard un pareil sentiment de condescendance. Elle ne cherche pas à me gratifier, ou à peine. Son but principal — car il y en a toujours plusieurs, on s'étonnerait de voir, si l'on consentait à regarder de plus près, comme ils se pressent, bien plus nombreux qu'on ne pourrait jamais l'imaginer,

devant les mots en apparence les plus insignifiants — son but, conscient ou non, doit être ailleurs... « Oui, un beau jour je me suis réveillée...
Ah! je vous garantis que ça n'a pas été tout seul.
J'ai connu des moments durs. Les amis chez qui
je vivais étaient aussi pauvres que moi à ce
moment-là, on a tiré le diable par la queue. Nous
habitions dans un atelier rue de la Grande-
Chaumière, ça me changeait du grand confort :
on y gelait l'hiver, et l'été c'était une vraie four-
naise. Mais ce qu'on a pu y travailler! Et s'amuser... C'était merveilleux! Quelle vie... Je me suis
mise à peindre... mon rêve de toujours... j'avais
toujours voulu peindre depuis que j'étais grande
comme ça... mes amis m'encourageaient beaucoup... Ah! si vous saviez quelle flamme chez ces
gens-là, quel courage, quelle belle confiance en
leur génie! Quand on avait trimé tout son saoul,
on sortait... Montparnasse battait son plein... On
se réunissait au Dôme, au Jockey, à la Rotonde...
Je me sentais au cœur du monde... » Au centre
du monde. Au sommet. Sur les hautes cimes où
souffle l'esprit. Par les tièdes soirées de printemps,
par les chaudes nuits d'été, ils quittent leurs tables
de travail, leurs ateliers, ils vont épandre au-dehors
le trop-plein des forces amassées en eux par la
recherche la plus difficile, le plus âpre et le plus
délicieux effort. Ils avancent à longues foulées
souples dans leurs amples vêtements flottants aux
poches gonflées de livres, de papiers, le cou libre
dans leur chemise ouverte, leur chandail à col
roulé, cheveux au vent, désinvoltes, extravagants,
délivrés des contraintes, des conventions, des soucis sordides, sanctifiés par le but unique qu'ils

s'acharnent à poursuivre, par leur noble obsession, piétinant tous les obstacles... grands fauves conquérants... leur œil féroce, impitoyable, perçant, tendre, profond, scrute les terrasses à la recherche d'amis, d'élus... une vie entière d'abnégation, de travail le plus ardu ne pourrait pas permettre — il y faut une grâce du ciel, un don — de s'asseoir à leurs côtés tandis qu'ils rêvent, solitaires, impénétrables, inaccessibles, roulant sous leur vaste front des projets superbes, de neuves et d'étranges pensées...

J'ai beau me durcir, me mentir, sourire de l'image enfantine que ses coups de crayon grossiers ont fait surgir, cette fois, je dois le reconnaître, elle a misé juste : comme à cet astronome auquel ses seuls calculs ont permis de découvrir l'existence et l'emplacement de planètes invisibles, les indices qu'elle avait relevés sur moi à mon insu (je les vois nettement maintenant et la rage, la honte m'inondent) lui ont permis de jouer à coup sûr. C'est là en moi, elle le sait — aucun effort de ma part ne parviendrait cette fois à la tromper — c'est là : mêlé à l'admiration — amalgame exquis — à dose infime, il est vrai, mais il ne leur en faut pas plus, une dose infime leur suffit : juste une pointe de nostalgie un peu honteuse, de secrète envie. A présent, que je bronche ou non, que mon regard vacille, que ma voix flanche ou non, peu importe. Elle perçoit, elle pressent tous les mouvements, recroquevillements, de la petite bête apeurée qui se terre du mieux qu'elle peut au fond de son trou. Le jeu se corse, devient plus excitant : « Oui... Et vous savez que je gagnais ma vie. Je m'étais mise à fabriquer des bijoux

dans le style nègre, des pendentifs, des colliers...
l'art nègre était la grande vogue à cette époque-là...
Au début j'ai eu du mal, mais peu à peu j'ai eu
des tas de commandes. Presque trop. Il m'arrivait
parfois de veiller toute la nuit... car le jour je
peignais... Mais quelle joie quand j'ai touché ces
premiers sous! De l'argent gagné par moi, " à la
sueur de mon front ", pensez donc! Plus rien
à demander à personne... L'indépendance... »
La petite bête qu'elle n'a cessé de taquiner,
qu'elle a réussi enfin à enfumer, rampe honteu-
sement hors de son trou... Quel régal de m'observer qui titube et cligne à la lumière, de voir
enfin au grand jour mon air rageur, méprisant,
humilié, et mon désir, réprimé par la crainte, de
mordre.

Non, il n'y a pas moyen de se défendre contre
eux, de leur résister — ils sont trop forts. Il y
aurait bien un moyen pour moi, héroïque, désespéré, le moyen de ceux qui savent qu'ils n'ont
plus rien à perdre. Ce serait de me laisser aller
complètement, de tout lâcher, tous les freins, de
leur crier que je ne suis pas dupe, moi non plus,
que je vois leurs lâches petites manœuvres...
lâches, cruels... je ne la gagne pas, moi, ma vie,
et j'en souffre, ils le savent bien... incapable de
me délivrer d'eux, de m'évader... englué par eux,
coincé, malade, et ils en profitent... je suis malade,
je lui crierais cela, je ne peux pas vivre dans un
atelier sans feu et vous le savez très bien, je ne
peux pas veiller la nuit... c'est pour ça que je
croupis ici, à écouter vos radotages stupides, à
participer à vos louches distractions, on se distrait
comme on peut, n'est-ce pas? Vous savez où le

bât me blesse et vous me frappez justement là, pour m'humilier, me détruire — vous le faites toujours — ça vous remonte un peu pour un temps, vous rassure, vous excite...

Mais je n'oserai jamais. Personne jamais n'ose cela. Ils le savent et sont bien tranquilles. Ils ne courent pas le moindre risque. Si jamais un insensé dans un moment de fureur osait ainsi, « à propos de bottes », se permettre une aussi indécente sortie, on sait bien ce qui lui arriverait. Il les verrait s'éloigner d'un seul coup, se retirer, comme ils savent le faire, très loin, à des distances immenses, mettant entre eux et lui toute leur stupeur attristée, leur incompréhension, leur innocence, leur inconscience; il serait seul, abandonné de tous dans le désert, sans autre partenaire, sans autre adversaire que lui-même; ne griffant, ne mordant, n'étreignant que lui-même, tournant sur lui-même, chien stupide qui se mord la queue, derviche grotesque.

Je dois avouer que j'ai mis longtemps à me rendre compte plus ou moins de quoi il retournait. Tout d'abord, quand j'étais enfant, il me semblait que cela venait des choses autour de moi, du morne et même quelque peu sinistre décor : cela émanait des murs, des platanes mutilés, des trottoirs, des pelouses trop bien fardées, de la musique faussement guillerette des chevaux de bois derrière la barrière de buis, du cliquetis glacé des anneaux... comme une hostilité sourde, une obscure menace. Et puis je me suis aperçu que les choses n'y étaient pour rien ou pour très peu. Des complices tout au plus, de vagues comparses, des domestiques fidèles qui se conforment au genre des maîtres de la maison. Les choses auraient pu prendre très facilement — elles avaient tout ce qu'il fallait pour cela — un aspect familier et doux, en tout cas parfaitement neutre, effacé et anodin, si ce n'étaient eux, les gens. C'était d'eux que tout provenait : un sourire, un regard, un mot glissé par eux en passant et cela surgissait tout d'un coup de n'importe où, de l'objet le plus insignifiant — l'atteinte secrète, la menace.

C'était pour cela, non pour qu'ils me protègent — comme je l'avais cru longtemps bien à tort — que je me tenais toujours près d'eux, tendu vers eux, rivé à eux, épiant chaque regard, chaque mot : un instant d'inattention, de détente insouciante, d'oubli, et leurs mots s'abattraient sur moi au moment où je ne m'y attendrais pas, me sauteraient dessus par-derrière, ou bien, tout à coup, parfois beaucoup plus tard, leurs mots qui auraient pénétré en moi à mon insu, mus par un mystérieux mécanisme d'horlogerie exploseraient en moi et me déchireraient. Il fallait les capter tous au passage sans rien laisser passer, tous leurs mots, leurs plus légères intonations, et les examiner lentement, les désamorcer comme des engins dangereux, les ouvrir pour en extraire une matière trouble et louche à l'odeur écœurante, et la tourner et la retourner pour mieux la voir, l'agiter, palper sans fin, flairer... Là est le point important, l'essentiel qu'il est bon de ne pas perdre de vue : là, précisément, dans cette curieuse fascination, dans ce besoin de tourner et de retourner, de palper, de flairer, dans cette sensation, masquée par le malaise, la crainte et le dégoût, tandis qu'on retourne et palpe, d'une drôle de volupté fade, et dans ce sentiment de satisfaction inavouée à rester là, collé à eux, tout englué par eux, et que cela dure longtemps, toujours.

Eux du reste ne s'y trompent pas, j'en suis certain. Elle le sent sûrement, la dame à la licorne, la petite fée, quand elle se pavane devant moi sans frein. Ils le sentent — pour leur décharge — les bienfaiteurs sournois qui s'ouvrent orgueilleusement à leurs jeunes protégés : ils sentent sur eux ce regard humide de chien, cette sangsue assoiffée. Docile, parasite. Humant avec crainte voluptueuse et dégoût. Venant manger dans leurs mains. Avalant tout.

Je ne tromperais sûrement personne, ni elle ni moi, si j'étais assez stupide pour lui crier cela, que c'est la malchance, ma maladie qui m'a amené chez eux, qui m'a forcé d'accepter de vivre auprès d'eux, de me laisser domestiquer par eux, qui m'empêche de m'évader. A d'autres... Pour d'autres, ces contes à l'eau de rose à l'usage des enfants sages. Ils savent eux très bien, comme moi, à quoi s'en tenir.

Ils entrent sans vergogne, s'installent partout, se vautrent, jettent leurs détritus, déballent leurs provisions ; il n'y a rien à respecter, pas de pelouses interdites, on peut aller et venir partout, amener ses enfants, ses chiens, l'entrée est libre, je suis un jardin public livré à la foule le dimanche, le bois un jour férié. Pas de pancartes. Aucun gardien. Rien avec quoi on doive compter.

« Vous n'en faites jamais d'autres »... « " Vous " pouvez vous faire de ces idées »... « " Vous " avez une façon de regarder les gens »... « Vous »... « Vous »... « Vous »... et nous nous ratatinons, nous nous blottissons l'un contre l'autre, nous nous tenons serrés, pressés les uns contre les autres comme des moineaux effrayés.

« Vous »... et nous nous redressons devant lui au garde-à-vous, nos visages anonymes, pétrifiés, tournés vers lui d'un angle identique : soldats qu'on passe en revue, forçats à la tête rasée, à la camisole rayée, alignés pour l'appel.

« Vous »... et il nous transperce, nous embroche l'un après l'autre, une belle brochette de poulets, de tendres petits cochons de lait.

« Vous »... son coup de griffe rapide quand, un peu démontés, fascinés par son air bougon, menaçant, nous frétillons devant lui gentiment, nous nous rapprochons, l'air innocent, pour l'amadouer, le séduire. « Vous »... son arme la plus sûre. Son coup le plus adroit, venu de très loin, longuement préparé, toujours bien asséné, admirablement précis et fort. Tous ses coups m'émerveillent par leur sûreté.

❧ *

Ces corvées qu'elles lui imposent... ces sorties en famille... ces dîners au restaurant... la carte forcée — il n'y a rien qu'il déteste autant... Assis

25

en face d'elles, il les observe... des perruches... des
pies voraces... leur cerveau pèse moins, c'est connu,
on a raison de les garder enfermées dans des
harems, mangeant des sucreries, affalées sur des
divans, jacassant entre elles, débitant à longueur
de journée leurs inepties... cette promiscuité dégradante... leur seule présence a quelque chose d'avi-
lissant... il les regarde fixement de son air hostile,
il a son visage affaissé, renfrogné — il était si gai
il y a encore un instant, mais cela le prend toujours brusquement — et moi, pareil aux spectateurs d'un film fameux qui voient sous l'œil affamé
de Charlot son compagnon d'infortune se méta-
morphoser en un appétissant poulet, je vois, moi
aussi, comme lui, assises côte à côte en face de
nous deux poupées : la fille déjà une reproduction
de la mère (c'est à elles, sans doute, qu'il pense
— cela ne m'étonnerait pas de lui — quand il
dit parfois sur ce ton grinçant qui me fait mal aux
dents que les jeunes amoureux n'auront qu'à s'en
prendre à eux-mêmes, plus tard : le ciel les aver-
tit, mais, les imbéciles! ils ne veulent pas voir, ils
n'auraient qu'à bien regarder la mère de la jeune
fiancée pour savoir ce qui les attend dans vingt
ans), peintes toutes les deux, apprêtées, le visage
de la mère nettoyé, détrempé, repassé par de trop
fréquentes séances dans les instituts de beauté,
revêtues toutes deux comme il se doit des insignes
de sa force à lui, de son habileté, portant tous les
coûteux colifichets, la mère son étole de vison, la
fille son ravissant mantelet d'hermine d'été, les
colliers de perles, celui de la fille plus petit, discret,
juste une espérance encore, un signe timide... elles
se penchent l'une vers l'autre avec des sourires

complices... la mère, à mesure que la fille grandit, prend de plus en plus avec elle ces attitudes de camarade de pension, elles ont des fous rires exaspérants de collégiennes, des petits mots convenus, connus d'elles seules, elles font ensemble à l'écart — il feint de ne pas voir, mais il sait tout — leur petite cuisine... marchant bras dessus, bras dessous, furetant dans les vitrines, il paie sans regarder, bon prince, papa gâteau, leurs amies les envient... manigançant entre elles leurs petites combinaisons, s'entichant de tous les fils à papa, de tous ces chenapans qui voltigent autour d'elles, flairent la grosse fortune... organisant leurs réceptions, leurs surprises-parties, leurs rallyes, faisant et défaisant leurs constructions, pour aboutir un jour, tous les échafaudages, les bâtis disgracieux enlevés, à dresser ce chef-d'œuvre, cet objet d'art parfait, cette joie pour les yeux, cette cible pour les regards ravis, envieux, l'image dans le magazine en vogue, la photo qu'il poserait fièrement sur son bureau, de la jeune mariée parmi les bouquets de lys, souriante dans ses voiles de mousseline... Elles pépient insouciamment comme si de rien n'était — qui fait attention aux humeurs de papa, à son âge on ne le changera pas, il travaille trop, il s'est surmené ces derniers temps — elles examinent les gens aux tables voisines de leurs yeux brillants et durs d'oiseaux... cette façon qu'elles ont... comment la petite a-t-elle été élevée... mais il y a longtemps qu'il a renoncé... il s'était fait encore des illusions autrefois, quand il était jeune — ç'avait été une telle déception — il avait imaginé pour se consoler que c'était une question d'éducation, il avait gambadé à quatre pattes dans la nursery pour l'inciter à jouer à la chasse dans la forêt vierge, il avait construit des bateaux, des châteaux forts, il lui avait donné des soldats de plomb... Mais pensez-vous... De la marchandise à l'étalage — rien d'autre... elles ne pensent qu'à se marier, tout le reste, tous ces cours, ces diplômes, ces leçons à prix d'or, de la frime tout ça, une façon de passer le temps... qui croient-elles tromper ? Elles soutiennent sans broncher son regard hostile, glacé, qui devrait les forcer à se serrer l'une contre l'autre peureusement, toutes ratatinées, déteintes, fanées, — et cela pourrait l'apaiser — mais elles ne sentent rien, ou peut-être ne peuvent-elles plus quitter cette forme où un charme jeté par lui les tient enfermées, ou bien, prises de vertige et se sachant condamnées tendent-elles d'elles-mêmes, pour précipiter leur sort, la tête sous le couperet, ou, trop sûres d'elles et se sentant soutenues par tous, encouragées, veulent-elles le défier, ou encore, tout simplement, se laissent-elles aller à cette espèce de gaieté débile, d'excitation molle à laquelle elles s'abandonnent parfois malgré elles, grisées de facilité, de sécurité paresseuse, de frivolité... elles se tournent vers moi : « Vous avez vu, regardez, à la table qui est derrière vous... la bonne femme avec le grand chapeau... vous pouvez l'apercevoir dans la glace... » J'hésite, à peine, rien de perceptible... le moindre mouvement maintenant de ma part, un geste de recul leur marquant ma désapproba-tion, mon dédain — c'est ce qu'il attend de moi, ce coup de tampon apposant la marque de garan-tie sur le moule lourd et dur, le masque de fer que nous venons de leur forger — et il maintiendra le masque plaqué brutalement sur leur visage, il leur écrasera la bouche, il leur aplatira le nez, elles étoufferont, elles gigoteront pour se dégager... je me détournerai, gêné, honteux... il faut à tout prix essayer de l'arrêter, de le retenir, faire semblant qu'il n'y a rien, rien que de très normal, d'absolument naturel, me tourner sans une nuance de gêne... « Où donc ? la dame au chapeau pointu ? »... sourire d'un air un peu distrait... Je me tourne, quelque chose me pousse... mais ce n'est pas le besoin de les protéger contre lui, ce n'est pas ça... je sais ce que c'est... c'est d'elles que j'ai peur, plus peur que de lui... c'est en elles qu'il y a quelque chose que pour rien au monde je ne voudrais déclencher, quelque chose de redoutable, d'implacable, quelque chose qui va s'éveiller, se dérouler lentement... qui le menace, il ne voit pas, il va foncer dessus étourdiment comme le petit chien qui fourre son nez dans un nid de serpents... je me tourne, elles m'encouragent : « Là, tournez-vous doucement, là, près de la fenêtre... la femme blonde... elle ne vous voit pas. » Le pacte est conclu, j'ai accepté l'avilissante promiscuité, l'ignominieuse fraternité... il nous observe : notre sort est lié maintenant, pareils tous les trois, elles et moi, logés à la même enseigne, rampant dans l'abjection... nos courses en ville... complices, fouillant ensemble pour dénicher l'occasion rare chez les brocanteurs, les petits antiquaires... toute cette camelote qui lui a coûté une fortune, ces goûts de bonne femme, ce « métier »... appeler ça un métier... a-t-on idée pour un jeune homme de passer son temps à imaginer tous ces attrape-nigauds, ces chaises en fil de fer, de vrais perchoirs pour les oiseaux, mais elles acceptent n'importe quoi, n'importe quel greluchon stupide les ferait marcher sur la tête, ils appellent ça « un art »... et ce mépris pour lui — c'est le comble — c'est lui le béotien, il ne comprend rien à « L'ART »... leur vache à traire, c'est ce qu'il est en réalité, rien d'autre, il nous connaît, et moi aussi, le petit, un joli produit... il a de qui tenir d'ailleurs, sa mère n'a jamais rien fait de ses dix doigts, elle ne savait pas repriser une paire de chaussettes ou cuire un œuf, mal mariée avec cet alcoolique toujours entre deux vins, mais elle en était tellement entichée... après, comme toujours, c'est lui qui paie les pots cassés... charmant, le neveu, « mon neveu », dans le temps il en était fier, il croyait qu'on en ferait quelque chose, il en parlait aux clients, aux concurrents : « mon neveu travaille avec moi, il va prendre ma succession... » mais je t'en fiche, ils ne sont bons à rien, toute la famille, des écervelés, des fainéants... Tout cela, et bien plus encore, exprimé non avec des mots, bien sûr, comme je suis obligé de le faire maintenant faute d'autres moyens, pas avec de vrais mots pareils à ceux qu'on articule distinctement à voix haute ou en pensée, mais évoqué plutôt par des sortes de signes très rapides contenant tout cela, le résumant — telle une brève formule qui couronne une longue construction algébrique, qui exprime une série de combinaisons chimiques compliquées — des signes si brefs et qui glissent en lui, en moi si vite que je ne pourrais jamais parvenir à bien les comprendre, à les saisir, je ne peux que retrouver par bribes et traduire gauchement par des mots ce que ces signes représentent,

des impressions fugitives, des pensées, des sentiments souvent oubliés qui se sont amassés au cours
des années et qui maintenant assemblés comme
une nombreuse et puissante armée derrière ses
étendards, se regroupent, s'ébranlent, vont déferler... je plie l'échine, je rentre la tête dans les
épaules, il se penche vers nous, le regard haineux,
il siffle... « " Vous " avez une façon de dévisager
les gens... » Nous restons un moment immobiles,
serrés les uns contre les autres, tout gris, petits
moineaux alignés sur le fil, grappe tremblante de
singes souffreteux, et puis, en elle, quelque chose
qui sommeillait — ce qui me faisait si peur justement, ce pourquoi je m'étais lâchement rangé
de son côté, contre lui — quelque chose en elle
s'étire, se détend, se dresse... l'enveloppe dans
laquelle le charme la tenait enfermée se fendille,
craque — il a peur maintenant aussi, je le sais,
petit fox-terrier étourdi qui a mis son nez imprudemment dans un nid de serpents — elle apparaît,
dure, glacée, impitoyable, elle l'examine d'une
distance immense... la dame à la licorne, la statuette précieuse, la princesse lointaine... « Je n'ai
pas emporté ça, vous m'entendez, quand je suis
partie... j'ai tout quitté du jour au lendemain »...
elle était couchée sur son lit, la joue appuyée sur
la paume de sa main, lisant un roman, il marchait
de long en large, il parlait sans fin, criait, il ameu-
tait les gens partout avec ses scènes de jalousie
continuelles, ses reproches, ses cris, il la traitait
de tous les noms, une putain, elle n'était que ça,
une sale petite putain... la vie commune, leur vie ?
on appelle ça une vie commune ! c'était un enfer
depuis le début, il l'avait toujours su depuis le

début, elle n'en avait qu'à son argent... mais qu'elle parte donc, qu'elle aille au diable, au ruisseau... sa place... qu'elle ne compte pas sur lui pour aller la chercher... il sortait en claquant la porte, il revenait... déjà pendant leur voyage de noces en Syrie, quand il avait eu la fièvre... tant de froideur, un pareil cynisme chez une gamine... pas un atome d'affection, de sympathie, moins que pour le chauffeur, moins que pour son chien... mais qu'elle parle, qu'elle réponde, il s'approchait les poings serrés, il lui arrachait le livre des mains, qu'elle dise quelque chose... elle restait impassible, figée, les yeux baissés, elle faisait semblant de lire... il sanglotait, la tête appuyée au chambranle de la porte, il était seul, démuni, il ne pourrait pas le supporter... un mot seulement... jamais un mot tendre ou caressant, pas même son prénom comme sa mère autrefois... mais elle n'avait jamais pu l'appeler par son prénom... qu'elle dise ce qu'elle veut, tout ce qu'elle voudra, il y avait dix ans de vie ensemble, l'enfant... tout était prêt, le taxi attendait en bas, elle était passée toute droite dans sa tenue de voyage, voilette baissée, gantée, le chauffeur portait sa valise... je voudrais implorer, le protéger, qu'elle pardonne, qu'elle ne fasse pas attention, il est si bon, juste maladroit, nerveux, si soupe au lait... Elle le fixe longtemps sans rien dire et il détourne les yeux. Elle incurve sa lèvre et lui donne « un pli dédaigneux » : « Qu'est-ce qui vous prend ? »

Mais cela pas toujours. Parfois, malgré les signes avant-coureurs menaçants, elle est prise au dépourvu : elle n'était pas assez sur le qui-vive, sans doute, adhérant trop fortement à son personnage du moment, toute amollie, s'abandonnant un peu trop pour de bon à une insouciance puérile, à une un peu débile gaieté, pour pouvoir réagir sur-le-champ. Et je n'en ai que plus peur. Les mots qui nous ont humiliés, si nous n'avons pas la force, la rapidité de réflexes, l'adresse et le courage parfois assez grands qu'il faut pour riposter, sont comme les projectiles qu'on n'a pas pu ou qu'on a négligé d'extraire aussitôt de la chair : ils restent enfoncés en nous, s'enkystent, risquent de former des tumeurs, des abcès où la haine peu à peu s'amasse. Il ne perdra rien pour attendre, je le sais bien. Un beau jour, au moment pour lui, et pour elle aussi probablement, le plus imprévu, la haine amassée en elle viendra affleurer à la surface, lui gicler dans les yeux.

Pour l'instant, elle ne bronche pas — ou à peine. Elle rougit un peu; nous nous regardons en souriant, nous haussons légèrement les épaules, étonnés, presque amusés, indulgents, nous enchaînons bravement comme si de rien n'était, d'une voix juste un peu moins assurée et en évitant de le regarder : « Tenez, elle se tourne maintenant, vous avez vu le chapeau? c'est inouï, la mode cette année... à moins d'être mince comme un fil... mais pour des femmes comme ça, on n'a pas idée »... petits cochons innocents qui dansent sous l'œil du méchant loup, papillons qu'un rustre a essayé de saisir entre deux doigts grossiers et qui, les ailes à peine froissées, reprennent leur vol.

Ils marchent à travers les prairies. Ils enjambent

d'un même pas les ruisseaux. Leurs nuques au-dessous de leurs casquettes ont les mêmes tendons saillants. Ils portent en bandoulière sur leur épaule droite un peu soulevée la même courroie de cuir d'où pend l'étui contenant le gobelet d'argent. Leurs dos au bassin bas d'un même mouvement se dandinent. Je les suivrais au bout du monde. Au restaurant, je ne peux détacher mes yeux des mains de l'homme, aux grands ongles en spatule entourés de bourrelets de chair, qui découpent la viande dans l'assiette du jeune garçon. Je les suis aux sources thermales pour les voir se gargariser en chœur, aspirer ensemble la vapeur soufrée, s'introduire alternativement dans chaque narine le petit entonnoir.

C'est une véritable volupté que j'éprouve à les contempler. En eux je nous retrouve, je nous reconnais. C'est notre image, notre portrait tel qu'un peintre bien doué aurait pu le dessiner. Ils possèdent ce qui nous manque, à nous autres, modèles informes, chaos où s'entrechoquent mille possibilités — le style, l'outrance révélatrice, la simplicité et la netteté audacieuse du trait.

*

Nous traversons les prairies. Nous enjambons d'un même pas les ruisseaux. Nous foulons aux pieds les violettes, les pâquerettes, nous ne nous arrêtons jamais pour jeter un regard aux aubé-pines en fleurs, nous fixons sans les voir les collines à l'horizon, les nuages et les forêts de sapins, il me pince le nez, j'ingurgite, il parle, avec lui on n'a jamais fini de parler... sociétés anonymes, conseils d'administration, bénéfices et pertes; inflation, déflation, stagnation en bourse; risques de guerre; valeurs refuge; baisse des cours au Maroc; hausse des terrains en Argentine; passeports; visas; places à retenir dans les trains, sur les paquebots; renvoi du chauffeur... l'essence qu'on lui vole chaque mois ou les kilomètres en trop qu'il a relevés sur le compteur; négligence du secrétaire; remplacement de la dactylo — une perte irréparable, « une perle », elle le comprenait à demi-mot; achat d'appartements, de maisons; location de villas; maladies, remèdes, médecins, foie, rate, reins, poumons... cela ruisselle en lui sans fin, cela suinte au-dehors, déborde, me recouvre, couvre tout autour de nous — peu importe où nous nous trouvons — montagnes, rivières, prairies, mers, ciels, soleils, d'une couche de suie, de cendres, d'une couche de boue.

Parfois — mais cela me ressemble si peu, c'est si peu dans mes cordes, dans ma ligne, que j'ai peine à croire que c'est moi qui ai pu m'y risquer, il me semble que j'ai dû le voir faire à quelqu'un d'autre ou le rêver plutôt, tandis que je marchais, ingurgitant docilement, à ses côtés — parfois, dans un moment d'intrépidité subite ou d'inconscience, je m'arrête tout à coup, et là, au milieu de la prairie, au bord du ruisseau, j'ose, dilatant mes narines, humer l'odeur de l'herbe fauchée, regarder au loin les collines et les bois de sapins et dire... « Écoutez ça... ces clochettes... cette source... Regardez là-bas la ligne des bois... le chalet... » Le répit que cet acte de bravoure me vaut est très bref. Il tourne la tête, il plisse les yeux, il jette un regard impatient, furieux, vers le ruisselet, il se tait : un silence épais et lourd qui écrase rapidement le tintement des clochettes et le gazouillis des sources. De toutes mes forces tendues je scrute son silence. Mon ouïe — aussi exercée, aussi affinée que celle du trappeur qui perçoit, quand il colle l'oreille contre terre, le galop lointain des chevaux — y décèle des mouvements inquiétants. Bientôt son silence devient plus assourdissant que le vacarme des reproches les plus violents, des cris. J'ai dans mon inconscience stupide, dans ma folle témérité, touché à quelque chose de très dangereux, d'absolument interdit. J'ai commis la pire offense. J'ai osé lui donner une leçon, je l'ai nargué... Le sentiment de la nature, hein? La petite fleur bleue? La pureté?... Les rêveurs, les ratés qui marchent dans les prairies humant l'odeur des fleurs, composant des herbiers, attrapant des papillons... les imbéciles, les bons à rien à la place de qui les gens comme lui doivent réfléchir, lutter, et qui se permettent de dédaigner — pensez donc, c'est si salissant — l'univers solide et dur où de vrais hommes se battent pour eux, pour les incapables, les paresseux, les petits énervés, les dégoûtés, les « esthètes »... il les connaît... bourrés d'amour-propre déçu, de vanité... portant en écharpe avec tendresse, avec précaution, leurs misérables petites sensations... c'est eux qui lui apprendront à vivre, qui lui donneront l'exemple de la pureté, du détachement, non vraiment c'est à mourir de rire...

Mais je sens comme peu à peu, tandis que nous marchons côte à côte en silence, le vacarme en lui s'apaise. J'ose lui jeter un regard de côté : il me semble qu'il s'est un peu affaissé, tassé un peu sur lui-même, son visage a un air pitoyable, dénudé, abandonné, qui me fait penser à celui d'une femme vieillissante à qui on aurait enlevé d'un coup d'éponge brutal sa couche de fards. J'ai des remords. Je l'ai arraché de sa coquille, de sa carapace où il était en sûreté, où il se sentait partout chez lui, dans laquelle il se transportait sans crainte d'un bout à l'autre du monde... Mais ce n'est pas cela, cela n'est rien. J'ai fait bien pis : c'est de moi que je l'ai arraché. Je l'ai repoussé, rejeté au moment où il essayait de me retenir, de me serrer contre lui, tout près, blottis l'un contre l'autre, bien protégés à l'intérieur de ce refuge qu'il s'était construit, qu'il ne cessait jamais de consolider, tout proches, pelotonnés bien au chaud, moi un peu coincé, écrasé sous lui... J'ai fait tout sauter d'un seul coup, je me suis dégagé brutalement, et je l'ai laissé là tout seul, nu, désemparé, maladroit, démuni... livré maintenant sans défense à la menace sournoise, à la détresse insupportable qui s'insinue en lui avec l'air trop calme et doux du soir, le tintement des clochettes et l'odeur louche, un peu sucrée des prairies.

Je cherche à me rattraper, je voudrais me faire pardonner. Je reprends la conversation d'une voix un peu gênée, je pose des questions... « Mais ces actions, ces mines marocaines dont vous me parliez... comment expliquez-vous qu'elles aient tellement baissé?... » Il se laisse tirer l'oreille, il boude un peu, mais juste pour la forme : il ne demande qu'à oublier, à tout reprendre au même point comme si de rien n'était. Bientôt il se radoucit tout à fait, s'anime... tout rentre dans l'ordre. Le petit cyclone, le minuscule typhon, la tempête dans un verre d'eau s'est apaisée. Nous repartons.

Mais c'est là, comme je l'ai dit, une expérience rare. C'est plutôt un rêve, un jeu de l'esprit. Je lui mets rarement ainsi des bâtons dans les roues. Je lui facilite plutôt les choses de mon mieux.

Je prends même les devants, et cela parfois, curieusement, dans les moments où je me sens gavé jusqu'à l'écœurement, où j'ai le plus envie de m'écarter, de m'enfuir. Je me suis souvent demandé quel démon, à ces moments-là, me pousse... Le goût de la souffrance, me dira-t-on... une soif morbide d'humiliation, le désir obscur de voir enfin flamber à grand feu et me dévorer ce qui couvait dangereusement sous la cendre, ou peut-être l'espoir enfantin de parvenir à lui ressembler pour me sentir à l'aise auprès de lui, pour être encouragé, admis, pour me trouver moi aussi en lieu sûr, blotti douillettement contre lui dans son refuge en béton armé, ou encore l'espoir insensé de lui en imposer, de le battre par ses armes, sur son propre terrain?... tout cela à la fois, sûrement, mais tout à coup, au moment parfois pour moi le plus imprévu, je m'approche de lui, l'air quêteur, la main tendue, je sollicite humblement — alors que je n'en ai que faire et sais parfaitement ce qui m'attend — son avis, ses conseils, je raconte, je m'épanche, je me confie, je me vante... « Voilà... je voulais vous demander... vous savez, cette exposition à laquelle j'avais pris part avec mon ami, enfin... mon associé... mais si, vous savez... cette exposition de jeunes pour laquelle j'avais fait une table et un divan... » Son visage est immobile, affaissé, son regard prend aussitôt l'expression vague, endormie et ennuyée de rigueur chez lui en pareil cas. Je m'y attendais, mais ma voix flanche tout de même un peu... « Eh bien, figurez-vous qu'il y a un décorateur... il est encore jeune, il n'est pas très connu, mais il a beaucoup de talent, il promet beaucoup, eh bien, il a été très intéressé par ce que j'ai fait, enfin pas seulement par ça, tout ce que nous faisons l'intéresse... il est venu nous voir... il nous a proposé de travailler avec lui, de faire une sorte d'association... il a plus de réputation que nous, il est déjà très apprécié dans certains milieux... On a pensé qu'on pourrait peut-être, à certaines conditions, en mettant tout en commun... Nous sommes assez tentés, mais nous avons demandé à réfléchir... on ne voudrait pas se laisser rouler, naturellement, alors j'ai pensé que vous... » Il se tourne vers moi brusquement comme s'il venait de se réveiller, il me fixe : « Qui ? Quel décorateur ? Comment ? Quelle maison ? Connais pas. De quel capital dispose-t-il ? Qu'est-ce qu'il propose au juste ? Quoi ? Je ne comprends pas. Sur quelles bases ? A quelles conditions ?... » Il n'écoute pas les explications embrouillées que je lui présente en bafouillant. Il a autre chose à faire. Il est trop occupé à se préparer. L'occasion est vraiment trop belle. La victime assoiffée de sacrifice, toute titubante déjà de la volupté du martyre, est venue d'elle-même, pantelante et nue, se livrer à sa merci. Rien ne presse. Il prend son temps. Nous sommes seuls, enfermés ensemble, portes closes, toutes issues bouchées. Aucun secours possible du dehors. Totale sécurité. Impunité assurée. Il se plante devant moi solidement... il me regarde bien dans les yeux, son regard pointe tout droit vers l'endroit vulnérable, s'enfonce en moi comme un dard... « Écoute, mon petit... puisque c'est toi qui m'en parles : tu sais que je ne me mêle de rien, il y a longtemps que j'ai renoncé, tu fais ce que tu veux, mais puisque tu viens m'en parler, je serai franc. D'ailleurs tu sais que je dis ce que je pense. Je n'ai pas l'habitude d'y aller par quatre chemins... Eh bien, si tu veux tout le fond de ma pensée, tout ça ne vaut pas un clou. J'aurais des milliards à dépenser que je ne mettrais pas un sou dans une affaire comme celle-ci. Et veux-tu que je te dise pourquoi ? Parce que tout ça, tous ces engouements, tous ces petits génies qu'on découvre deux fois par an, qui sont portés aux nues dans un petit cercle d'amis et dont deux ans après personne n'entend plus parler, on ne se rappelle même pas leur nom, tout ça, c'est des songe-creux, des farceurs... Ils ne comprennent pas ça... il fait claquer ses doigts... pas ça, tu m'entends, à la moindre affaire. Ils vivent dans un rêve, ils bricolent, ils se grisent mutuellement de compliments, mais ils ne savent pas travailler, ils n'ont même pas pris la peine d'apprendre bien à fond leur métier, ils se contentent de petites fantaisies... des soi-disant trouvailles... de la frime tout ça, de la camelote pour épater les gens... » Je fais un faible mouvement pour me dégager : la position dans laquelle, gauchement, je me mets ne fera que lui permettre, je le sais, de m'agripper plus commodément, de raffermir son étreinte... « Vous ne pensez pas que des gens comme Leneux... Vous auriez pu dire la même

chose de Leneux ou de Tillier si vous les aviez
connus à leurs débuts... — Je ne connais pas Tillier, mais quant à Leneux, je te demande pardon.
Leneux, je le connais. J'ai suivi son affaire d'assez
près autrefois, je lui ai acheté des actions. Leneux,
c'est une tout autre chanson. C'est un bonhomme.
Un travailleur, celui-là, et qui a la tête solide : il
sait ce qu'il fait, je t'en réponds, il connaît son
affaire, il travaille mieux que n'importe lequel de
ses ouvriers. Il sait planter un clou. Et ça tient,
je te prie de le croire, ses trucs. C'est solide, c'est
bien conçu. Il a le sens des réalités. Rien d'un
rêvasseur. Veux-tu que je te dise, puisque nous
en parlons à cœur ouvert, puisque tu es venu
m'en parler... je ne voulais rien te dire, après tu
m'aurais reproché d'avoir voulu t'influencer... je
vais te dire... tu en feras ce que tu voudras... j'ai
une certaine expérience des gens... je ne l'ai pas
vu beaucoup, ton patron ou ton associé, comme
tu préfères, mais je l'ai bien observé, je ne crois
pas me tromper. Eh bien, veux-tu que je te dise :
Leneux et lui, c'est juste l'opposé. J'en ai connu
des gens comme lui... ça ne donne jamais rien
plus tard... c'est un petit vaniteux, il a une sus-
ceptibilité d'écorché vif... je l'ai jugé du premier
coup... il a l'air ulcéré, il rougit et se tortille comme
une petite jeune fille dès qu'on se permet la plus
légère critique, dès qu'on ne porte pas aux nues
ses soi-disant inventions... Je me suis permis je ne
sais plus quelle innocente plaisanterie sur ces fauteuils, genre chaise électrique, qu'il nous a faits
pour le salon, on aurait dit que je l'avais mordu.
Je les connais bien, les types de ce genre : tu te
rappelleras, mon petit, ce que je te dis : ce n'est

pas comme ça qu'on réussit dans la vie. Ces gens-là se figurent que tout doit leur tomber du ciel tout cuit... ils n'ont pas la moindre idée de ce que c'est que de trimer pour de bon, de se faire engueuler... comme je me suis fait engueuler, moi, par mon patron quand le travail n'était pas parfait... Je rougissais de plaisir, à son âge, quand il m'arrivait — et ce n'était pas souvent, je ne faisais pas d'expositions, moi, à cet âge-là, je te prie de le croire — j'exultais quand mon patron me tapait sur l'épaule et me disait : eh bien, mon petit, aujourd'hui ça va, vous pouvez être content, ce n'est pas trop mal, ce que vous avez fait là... Tu verras, tu te rappelleras ce que je te dis : avec cette mentalité-là, on n'arrive à rien. Je n'ai pas dit un mot quand tu m'as annoncé que tu voulais travailler avec lui... Je n'ai rien dit... Je laisse faire... vous verrez bien... La vie vous apprendra. »

On serait en droit d'espérer, il serait naturel que mon instinct de conservation, si faible, si atrophié soit-il, reprenant tout de même le dessus, j'aie un sursaut de vraie colère, de rancune, un mouvement de révolte, de refus, ou bien au contraire — ce serait tout aussi satisfaisant — que je me laisse vaincre, renonce, me soumette... Mais non. Je respecte toujours ce qui est convenu tacitement entre nous, je joue le jeu jusqu'à la fin. C'est un jeu entre nous, rien de plus. Un simulacre. Une corrida sans mise à mort. Si je ne jouais plus, si je le prenais au sérieux comme il m'est arrivé à ma grande gêne, à mon grand désarroi, de voir faire à des non-initiés, à mon associé notamment qui, un jour, après des discours de ce genre, avait proposé innocemment de me rendre ma liberté, m'avait conseillé d'aller apprendre le métier chez quelqu'un de plus expérimenté, il s'était renfrogné, gêné, furieux — le jeu avait mal tourné, le partenaire avait abandonné la partie au moment le plus excitant — son visage s'était affaissé, il avait dit d'une voix toute changée, éteinte, un peu enrouée : « Oh! vous savez, on ne décide pas comme ça de ces choses-là en une seconde, ce n'est pas si simple, ça demande réflexion. Il faut voir ça. On verra ça à tête reposée, on en reparlera. »

Et je me suis laissé dire — mais si on ne me l'avait pas dit, je m'en serais douté — qu'il montre à ses amis les entrefilets qu'il a découpés dans les journaux au moment de l'exposition, les photographies de nos maquettes... « Hein! qu'est-ce que vous en dites, de mon neveu? Il est doué, le petit, ce n'est pas si mal... Qu'est-ce que vous en pensez? »

C'est là pour moi, avec eux, le pire : cette impossibilité de prendre parti en face d'eux. De les aimer pour de bon ou de les haïr. De leur passer un carcan autour du cou, de leur coller un numéro sur la poitrine pour bien savoir à quoi m'en tenir. Tout le monde (sinon, comment vivrait-on?) y parvient sans effort, avec une rapidité, une sûreté qui chaque fois me confond. Les gens se plantent là devant vous à bonne distance et regardent : de quoi a-t-il l'air? Que m'a-t-il dit? Qu'a-t-il fait? Faut-il le laisser approcher? Ou le tenir à l'écart? C'est leur instinct de conservation toujours si fort qui leur permet ainsi de se faire une opinion et d'oser, quand ils le trouvent bon, prendre leurs distances. C'est grâce à cela, à cet instinct de conservation, au respect de soi

— comme ils l'appellent — que je leur envie tant,
qu'ils ont ces lignes de conduite si bien tracées,
d'un dessin si net, si pur. Moi j'ai essayé bien
des fois de les imiter. En vain. Je n'y arrive pas.
Ici, entre nous, il n'y a pas moyen.

Ses doigts fluets aux larges bagues tiennent le
menu ; les paupières élégamment plissées, les lèvres
abaissées en une moue capricieuse et dégoûtée,
elle parcourt le menu des yeux, et lui, penché à
travers la table, il offre, il s'offre, qu'elle prenne,
tout est à elle, tout ce qu'elle voudra, elle n'a
qu'un mot à dire, on peut lui préparer, on peut
lui faire chercher n'importe quoi, un signe et il
fera se déployer devant elle un tapis volant couvert
de mets délicieux, il fait claquer ses doigts...
psst!... les garçons accourent... « Votre homard
aujourd'hui est-il vraiment très bon, excellent?...
Tu vois, il ne pourrait pas être plus frais, cuit à
l'instant, sorti de leurs viviers ; je t'assure, ça t'ou-
vrira l'appétit, mais seulement sans mayonnaise,
la mayonnaise, ce serait peut-être lourd... Non?
Tu as tort, tu sais... alors des huîtres peut-être
pour commencer... Des belons? Tu aimes ça...
Des palourdes, ce serait amusant... » Non, vraiment, elle n'a pas faim, non, rien décidément, rien
de tout ça ce soir... elle lève vers le maître d'hôtel
son visage admirablement conservé, lissé, soigné...
elle n'a pas beaucoup changé depuis vingt ans,
ses traits se sont plutôt ennoblis, sa peau dorée,
soyeuse, si fine, a toujours la même étonnante
douceur, la même exquise et fraîche odeur... non,

rien ce soir, juste une tranche de jambon et quelques pommes à l'anglaise, c'est tout ce qu'elle prendra aujourd'hui... Chez lui, d'un coup l'excitation tombe. Son visage s'affaisse. Pour un peu, s'il le pouvait, il prendrait son air bougon, renfrogné, mais non, il se redresse aussitôt, il faut faire contre mauvaise fortune bon cœur, tout est pour le mieux, l'essentiel est que tout le monde soit content, heureux; aujourd'hui nous sommes ses hôtes d'honneur tous les trois, elle, leur fille et moi, des visiteurs de marque qu'il reçoit, qu'il promène, son regard nous caresse, quête notre satisfaction, notre approbation... « Êtes-vous bien? Un peu trop dans le passage? Pas trop dans le courant d'air? Bon, bon, parfait. Très bien. Regardez, vous avez vu ces éclairages au néon qu'ils ont installés? Mais c'est nouveau... Et l'aquarium? Mais dites-moi, c'est superbe. » Elles jettent poliment un regard vers le plafond, elles approuvent distraitement, elles se penchent l'une vers l'autre, elles rient, chuchotent... qu'est-ce qu'elles disent?... il s'incline vers elles : « Qu'est-ce qu'il y a? Où? Qui? » Elles daignent à peine répondre... « Rien... là... tu ne peux pas la voir, elle est juste derrière toi. Une dame avec un grand chapeau... » Il se tourne avec précaution, il regarde... il ne demande qu'à s'efforcer... qu'elles veuillent seulement lui donner une chance, qu'elles lui permettent de se rapprocher, de prendre part... il ne cherche qu'à apprendre, qu'à comprendre... il est indigne, il le sait bien, si maladroit, grossier... il se sent un peu inquiet, perdu, tout avec elles est si impondérable, insaisissable, en demi-nuances, subtil, délicat, léger, effroyablement fragile... Et, masqués

par l'insouciance apparente, par la savante frivolité, partout des pièges, des dangers cachés... il
faut, pour les éviter, savoir se conformer à mille
règles secrètes, jamais formulées, impossibles à
enseigner, qu'on doit pouvoir à chaque instant
appliquer sans le savoir, sans même y penser...
en elles un appareil très sensible — un rien le fait
osciller, fait tourner l'aiguille sur le cercle gradué,
moins que rien, un geste, une intonation, un
accent, une ligne dans la coupe des cheveux, des
vêtements... les indices les plus infimes sont les
plus importants — un œil en elles, auquel rien
n'échappe, impitoyable, glacé, à tout moment
vous jauge, vous juge... un demi-sourire sur leur
visage, un regard malicieux, un soudain éclat de
rire, et vous savez que vous êtes condamné sans
appel... il quête, il guette... je surprends sa main
déjà prête à essuyer son assiette avec son pain,
qui pose le morceau de pain, prend la fourchette...
elle n'a pas eu besoin de bouger un cil, elle ne
l'a même pas regardé, mais il a senti tout de
suite... un long dressage difficile l'a préparé... un
courant sortant d'elle, des ondes invisibles, puissantes, comme celles qui gouvernent les avions à
distance, dirigent tous ses mouvements... il ploie,
se redresse, avance, recule, frétille, se tend... je
voudrais l'arracher à ce cercle enchanté où il est
pris, où je suis pris avec lui, sentant moi aussi
comme lui, non, même plus fort, bien plus fort
que lui — je suis toujours pour toutes ces choses-là
plus catholique que le pape, plus royaliste que le
roi — émaner d'elle et peser sur nous les ondes
invisibles, observant malgré moi, guettant, m'efforçant de prévoir, de prévenir sous ses mouve-

46

ments, épiant sans cesse l'effet produit... Quel soulagement ce serait, quelle délivrance s'il brisait le charme, s'il se métamorphosait soudain et redevenait tel qu'il était, assis ici à cette même place, elles en face de nous, des poupées, des pies jacassantes, débitant leurs inepties, échangeant sous son œil haineux leurs petits secrets, éclatant à propos de rien en fous rires de collégiennes, quand il fonçait sur elles tête baissée, ignorant le danger, insoucieux de leurs rancunes sournoises, de leurs vengeances à retardement, quand il laissait jaillir et nous écorcher son « vous » sifflant, brûlant... Je préférerais cela.

Mais tout cela maintenant est oublié, tout cela est effacé. Il a de ces moments : peu de chose parfois suffit... un compliment qu'on lui a fait, une affaire qu'il a réussie, le sourire de la jolie marchande de journaux, son parapluie qu'il croyait avoir perdu et que quelqu'un lui a rapporté, ou même rien de bien précis — et soudain tout change, la chance lui sourit... d'ailleurs on fait soi-même sa chance... la vie peut être encore belle, il ne tient qu'à soi, la vie est ce qu'on la fait, un peu de bonne volonté, de bonne humeur et tout s'arrange... on passe son temps à se gâcher la vie bêtement quand le bonheur est là sous la main... il a hâte de rentrer chez lui, il se dépêche, vite, il faut tout réparer tout de suite, tout peut s'arranger, rien n'est jamais perdu, il grimpe l'escalier en sifflotant... les gens ont raison, on a beau dire, c'est délicieux, il n'y a que ça qui compte au fond, un foyer, une femme, une fille, malgré tous les soucis, les frottements — chez qui n'y en a-t-il pas?... Oh! il se connaît, il n'a pas bon caractère, il ne doit pas être toujours facile à supporter, pas méchant pour un sou, bien sûr, mais si nerveux, une soupe au lait — il monte l'escalier quatre à quatre, il sort sa clef... elle est là, elle l'attend dans sa chambre, sûrement en train de se préparer... un nid rose, soyeux, et elle soyeuse et rose, parfumée, à peine un peu fanée, mais elle n'en est que plus touchante, périssable, fragile et douce, il a envie de la sauvegarder, de la choyer, il l'aime, au fond c'est cela, il l'a toujours aimée, rien d'autre n'a vraiment compté, c'est étrange tout de même, c'est beau, on peut bien se le dire, après tant d'années encore cette impatience, cette excitation... il traverse le vestibule presque en courant...

Elle, dès qu'il entre, dès qu'elle entend — elle les reconnaît aussitôt, elle les connaît depuis longtemps — cette voix, ce ton qu'il prend dans ses moments d'attendrissement, ce ton enfantin, désarmé, naïf et caressant et cette voix molle, mouillée, il lui semble — je le sais, je l'éprouve comme elle chaque fois — qu'en elle aussitôt tout se hérisse comme les poils sur le dos du chat. On ne comprend pas très bien tout de suite ce qu'on ressent auprès de lui dans ces moments-là : une gêne... une répulsion... cette intonation cajolante, humide et molle s'insinue en vous, cherche à vous atteindre aux endroits les plus secrets, les mieux gardés, c'est un manque de décence, un manque criminel de respect, une tentative de viol... On a le sentiment d'être son instrument de plaisir, son jouet... Il se moque de ce que les gens peuvent sentir... il ne voit d'ailleurs pas les gens autour de lui, il ne les regarde pas... on pourrait mourir de chagrin, dépérir auprès de lui sans qu'il le voie... les gens ne sont que des marionnettes, des poupées soumises à ses caprices d'enfant gâté, stupide, frivole... il s'imagine qu'il lui suffit de « faire pouce », qu'il peut en un clin d'œil changer les rôles, jouer à autre chose, effacer comme d'un coup d'éponge avec sa voix mouillée ce qu'il a gravé en elle, en moi, les traces indélébiles laissées par ses coups de griffe, ses morsures, ses jets de haine qui brûlent, défigurent, du vitriol. D'un mouvement à peine perceptible (mais qu'il perçoit aussitôt : c'est comme un souffle froid, une froide et pâle irradiation qui émane d'elle, du ton un peu trop neutre sur lequel elle lui répond, quand il demande où on ira... « je ne sais pas, où tu voudras »... de son silence... du geste avec lequel elle relève son manteau en montant devant lui dans la voiture...), elle l'écarte, elle le tient à distance, elle creuse un vide entre eux qu'il veut combler, elle étend un désert glacé qu'il veut à tout prix franchir, il s'agite, se démène, se tend, la danse commence. Les rôles — sans que ni lui ni elle n'y puissent plus rien changer — sont distribués entre eux pour la soirée.

J'ai beau ouvrir et refermer le plus silencieusement possible ma porte, glisser à pas de loup le long du couloir : son ouïe aussi exercée que celle des prisonniers dans leurs cellules capte aussitôt et reconnaît autour d'elle dans la maison le plus faible bruit. Tapie dans sa chambre, elle surveille, elle épie. Parfois, je me crois sauvé, j'ai réussi à

franchir l'endroit le plus dangereux, le grand
espace découvert du vestibule où le parquet craque
toujours plus fort, je vais tirer le loquet de la
porte d'entrée derrière laquelle je pourrai me
mettre à détaler, quand je sens tout à coup dans
mon dos, courant le long de mon échine comme
une décharge électrique légère qui me fait sur-
sauter, le son attendu de sa voix : « Ah ! vous
sortez déjà ? La sieste est terminée ? J'ai quelque
chose à vous dire. Cinq minutes seulement... J'ai
à vous parler... » Je bafouille une vague excuse,
mais sans conviction, juste pour la forme... Mon
temps — et ils le savent — n'est pas ce qu'il est
chez d'autres, un temps bien clos, gardé par de
dures cloisons contre lesquelles ils viendraient se
blesser comme des cambrioleurs qui essaieraient
d'escalader des murs hérissés de tessons de bouteilles. Mon temps n'a pas de murs, de piquants.
Mon temps est un lieu de passage ouvert à tous
les vents... Je balbutie que je voulais profiter un
peu du soleil, mais elle me dit que le soleil est
en train de se cacher, qu'il vaut mieux attendre
un peu, éviter ces changements brusques, je ris-
querai moins de prendre froid, rien ne presse...
Et je cède aussitôt. Je ne résiste jamais. Soulagé,
au fond, malgré mes velléités d'évasion et cette
rage, cette répulsion que sa voix a éveillées en
moi sur le moment, content de retrouver ma pente
naturelle, de retomber dans ce qui est ici, pour
nous, la norme. Si elle me jouait le mauvais tour
de me laisser m'échapper plusieurs fois de suite
sans essayer de me rattraper, je sais bien — et
elle aussi — que je ne tarderais pas à revenir
sous un prétexte quelconque et à frapper à sa

porte. Je retrouve non sans plaisir, tandis que je la suis, cette sensation de vertige léger, de très légère nausée comme celle qui précède les syncopes, que j'éprouve toujours quand je me laisse aller ainsi, m'abandonne, ballotté au gré de leurs mouvements, ces mouvements infimes qui les font se trémousser toujours sur place; quand je flotte, inerte et mou, déporté, ramené par le faible flux et le reflux, pareil à ces charognes grisâtres qui dansent à la surface des eaux tièdes au bord des mers sans marées.

Nous nous installons dans sa chambre à notre place habituelle, moi sur le coin de la bergère, elle en face de moi au bord du divan. Elle indique le mur d'un mouvement de la tête : « Vous entendez? Elles sont là, enfermées dans sa chambre depuis des heures, voilà plus de deux heures que l'autre est là... Vous avez vu, on sortait à peine de table quand elle est arrivée. Des journées entières se passent comme ça, à ne rien faire, à écouter du jazz, à papoter... De quoi peut-on parler avec une perruche pareille, je vous le demande... Hier, je n'y tenais plus, elles avaient écouté du jazz pendant tout l'après-midi... je suis entrée... elles étaient affalées dans leurs fauteuils... un désordre... je ne vous dis que ça... de la vaisselle sale sur tous les meubles... le parquet était jonché de mégots... elles lisaient *Votre Beauté*... elle a bien vu que j'étais furieuse, mais ça ne les a pas fait bouger, pensez-vous, au contraire... il suffit qu'elle voie qu'une chose me contrarie pour qu'elle la fasse exprès... Je sais bien que j'ai tort de m'en mêler, ça ne sert à rien, mais c'est facile à dire... c'est que depuis quelque temps ça prend des proportions... elle ne s'intéresse plus à rien, elle ne lit plus... avant elle aimait encore les concerts, elle allait de temps en temps à une exposition... » Sa voix se fait toute mince, un mince filet qui a peine à passer à travers sa gorge qui enfle ; derrière le mur, quelque chose de lourd enfle aussi et tire, une lourde et molle existence, greffée sur elle et qui vit de sa vie propre avec cette obstination invincible et sournoise d'une excroissance morbide, d'une tumeur qui prolifère ; on entend, émanant de là, impitoyables, lancinants, des rires, des bruits de voix, des cliquettements de tasses ou de cuillers qui la font par moments tressaillir et se taire : de brefs élancements... il faut tâter cela, le palper, bien l'examiner de toutes parts, presser comme on tâte sans cesse et presse un endroit douloureux pour se rassurer, pour s'irriter, et plus on appuie, plus ça gonfle... « Tenez, je m'en souviens, déjà quand il y a eu cette exposition, l'an dernier... les peintres flamands... je n'y ai plus tenu, ça allait fermer, il y avait deux mois que ça durait, j'avais eu le temps d'y aller plusieurs fois... vous savez combien j'adore la peinture. C'est entendu, nos enfants ne sont pas forcés de nous ressembler, mais tout de même... elle n'y avait pas mis les pieds une seule fois... j'avais décidé de ne rien dire, à quoi ça sert, mais je n'ai pas pu y tenir, j'ai osé suggérer d'un air comme ça... indifférent... comme si ça allait de soi... car il faut employer des ruses de Sioux maintenant pour lui faire faire n'importe quoi... j'ai suggéré qu'elle pourrait venir avec moi si ça l'amusait... je voulais les revoir une dernière fois, c'est si beau, n'est-ce pas, on ne se lasserait jamais de les revoir... eh bien, vous auriez dû voir sa tête... son visage s'est fermé... vous savez, cette tête qu'elle prend... Elle a marmonné qu'elle ne pouvait pas, qu'on l'attendait, c'était cette petite idiote, une illettrée qui ne s'intéresse à rien, qui n'a aucune conversation... quand je pense... » sa voix s'éraille, s'amincit encore, un tout mince filet... « quand je pense à tout ce qu'on n'a pas fait... vous connaissez votre oncle... il a toujours fait ce que je voulais pour ces choses-là, il me disait bien que ça ne servait à rien, que c'était de l'argent et du temps perdus, mais vous le connaissez, il n'a jamais lésiné sur rien, rien n'était trop bien, les cours les mieux fréquentés, les meilleurs professeurs... j'espérais qu'elle se ferait des amies, c'est si important... il y avait la fille de Malut, une fille charmante, les deux filles de Roland Després, enfin un milieu excellent, elle n'avait que l'embarras du choix, eh bien, il a fallu qu'elle aille s'acoquiner avec les plus vulgaires, les plus bêtes... L'autre jour, vraiment, ça m'a donné un coup, vous ne devinerez jamais ce qu'elle lit... j'ai été mettre un peu d'ordre dans sa chambre, j'ai profité de ce qu'elle était sortie — elle se lève à des heures impossibles, la femme de chambre s'en plaint, elle n'y arrive plus — eh bien, vous savez ce que j'ai trouvé? des piles de romans policiers, toutes sortes d'horreurs, des romans de Delly... c'est l'autre qui lui prête tout ça, l'autre adore ça, bien sûr, que voulez-vous qu'elle aime, dans le milieu où elle vit? vous devriez voir ses parents... Ah! et puis vous savez ce que j'ai trouvé sous une pile de bouquins idiots... votre livre, celui que vous lui avez offert... vous vous rappelez, vous vous creusiez la tête avant son anniversaire pour savoir ce que vous pourriez lui donner... les poèmes d'Apollinaire dans la jolie édition que vous aviez trouvée sur les quais... eh bien, mon cher, ce n'était pas la peine de vous fatiguer, elle ne l'avait pas ouvert, les pages n'étaient même pas coupées. »... D'une pierre plusieurs coups, plusieurs mouvements à la fois, c'est ce qu'elle est en train de faire en ce moment, c'est ce qu'ils font toujours : tandis qu'elle palpe sur elle-même le point douloureux et presse et gratte, elle se serre contre moi, se frotte contre moi, me caresse, me flatte. Comme le patient pendant une douloureuse opération, une pénible extirpation trouve un réconfort à serrer le bras fort et sain de l'infirmier, elle serre mon bras vigoureux — toutes mes faiblesses à moi, qu'elle connaît si bien, tous les dépeçages féroces auxquels sur moi également à d'autres moments elle s'est livrée, sont effacés, oubliés — nous sommes du même côté, entre gens de bien, énergiques et raffinés, nous nous comprenons à demi-mot, nous parlons la même langue, sus à l'ennemi commun... Mais un dégoût me prend, un désir de l'arracher de moi, je refuse l'alliance, je ne veux pas entrer dans son jeu... un peu de tenue, que diable, un peu de décence... mon ton est agacé, froidement méfiant : « Oh! je crois que vous exagérez en ce moment, vous êtes en train de vous monter la tête, vous ne pensez pas? »... sa souffrance étalée, sa faiblesse, sa dépendance me poussent à l'insolence... « Elle n'est pas si molle que ça. Rappelez-vous comme vous étiez fière quand elle a passé son bachot... Elle a quand même dû travailler... » Elle rit d'un rire métallique et faux... « Travailler? J'étais fière? Vous voulez rire... » elle baisse un peu la voix : « Son bachot, je vais vous le dire maintenant comment elle l'a passé, mais ça ne le dites à personne, hein? vous me le promettez? ça restera tout à fait entre nous? » Je reconnais à l'excitation, à cette brusque bouffée de tiédeur excitante qui me traverse que c'était cela que je voulais, cela aussi en même temps (moi aussi je fais toujours d'une pierre plusieurs coups) : la pousser à trahir, qu'elle livre l'autre à ma merci. Plaider le faux pour savoir le vrai... Savoir... Toujours cette maladive curiosité, ce besoin de connaître ce qu'ils cachent, de jeter un coup d'œil derrière leurs décors, de voir confirmé ce que je flaire, pressens... Elle se penche vers moi, sa voix s'amollit, humectée par la douceâtre volupté de la trahison... « Je vais vous le dire, comment elle l'a obtenu, son bachot... à prix d'or, à coups de leçons, nous avons dépensé une fortune, il a fallu lui donner des répétitions en tout, vous allez rire, en sciences naturelles, en histoire, et avec les meilleurs professeurs... elle a pris des leçons de français avec un professeur de faculté... c'est grâce à lui, du reste, qu'elle l'a obtenu, son bachot, elle a eu la chance de tomber sur un sujet qu'il lui avait faire faire un mois avant l'examen, il lui avait dicté le plan, il lui avait mâché toutes les idées, sinon, vous pensez bien... elle ne faisait plus rien depuis la troisième, toujours à la queue de la classe... elle ne s'intéressait plus à rien... » Elle se tait un instant, le regard lointain... « Et quand je pense... Quelle enfant douée elle avait été... si vive, curieuse de tout... Et appliquée... Je n'en recevais que des compliments partout... » Faire légèrement machine arrière, c'est cela qu'elle veut maintenant... elle a senti en moi un mouvement de satisfaction : il ne faut tout de même pas que j'en prenne trop à mon aise... que j'aille lui attribuer à elle... elle n'y est pour rien, au contraire... bon sang ne peut mentir... le terrain était splendide, des dons exceptionnels... le langage secret est si clair, les mots écrits à l'encre sympathique si lisibles qu'elle n'aurait pas besoin d'insister si l'envie en même temps ne la poussait de se gratter plus fort, de faire saigner sa plaie, de palper, de presser l'endroit douloureux, de soulever, de tirer, d'arracher... « C'est bien simple... elle était douée pour tout... Une mémoire... A trois ans elle récitait plusieurs fables de La Fontaine par cœur. Quand elle avait douze ou treize ans, il fallait que j'aille lui enlever les livres des mains à onze heures du soir. Et les sports... La natation... Elle patinait à la perfection... Son professeur me disait qu'elle serait une nouvelle Sonja Henie... »

Le bon temps alors. Les rôles renversés. De l'une à l'autre, la nourriture circulait alors en sens inverse. C'était elle le parasite, la molle excroissance fixée sur l'autre, puisant dans l'autre le suc nourricier. Installées comme on peut les voir... assises devant les courts de tennis, au bord des piscines, des patinoires, pelotonnées douillettement sur elles-mêmes dans une immobilité confortable, une délicieuse sécurité, leur regard avide adhérant à chaque mouvement de l'enfant, leur bouche s'entrouvrant béatement pendant que les pénètrent les irradiations vivifiantes que dégage l'accomplissement, dans la sueur, l'anxiété et la joie, du geste réussi.

Mais que la jouissance attendue vienne à manquer, que l'enfant s'amollisse, se dérobe, prenne peur, abandonne, échoue, et toutes leurs forces inemployées s'échappent d'elles en explosions haineuses, en coups, en cris, l'enfant voit se dresser tout à coup devant lui une mégère au visage défiguré par la rancune et la fureur, une bête affamée avide de carnage... « Ah! je vous réponds qu'elle a bien changé... c'est une mollasse maintenant, une empotée. Elle a tout lâché peu à peu, le tennis, la natation, du reste même physiquement elle a changé... elle est trop grosse, elle n'a plus de muscles, plus de ressort... vous avez remarqué ces airs de martyr qu'elle prend quand elle doit se soulever de sa chaise... c'est tout juste si on ose lui demander de vous passer un cendrier... ah! il n'y a qu'une chose pour laquelle elle retrouve des forces, ah pour ça elle n'est jamais fatiguée, pour se regarder dans la glace, elle y passe des heures, elle aurait pu devenir championne du monde, agrégée, docteur, si elle y avait consacré le quart du temps qu'elle passe à s'examiner... ça me rend malade; un jour je casserai toutes les glaces de la maison... Et pourquoi faire, je vous le demande, pour rester toute la journée enfermée avec cette abrutie... Je vais vous dire... » elle baisse la voix... « si vous croyez que je ne sais pas... il n'y a qu'une chose qui les occupe... les jeunes gens... comment plaire aux garçons... le succès... on comprend qu'une jeune fille soit coquette, mais ici c'est autre chose... j'ai trouvé en rangeant sa chambre un petit carnet »... leurs

mains rapides, fouineuses... elles rassemblent les
détritus pourrissants au creux des éviers, palpent le
fond des eaux grasses, déplient des linges douteux,
les langes souillés, aucune répugnance, aucune
pudeur ne les retient, c'est leur rôle ici-bas, leur
mission de fouiller sans cesse, gratter les recoins
obscurs, tout nettoyer, choses, corps et âmes,
racler, ravauder, pétrir, tailler... « Ce jour-là, je
vous assure que j'ai reçu un choc. Je m'en doutais,
mais je ne pensais pas que c'était à ce point-là :
c'est une véritable obsession. Il n'est question que
de ça... suis-je assez jolie?... un tel, lui ai-je plu?...
qu'a-t-il pensé?... et des secrets de beauté à n'en
plus finir, on dirait une femme mûre qui a peur
de vieillir, des recettes pour se faire pousser les
cils, pour s'amincir le nez, pour acquérir du
charme, du chic... pauvre petite, le malheur, c'est
que tout se passe ici... » elle montre son front du
doigt... « dans sa tête... dès qu'il s'agit de faire
un effort, de sortir, c'est fini, il n'y a plus personne,
aussitôt qu'un jeune homme s'approche, pfuitt,
elle a envie de ficher le camp, elle en a peur... »
    Étonnante vraiment — je ne l'admirerai jamais
assez — la prescience, la prodigieuse lucidité qui
commande à notre insu certains de nos mouvements : tout cela, tout ce qu'elle est en train de
dévoiler devant mes yeux, tout ce qu'elle me livre
et plus, bien plus encore, quelque chose de plus
subtil, de plus compliqué, tout cela je l'avais
deviné, perçu d'un seul coup, et pas moi seul —
moi, cela n'aurait encore rien de si surprenant :
je les connais d'assez près et depuis assez longtemps,
cela aurait pu s'amasser peu à peu en moi sans
que je le remarque et surgir d'un seul coup, en

bloc — pas moi seulement, un camarade à moi qui les connaît à peine — bien qu'à vrai dire ces sortes de choses soient souvent mieux perceptibles à distance et pour un œil moins accoutumé — l'avait perçu aussi, nous avions tout vu d'un seul coup sans nous le dire, sans même le savoir... c'est maintenant que je m'en rends compte... tout me revient, toute la scène, le drame minuscule, ce jour-là, dans l'escalier... quand nous les avions croisées... les deux amies très genre petites amies de pension, toutes craintives et frétillantes : un geste m'avait tout révélé, le geste furtif avec lequel l'une d'elles en nous apercevant avait lissé aussitôt dans son cou le rouleau de ses cheveux ou même moins que cela, rien de perceptible à l'œil nu, rien de descriptible, juste une vibration en elles, un vacillement, une faible titillation... quelque chose avait remué faiblement, quelque chose d'avide, d'apeuré... nous avions senti, émanant d'elles, un effluve douceâtre, une fade odeur... et, comme le médecin qui flaire une plaie ou aperçoit une pâle rougeur fait aussitôt son diagnostic... mais non, ce n'est pas vrai, nous n'avons eu le temps de rien penser, nous n'avons rien diagnostiqué, ce qui s'est levé soudain en nous, sans que nous sachions bien pourquoi, est comparable plutôt à la fureur gloutonne du tigre qui sent palpiter sous sa patte, toute molle et déjà résignée, sa proie, ou bien on pourrait mieux comparer l'effet sur nous de ces effluves qu'elles dégageaient à celui que fait la puanteur sucrée de la charogne sur le vautour, nous avons piqué tout droit sur elles, mon ami d'abord, plus rapide, plus adroit — je le suis si peu, mais je l'ai suivi aussitôt, j'ai partagé le festin — il les a regardées en souriant, les mots devaient lui venir tout seuls, il n'a sûrement pas cherché, il n'avait que l'embarras du choix : « Dites-moi, cette amie que j'ai rencontrée avec vous, qu'est-ce qu'elle devient? Vous savez qui je veux dire... une grande blonde... Tu te rappelles... il se tourne vers moi : une fille formidable, très mince, avec des yeux un peu bridés... Nous l'avions trouvée si bien... » Il me semble que j'ai entendu, tandis qu'affaissées tout à coup sous la piqûre, comme vidées, toutes flasques soudain et fripées, elles répondaient avec un pitoyable petit sourire contraint : « Ah, oui... je sais qui vous voulez dire... Andrée... oui, on la voit de temps en temps... oui, en effet, elle est très bien... elle est à la Sorbonne, cette année, elle prépare une licence d'anglais... » il me semble que j'ai dû percevoir le faible sifflement que faisaient en s'échappant d'elles comme les gaz du ventre percé d'une bête morte — de putrides exhalaisons...

Ce que j'éprouve en ce moment ressemble à la satisfaction, à l'excitation du savant qui voit son hypothèse hâtive confirmée par l'expérience. J'ai envie de me rendre mieux compte, d'étudier le processus de plus près... « C'est très intéressant, ce que vous venez de me dire là, cette idée que tout chez elles se passe ici (je montre mon front). Je l'avais remarqué aussi... On dirait qu'elles ne vivent pas pour de bon... qu'elles vivent dans un roman... un roman un peu désuet... elles-mêmes ont quelque chose de désuet, de vieillot... des jeunes filles à l'ancienne mode... Elles ne sont pas de notre temps... c'est très curieux... » Je dois faire amende honorable. J'ai eu tort de parler avec cette supériorité un peu dégoûtée des mains fouineuses de bonne ménagère nettoyant les coins obscurs, palpant le creux des éviers — ce n'était pas cela, du moins pas cela tout à fait, on a toujours tort de se lancer ainsi, tête baissée, dans une seule direction, on a tôt fait de s'apercevoir qu'il faut rebrousser chemin — il y a sur son visage, tandis qu'elle me répond avec juste une pointe d'amertume, un air de gravité, de noble résignation, de détachement. Comme le savant qui consent à sacrifier son propre corps au progrès de la science, elle accepte, surmontant sa souffrance, de m'aider dans ma recherche : « Oui, comme vous dites, c'est curieux. L'autre, je n'en sais rien, mais pour ce qui est de ma fille en tout cas, vous avez vu juste : elle date, c'est une jeune fille d'il y a cent ans. A son âge, au contraire, on doit être plutôt à l'avant-garde, il me semble, en avant de son temps, on a envie de tout casser, de briser les vieux cadres... Moi à cet âge-là... » Elle réfléchit un instant, elle hésite... « Vous savez ce que je vais vous dire... parfois je me demande si ce n'est pas à cause de moi... si ce n'est pas un peu ma faute, indirectement... elle sait que j'ai eu une vie assez brillante, quelques succès... je me demande si ce n'est pas chez elle le désir de me ressembler... c'est assez fréquent, n'est-ce pas ? » Je l'interromps avec impatience... « Oui, c'est très possible, c'est probable, mais peu importe, là n'est pas exactement la question... » ce n'est pas le moment de nous laisser égarer, nous brûlons, nous allons, je le sens, toucher le point d'où se dégageait l'étrange odeur... « Il me semble que ce qui compte surtout, c'est ce que vous avez dit, que tout se passe dans sa tête... elle n'a pas de vrais désirs bien à elle, de vrais élans, tout est mijoté à froid... Elle se contente d'images toutes faites, c'est pour ça qu'elle cherche toujours à imiter quelqu'un... c'est pour ça... maintenant je comprends ce que je sentais vaguement sans me l'être jamais bien expliqué... c'est pour ça qu'avec les jeunes de son âge, les jeunes gens surtout... je peux vous l'avouer : même avec moi... il y a quelque chose qui ne va pas, on ne sent pas en elle cette flamme, enfin vous comprenez ce que je veux dire, ce jaillissement spontané... un vrai tempérament qui attire... vers quoi on se tend... Au contraire, on sent quelque chose de froid, d'un peu inerte... » J'ai été aussi loin que je pouvais : le membre gangrené est presque sectionné; je n'ose faire plus. A elle, maintenant. Elle ramasse ses forces, elle souffre pour de bon, je le vois, mais il faut avoir du courage... « Oui... c'est bien ça... » les mots sortent difficilement... « vous avez sûrement raison... c'est ça... un manque de vie, tout est là... pas d'instinct fort... aucun tempérament... du ratiocinage stérile... » elle rassemble toutes ses forces pour un suprême effort : « une asthénique, au fond, voilà ce qu'elle est... ce qu'elle est devenue. Il y a longtemps du reste que je le savais ». Le lien est tranché, l'ablation douloureuse est achevée. Le membre malade n'est plus qu'une masse flasque de tissus sanguinolents qui gisent détachés du corps.

Ici quelqu'un de plus naïf que moi, de moins averti, faisant crédit à son courage, croyant achever de la soulager, se sentant soulagé lui-même, enfin délivré, n'aurait pas manqué d'acquiescer : « Que voulez-vous, elle est ainsi. Il faut en prendre

votre parti. A son âge, vous ne la changerez pas. »
Mais moi, comme dit mon oncle, « je connais
mon monde ». Je sais que je me suis déjà laissé
entraîner beaucoup trop loin. Il est toujours dangereux de participer directement à cette dernière
phase de l'opération. C'est le moment d'être prudent. J'essaie de tirer mon épingle du jeu, de faire
machine arrière... « Oh! je crois que là vous allez
un peu fort... Un certain manque de vitalité,
peut-être... ça oui... mais de là à dire que c'est
une asthénique... il ne faut rien exagérer. Chacun
de nous a traversé plus ou moins des périodes
comme ça... Je crois que c'est beaucoup une
question d'âge... » Trop tard. Mal joué. Elle me
jette un regard de côté, coupant, haineux, elle a
sa voix froidement polie, son ton mondain : « Hé
oui... Voilà... Croyez-moi, n'ayez jamais d'enfants... Et vous, au fait... je suis insupportable...
je ne vous parle que de mes ennuis... qu'est-ce que
vous fabriquez ces derniers temps? Où en sont
vos projets? » C'est à peine si elle écoute ma
réponse. De nouveau, l'oreille tendue, elle épie.
Qu'on entende s'ouvrir la porte à côté, un pas
dans le couloir, et elle se dressera aussitôt, impatiente, un peu gênée... « Excusez-moi... il faut que
j'aille... Je crois que je dois aller... »

On serait surpris de voir avec quelle rapidité,
quelle force d'attraction invincible elles se rassemblent de nouveau, se ressoudent. Deux heures
plus tard, je les croise dans le couloir, rentrant
gaiement ensemble, les bras chargés de paquets,
laissant fuser leurs rires pointus... jamais on ne
pourrait croire que c'est la mère et la fille, disent
attendris les gens, on dirait vraiment deux sœurs,

deux amies... Je suis prêt à parier — je ne risque guère de perdre — que c'est à mes dépens que l'alliance entre elles s'est reformée. C'est moi, bien sûr, cette fois, la proie toute désignée que la mère pour apaiser sa propre rancune ou ses remords a offert en pâture à son enfant. Tout en trottinant bras dessus, bras dessous, s'arrêtant pour inspecter les vitrines, ou assises côte à côte, leur petit carnet et leur crayon à la main, tandis que passe la dernière collection, elles se penchent l'une vers l'autre : « Tu sais, par moments, il m'inquiète... Vraiment... Aujourd'hui nous avons parlé un peu, je lui ai demandé ce qu'il comptait faire, où en étaient ses projets... il a bafouillé, il avait l'air ahuri... Quand on pense à l'âge qu'il a... Songe donc... Non mais imagine un homme comme ton père, à son âge... »

Rien de plus banal, en fin de compte — je le reconnais — de plus commun que les divertissements de cette sorte. Tout le monde plus ou moins partage avec nous ce besoin qui de temps en temps — et même assez souvent — nous prend de nous tendre ainsi les uns aux autres un os à ronger pour tromper notre faim, un hochet à mordiller pour calmer notre sourde irritation, notre démangeaison. Les moralistes, les satiristes l'ont assez souvent décrit, raillé, les psychologues n'ont pas manqué de l'étudier, ce besoin de dénigrement comme ils disent : le remède selon eux qu'emploient le plus fréquemment pour se soulager ceux qui souffrent d'un complexe d'infériorité, le tonique par excellence des déprimés. Seulement ces passe-temps courants et somme toute assez anodins sont à nos jeux à nous ce que sont d'aimables jeux de société aux jeux sanglants du cirque. Il est bien rare que nous n'en sortions les uns ou les autres — et moi je crois surtout — sinon mutilés pour de bon du moins passablement meurtris. Pourtant je suis toujours émerveillé de voir comment, telles les femmes à qui, dit-on, la nature prévoyante fait oublier les douleurs de l'enfantement, nous ne manquons jamais, tout pantelants encore et nos plaies à peine pansées, de saisir la première occasion qui s'offre à nous de recommencer.

Avec lui, souvent, quand je commence, je me laisse aller à croire pour me rassurer que je cède à la pitié : cela le démange si fort, c'est si pénible, si gênant de sentir en lui — comme cela m'est arrivé cette fois-là, quand nous marchions lui et moi côte à côte dans les prairies — quelque chose de désemparé, de dépendant, de tremblotant, une inquiétude jamais apaisée, un regard quêteur de chien... je lui jette cela pour l'apaiser. Mais dès ce moment-là, quelque part en moi plus loin je le sais : c'est lui le maître. Il commande. Je feins de croire que je cède comme on cède aux caprices d'un enfant malade ou au regard suppliant d'un chien. Mais le chien ici, c'est moi. Les yeux sans cesse fixés sur lui, je guette, j'obéis. Dès qu'il me lance le caillou, s'il ébauche le geste seulement, aussitôt, comme le chien bien entraîné, je m'élance, je cherche, je fouille, je déterre, je retrouve avec un flair infaillible, je rapporte. Je suis adroit et prompt. Admirablement dressé. Un long entraî-nement m'a aiguisé tous les sens. Un rien me met en éveil, me fait dresser l'oreille : un changement tout à coup, à peine perceptible, indéfinissable, dans la nature de son silence où il me semble que quelque chose — comme une boule de neige — roule sur soi-même et grossit ou bien qu'un creux se fait, un vide... je ne saurais pas bien dire ce que c'est... ou c'est son regard tout à coup qui devient immobile, lourd... et aussitôt, je bondis, si adroit, si rapide, qu'il me semble que je ne fais presque aucun effort, et avec un air innocent, c'est l'air qu'il faut avoir, je rapporte... « Vous savez qui j'ai rencontré? » Il ne bouge pas. Je prends un air aguicheur, enjoué... « Devinez... » Il fait un geste d'impatience, « Mais je n'en sais rien, voyons. Comment veux-tu que je sache? — Quelqu'un qui vous aimait beaucoup... » Il hausse les épaules et remue dans son fauteuil, il a son visage fermé, méprisant... Je frétille... « Cherchez... Vous ne voyez pas? Vous donnez votre langue au chat?... Nos anciens voisins de table à Aix-les-Bains. Vous vous rappelez bien?... les Z... — Quels Z...? » Il me regarde : il y a dans son regard cette répulsion haineuse pour moi, pour eux, que je connais si bien... « Ah! cette espèce de vieux crétin? » Il me semble que je fais malgré moi un léger mouvement de recul et ce geste discret qu'on fait pour essuyer sur son visage la gouttelette de salive qu'un interlocuteur vous a lancée. Je hoche la tête... « Oh! un imbécile si on veut. Il a en tout cas pas mal réussi... Ils viennent d'acheter une maison dans le Midi... Il m'a dit que ses affaires marchaient très bien... Il m'a demandé comment vous alliez... il dit qu'il

ne peut pas oublier ses conversations avec vous...
que vous avez une jeunesse, une fougue... » Sa
moue de dégoût s'accentue... « Il m'a demandé
s'il pourrait vous voir... » Il sursaute : « Me voir!
Ah! il ne manquait plus que ça... Mais tu savais
parfaitement que je ne veux pas voir ces gens-là.
Tu sais que je les trouve assommants... » Je me
défends mollement : un simulacre de défense qui
ne fait que l'exciter... « Mais je ne sais pas moi,
vous sortiez avec eux, vous jouiez au bridge, vous
faisiez des promenades ensemble.. Il a insisté...
je lui ai dit que vous étiez très pris, qu'il pouvait
téléphoner... » Il se dresse, il siffle... « Je jouais
au bridge avec eux... Ah! c'est très bon... c'est
excellent... Excellente raison pour revoir les gens...
n'importe qui... les premiers venus... parce que
j'ai échangé quelques mots avec eux dans un hôtel,
quand je crevais d'ennui... D'ailleurs, qu'est-ce
qu'il me veut? J'ai horreur des connaissances de
villes d'eaux qui cherchent à renouer... se faire
des relations », il ricane et prononce entre guillemets : « relâtions »... « Ce n'est pas pour mes
beaux yeux qu'il veut me revoir, ce n'est pas son
genre. Je connais le genre de type. Il avait déjà
tâté le terrain, du reste... Il veut que je m'intéresse à ses affaires... Il a des tas de combinaisons... »
il trépigne presque... « Mais tu le fais exprès, ce
n'est pas possible... Mais c'est toi, d'ailleurs... sans
toi je ne m'en serais jamais approché, je m'en
serais gardé comme du feu. C'est toi qui me les
as amenés... C'est ta spécialité de t'acoquiner avec
des gens comme ça... Seulement, mon petit, je
t'en prie ne les amène pas chez moi. Je veux qu'on
me fiche la paix. Dis-leur que je suis parti, que je

suis mort, ce que tu voudras, mais je n'en veux
pas, ça non, merci... il ne manquerait plus que
ça... » Il se tait un moment... Je n'ai plus qu'à
attendre sans bouger. C'est fait maintenant, il ne
lâchera plus le morceau, c'est trop bon... Il
réfléchit, il se sourit à lui-même — un petit sourire secret, méprisant... « Et elle est là aussi ? » Je
fais l'ignorant : « Qui ? — Qui ? la vieille guenon...
l'épouvantail à moineaux... Sa femme... Ah! celle-
là, ce qu'elle était moche. Ce n'est pas possible,
elle n'a pas dû changer, elle a toujours été comme
ça. Quelle dot elle a dû avoir pour qu'il marche...
D'ailleurs il doit lui mener une vie... Ah! je crois
qu'il le lui fait payer... Parfois j'en étais gêné, il
était d'une muflerie... Bobonne... » Son rire me
brûle... « Bobonne... ça lui allait... Au fait, j'y
pense, et la fille, qu'est-ce qu'elle est devenue, elle
avait un drôle de nom aussi, celle-là... Zézette ?...
Zouzou ?... Comment est-ce qu'ils l'appelaient ?
Un joli numéro aussi... » Nous y sommes enfin.
Ça y est. Il a trouvé. D'ailleurs, depuis le début il
l'avait pressenti, flairé, il savait que c'était là,
mais il prenait son temps, il se réservait cela pour
la bonne bouche. Moi aussi, je savais dès le début
sans me le dire, je n'ai même pas eu le temps de
penser — je suis si prompt à découvrir ce qu'il
lui faut, à lui apporter — je savais que c'était une
belle pièce que j'étais allé lui chercher, un morceau de choix, un vrai os à moelle et que la moelle
c'était cela : un tendre, gras et succulent morceau, un fin régal, il l'a à portée de sa dent, il va
mordre... Mais pour être tout à fait franc, malgré
tous les démentis cruels que m'ont donnés de trop
nombreuses expériences, je doute encore jusqu'au

dernier moment. Je conserve toujours un espoir :
ce même espoir confus que je devais avoir quand
je choisissais le morceau, cette même absurde
confiance qu'il se montrerait décent, généreux,
qu'il ne se permettrait tout de même pas d'abu-
ser... et en même temps une curiosité me poussait — je l'éprouve aussi en ce moment — cette
curiosité irrésistible qui s'exerce si souvent chez
moi à mes dépens, c'est comme un vertige qui me
prend, je veux voir jusqu'où ils iront, s'ils se
laisseront vraiment tenter, si ce que je pressens,
redoute, attends, désire, va arriver; un besoin,
aussi, de les défier. Je me fais penser à ce clown
que j'ai vu dans je ne sais quel cirque, dont le
numéro consistait à dire en avançant son visage
vers l'autre clown qui le menaçait d'une gifle :
« Eh bien, essaie donc, vas-y. » Et l'autre, à tout
coup, « y allait ». Cette fois, lui aussi, comme
toujours, « il y va ». Il a même des raffinements
bien à lui. Il ne s'adresse plus à moi, mais à
quelqu'un d'autre — il le fait toujours quand il
a cette chance que quelqu'un d'autre soit là — à
sa femme, à sa fille; il fait semblant tout à coup de
m'ignorer : ainsi, d'un mouvement adroit il me
terrasse, me bâillonne, me force à assister sans
broncher à ce qui viendra... « Ah! c'était aussi
un joli numéro, celle-là, elle promettait. Pas si
moche que la mère... elle ira loin, une petite
délurée, une maligne, je l'ai bien observée, elle
ne perd pas le nord sous ses airs de sainte nitouche,
elle sait ce qu'elle fait... » Il se tait un instant,
paraît réfléchir à ce qu'il vient de dire, hoche la
tête et se sourit à lui-même : un moyen qu'il
emploie pour donner à ces jugements qu'il jette

ainsi par-dessus ma tête un air de constatation objective, d'évidence. Pourtant je doute encore, il a l'air si innocent, si inconscient... je l'accuse peut-être à tort, je suis si soupçonneux, ils me le disent souvent, j'ai l'esprit si mal tourné, je suis si susceptible, ce n'est pas absolument certain qu'il se rende tout à fait compte... il a peut-être oublié, cela lui ressemble si peu de se souvenir de choses comme celles-là... la douce nuit d'été, le tiède clapotis de l'eau, nos rires contenus, nos chuchotements, son coude lisse et chaud dans le creux de ma main quand je l'aidais à sauter du bateau... elle détourne la tête, j'effleure à peine ses cheveux... à demain... à demain... ne faites pas de bruit surtout... je glisse le long du couloir... il ouvre sa porte, il sort la tête : « C'est toi ? Tu sais l'heure qu'il est ? — Je sais... Je suis allé faire un tour en barque... il fait si beau... — Un tour en barque ? Mais je t'ai déjà dit que c'était interdit de sortir la barque la nuit. Et puis, écoute... » il baisse encore la voix... « Je voulais te parler... Je ne veux pas d'histoires... Je te prie de ne pas t'amuser à promener la petite en barque la nuit. Je ne veux de ça à aucun prix, de ces sérénades nocturnes... Les parents ont l'air furieux... ils font une figure depuis quelques jours... oui, oui, je sais ce que je dis. »

Autrefois quand j'étais plus naïf, encore très maladroit, parfois à ces moments-là, quand il me tenait ainsi terrassé à sa merci, il m'arrivait de me débattre — c'était plus fort que moi — de me dresser, espérant encore follement qu'il ne se souvenait plus, qu'il suffirait de lui rappeler, voulant à tout prix savoir, le forcer à se découvrir,

le contraindre à abattre son jeu... Je m'indignais :
« Ah! je vous en prie, mon oncle, pas ça... Ce
n'est pas gentil. Vous savez bien que Zézette a
été ma grande passion... vous vous en êtes assez
moqué... vous ne vous en souvenez donc plus? »
Il se tournait alors enfin vers moi, il me regardait
d'un air stupéfait : « Non, mais qu'est-ce qui te
prend? Je dois me rappeler toutes tes histoires,
tous tes emballements? Non, mais tu es fou...
Voyez-vous ça, ces ménagements qu'il exige, ces
égards. Le grand amour romantique... J'ai pro-
fané ses sentiments... on doit faire attention à
chaque mot qu'on dit... tout le monde est si
délicat ici, si sensible, il faut prendre des gants,
on ne peut plus parler de rien... » irrité, mais
gêné au fond, démonté, un peu honteux, et moi
gêné aussitôt, honteux pour lui, pour moi, regret-
tant déjà ma « sortie », tout prêt à croire à son
innocence, à ma culpabilité... Non, maintenant
je ne bouge plus. Je laisse s'achever la fête. Je le
laisse — je n'ai plus d'ailleurs cette audace d'autrefois, cette intrépidité — dévorer tranquillement
le succulent morceau. Il se régale sans vergogne,
il s'ébat, s'amuse : il ne s'adresse toujours pas à
moi... « Mais comment s'appelait-il, au fait, le
petit machin? ce type... vous savez bien... ce
fils à papa qui se promenait toujours dans sa
voiture de courses... Son père avait des usines en
Tunisie ou je ne sais où... Je la voyais toujours
tourner autour de lui, elle lui faisait les yeux doux...
Oh! elle saura mener sa barque. Du reste elle était
bien dressée par la mère qui ne pensait qu'à la
marier... Ils n'auront pas de peine, elle fera sûrement un beau mariage, ils n'ont pas besoin de

s'inquiéter. Elle n'était pas le genre à leur faire un coup de tête. Elle sait ce qu'elle fait... »

Il peut s'ébattre à son aise, se repaître à satiété. Avec moi, je l'ai déjà dit, ils n'ont rien à craindre : je ne parviens même pas à leur en vouloir pour de bon, encore bien moins à les haïr. Et même, il faut l'avouer, pendant ces jeux entre nous, ces combats, j'ai le sentiment étrange d'être comme écartelé entre eux et moi, d'avoir toujours un pied dans chaque camp. Qui plus est, s'il fallait choisir, je crois bien que je serais plutôt enclin à prendre parti pour eux contre moi. C'est cette assurance chez eux, cette innocence (vraie ou feinte — peu importe : si elle est jouée, elle l'est si bien qu'elle est devenue une seconde nature, eux-mêmes s'y trompent), c'est cet air innocent qu'ils ont qui m'en impose, qui me confond. Je suis toujours prêt, même quand je sens comme s'enfoncent délicatement en moi leurs dents, à me donner à moi tous les torts. J'ai honte (c'est pour cela que je les cache si bien) de mes tressaillements, de mes petits soubresauts de douleur. Il me semble quand je tressaille que c'est moi le coupable; moi la brebis galeuse, la bête puante qui ferait — si j'osais me plaindre à eux — se détourner avec dégoût tous les braves gens : ils refuseraient d'examiner mes blessures, toutes ces prétendues morsures, ces atteintes, ces coups bas que personne d'autre ne reçoit, ne perçoit, dont personne jamais ne parle, ne s'occupe, dont personne n'a jamais songé à apprendre à qui que ce soit à se préserver; moi qui pêche en eau trouble, qui trouble les eaux calmes par mon image reflétée, mon souffle; qui vois dans l'air la trajectoire invisible de Dieu sait quels cailloux que personne ne m'a lancés, et qui rapporte ce que personne n'attend; moi qui sans cesse éveille ce qui veut dormir, excite, suscite, guette, quête, appelle; moi l'impur.

Ce n'est pas par hasard que j'ai rencontré Martereau. Je ne crois pas aux rencontres fortuites (je ne parle évidemment que de celles qui comptent). Nous avons tort de penser que nous allons buter dans les gens au petit bonheur. J'ai toujours le sentiment que c'est nous qui les faisons surgir : ils apparaissent à point nommé, comme faits sur mesure, sur commande, pour répondre exactement (nous ne nous en apercevons souvent que bien plus tard) à des besoins en nous, à des désirs parfois inavoués ou inconscients. Cependant je conviens qu'il est plus raisonnable, plus satisfaisant de dire simplement que, les ayant sans doute longtemps cherchés sans le savoir, nous finissons bien un beau jour par les trouver ; chacun trouve, dit-on, chaussure à son pied.

J'ai toujours cherché Martereau. Je l'ai toujours appelé. C'est son image — je le sais maintenant — qui m'a toujours hanté sous des formes diverses. Je la contemplais avec nostalgie. Il était la patrie lointaine dont pour des raisons mystérieuses j'avais été banni ; le port d'attache, le havre paisible dont j'avais perdu le chemin; la terre où je ne pourrais jamais aborder, ballotté que j'étais sur une mer agitée, déporté sans cesse par tous les courants.

C'était lui déjà que tout enfant j'observais avec admiration, avec envie, tapi dans mon coin, blotti contre eux dans leur chaleur, dépeçant chacun de leurs mots; lui qui imitait le sifflement de la locomotive loin d'eux dans les allées, faisait voguer ses petits bateaux, installait des moulins dans les ruisseaux, surveillait de ses yeux attentifs l'endroit où allaient se poser ses avions de papier, examinait des cailloux pour distinguer le silex du schiste; lui qui avait le pouvoir sans lever le petit doigt de les tenir en respect, d'imposer des égards : une claque muette parfois, une brève exclamation quand il déchirait ses vêtements, s'écartait trop, oubliait l'heure; tandis que devant moi on se vautrait le ventre en l'air, on s'ouvrait, s'offrait, me mordait, me cajolait, me boudait, on s'écartait tout à coup pour me faire peur, on m'enveloppait pour m'étouffer, me réduire à merci, de silences lourds; Martereau dont se dégageait un fluide mystérieux qui tenait à distance leurs mots et les faisait rebondir loin de lui, pareils à ces balles légères qui dansent à la cime des jets d'eau.

Pas besoin de moyens héroïques pour lui, de « sorties » toutes voiles dehors, de contre-attaques sournoises ou violentes (chaque mouvement les provoque, les excite, le moindre geste vous fait vous découvrir dangereusement) : il n'a pas besoin de bouger. C'est son immobilité, justement, qui les maintient. Sa dureté qui les rend durs.

Plus tard, je me suis plu dans mes rêveries à

lui faire prendre d'autres aspects. J'aimais l'imaginer s'épanouissant sous d'autres cieux. Je découvrais pour lui et pour moi, pour cette nostalgie qu'il éveillait en moi, des terres plus grasses, des climats plus propices.

La Hollande surtout me fascinait : une petite ville hollandaise aux ruelles proprettes et assoupies, bordées d'identiques maisons de briques sombres. Il était assis à sa fenêtre (un seul panneau de verre étincelant), derrière les rangées de plantes vertes, de tulipes et de pétunias, un homme d'âge mûr, un peu chauve, un peu lourd — je le préférais ainsi — assis près de la fenêtre dans son fauteuil, immobile, fumant sa pipe. Sur les murs autour de lui, quelques tableaux : une jeune villageoise, une mer démontée, un coucher de soleil sur un port de pêche. Les meubles autour de lui n'étaient ni anciens ni beaux : les meubles les plus ordinaires, fabriqués en série, choisis sans inquiétude et sans effort, entourés de tendres soins; leur laideur confortable et modeste avait une grande douceur. C'était l'heure entre chien et loup où sa femme qu'on apercevait par la porte entrouverte s'affairant dans sa cuisine aux murs recouverts de carreaux d'émail blanc, allait entrer, allumer la suspension, mettre le couvert. Dans la demi-pénombre, on voyait luire devant la cheminée les arabesques orangées que dessinait le serpentin incandescent du radiateur à gaz. J'allais oublier encore cela — pourquoi m'en serais-je privé? — une bouilloire de cuivre ventrue, posée sur le radiateur, « chantait ».

Moi, comme de juste, j'étais dehors. Je l'observais, caché sous le porche. Tout pareil à l'enfant loqueteux qui contemple dans la vitrine illuminée l'énorme bûche de Noël.

Mais l'Angleterre était pour nous deux une terre bénie. En Angleterre, il était une belle poupée articulée, au visage souriant et agréablement teinté, revêtue à chaque heure du jour d'un nouvel habit, logée dans un palais de marbre blanc : jouet somptueux offert aux regards émerveillés de tout un peuple. Là-bas je faisais partie des foules ferventes qui attendaient pendant des heures pour apercevoir un instant son visage immobile et souriant derrière la glace de la longue limousine éclatante ornée de ses armes; pour le voir apparaître au balcon, inclinant la tête vers nous, agitant lentement la main. Toute une imagerie faite à mon goût soutenait mes rêveries, apaisait ma faim. Je pouvais contempler sur toutes les tables, à toutes les devantures des magasins, les belles images aux couleurs vives qui le montraient, se détachant sur l'océan, debout sur la passerelle d'un dreadnought, sa main gantée de blanc appuyée à son képi d'amiral; ou bien en uniforme de général, immobile et droit sur son cheval, tandis que défilaient devant lui dans un ordre impeccable les régiments; penché au chevet d'un blessé; serrant la main d'un ouvrier; mais surtout, suprême régal, chez lui, dans l'intimité, assis au coin de son feu en face de sa femme au visage également figé dans une immuable expression souriante, devant un guéridon incrusté d'ivoire où s'étalaient des cartes à jouer, une carte dans sa main levée, le visage attentif, les yeux baissés, faisant une patience; incliné au-dessus de sa femme assise à son piano, tournant, tandis qu'elle jouait

pour lui ses morceaux préférés, les pages de la
partition; se promenant avec ses enfants, des ché-
rubins aux têtes blondes, vêtus de blanc, dans les
allées du parc; donnant du sucre à des poneys;
tapotant le cou de son setter favori; mannequin
héroïque franchissant sous nos yeux d'un pas admirablement réglé, égal et ferme, toutes les étapes :
poupon aux longues robes de dentelles sur les
genoux de sa mère-grand; enfant espiègle et prince
charmant; combattant sur le front; jeune officier
tenant la main de sa fiancée; heureux père faisant
sauter sur ses genoux son premier-né; fils condui-
sant tête nue et à pas lents le deuil de son père;
lui-même enfin sur son lit de mort, le visage à
peine plus impassible, toujours agréablement fardé,
presque souriant...

Coffret précieux, luxueux écrin tapissé de satin
immaculé — pas un froissement, un pli disgracieux où la moindre poussière pourrait se nicher —
dans lequel sont exposés pour la joie de tous les
yeux, s'encastrant exactement dans les compar-
timents qui leur sont préparés, d'énormes pierres
précieuses, des diamants de la plus belle eau, admirablement taillés et polis, durs, purs, inaltérables.

Cependant, Martereau était là, tout près; il n'y
avait qu'à étendre la main. Martereau en chair
et en os, meilleur cent fois que les plus beaux
jouets et les plus somptueux coffrets. Martereau
que je connaissais depuis longtemps.

Souvent ainsi, quand le sort nous comble, quand
la réalité que nous avons toujours évoquée, appelée,
est là à notre portée, nous ne la reconnaissons pas
d'abord. C'est peu à peu, à l'usage, que Marte-

reau s'est révélé. Et puis peut-être que moi-même je ne m'étais pendant longtemps jamais trouvé en sa présence dans cet état indispensable de réceptivité qui permet au charme qu'il exerce de produire son effet. Plus d'une fois en l'apercevant, il m'arrivait de chercher à l'éviter, de le fuir. Il me semblait que le regard placide de ses bons yeux ferait sur moi ce que fait un rafistolage maladroit, une suture prématurée sur une plaie qui continue à suppurer : par en dessous ça suinte toujours, ça se décompose, ça pue. J'avais envie sous son regard limpide et bienveillant qui m'agaçait de cacher mes yeux, mes lèvres surtout où, dans mes mauvais moments, quelque chose de louche, de honteux, frémit et joue; je m'arrange toujours, quand je peux, pour poser ma main négligemment sur mes lèvres qui n'en finissent plus de s'agiter pour trouver une bonne position. Non, pour que tout aille bien, il faut quand je le vois que, comme les chrétiens que touche la grâce, je sois bien préparé, que je me sente à peu près d'aplomb. Alors, dès que je l'aperçois, sans effort, docilement, je vais droit à lui la main tendue. Alors sa poignée de main forte et cordiale, sa tape sur l'épaule : « Et comment va, jeune homme? » opèrent sur moi un effet immédiat. C'est l'apposition des mains, l'exorcisme, le signe de croix qui fait fuir le malin. D'un coup, comme par enchantement, ils disparaissent, tous les grouillements, flageolements et tressaillements, toutes les souillures et les plaies qu'ont laissés en moi leurs attouchements malsains, leurs louches caresses, leurs morsures. Tout se lisse, se durcit, tout prend des contours nets, un aspect bien nettoyé, rangé et astiqué, très rassurant. Le mauvais rêve, l'envoûtement se dissipe : je vois clair comme tout le monde, je sais où je suis, qui je suis. « Comment va, jeune homme ? » Sous ses mots, derrière son regard, adhérant à eux étroitement, sans la plus mince fissure où quoi que ce soit de suspect puisse se glisser, rien qu'une sollicitude sincère, la plus franche bonhomie : « Alors, et cette santé ? Mais dites-moi, c'est qu'on a l'air d'aller mieux, de reprendre du poids... ça réussit, hein, les gâteries de la tante, ses bons petits plats ? Ah ! c'est qu'il est soigné... » J'acquiesce, je souris : « Oh ! pour ça, oui. — Mais ne riez pas, c'est qu'à votre âge c'est sérieux, on ne plaisante pas avec ces choses-là : la bonne nourriture, le repos, il n'y a que ça pour ces maladies-là. Moi quand j'étais jeune, on me croyait perdu, je crachais du sang, les médecins m'avaient condamné, ils m'envoyaient en Tunisie, Dieu sait où... eh bien, vous savez où je suis allé ? En Normandie, chez ma grand'mère... Et j'ai dormi tant que j'ai pu et dévoré comme un ogre. Je disais : les microbes ne me mangeront pas, c'est moi qui les mangerai. Et vous me voyez, je suis toujours là. Et sans me vanter, je tiens encore bien. Il n'y a pas beaucoup de jeunes gens qui pourraient me matcher. Seulement hein ? pas d'imprudences. Il faut continuer à mener une petite vie bien tranquille, à faire très attention. Mais vous êtes raisonnable, je le sais. »

Raisonnable — c'est vrai. C'est ce que je suis. Je me soigne. C'est pour ma santé que je suis ici, pour des raisons évidentes de santé, sur le conseil des médecins que je mène cette vie un peu ouatée, au ralenti, que j'ai accepté leur hospitalité.

C'est la demi-inaction à laquelle je suis condamné, « la mère de tous les vices », qui entretient en moi ces ruminations oiseuses, qui me donne cette sensibilité — la faiblesse physique aidant — de femme hystérique, ces sentiments morbides de culpabilité. Raisonnable malgré cela je le suis, je le sais, poursuivant comme tout un chacun, sans jamais faire de folies, mon petit bonhomme de chemin, ne perdant pas le nord, jamais. Jamais je n'ai su faire une scène pour de bon, casser un objet, « tout casser », renoncer à ce qui est de toute évidence — je le sais aussi bien que Martereau — mon intérêt. Le reste, les attouchements, envoûtements, caresses, morsures, vertiges, dégoûts, frissons, étranges attraits — des fioritures, ornements, guirlandes et pampres que pour me distraire mes doigts désœuvrés tressent autour de ce bâton solide et droit, bien lisse et rond que tout le monde voit : la conduite la plus normale, la plus raisonnable, l'instinct de conservation le plus sûr et le plus sain.

Et ils le savent ici, chez nous, c'est certain. Ils savent aussi, comme Martereau, ce qui compte, ce qui seul importe. Ma tante le sait très bien quand elle commande pour moi la tranche de viande grillée, prépare mon gâteau préféré, me verse avant le déjeuner pour m'aiguiser l'appétit mon verre de porto. « C'est une grande chance que vous avez. Et vous savez, ils s'inquiètent tellement dès que vous n'allez pas bien, dès que vous perdez du poids : c'en est touchant. C'est qu'ils vous trouvent si gentil, ils vous aiment tant. » Aussitôt — et Martereau aussi sent comme mes mots pareils à un fourreau parfaitement ajusté gainent à la perfection sans un pli, sans la moindre ride, mon sentiment — je réponds : « Mais je sais. Moi aussi, monsieur Martereau, je les aime bien. » Il me semble que nous nous trouvons tout au fond, dans la chambre au trésor : là où, comme dans les caves blindées dans lesquelles est conservé l'or de la Banque de France qui sert de garantie, qui donne sa valeur à notre monnaie courante, se trouvent les grands, les vrais sentiments (tout le reste ici entre nous : fausse monnaie qui n'a cours nulle part, billets que les enfants fabriquent pour jouer, amusements frivoles, puérils, caprices d'enfants gâtés, billevesées, miroitements, reflets), les grands sentiments tout simples qui donnent leur valeur et leur signification à la seule chose qui compte : nos actes. « Oui, votre oncle m'a dit bien des fois que vous lui remplaciez un fils. L'autre jour, je l'ai consolé. Il se tourmentait un peu pour votre avenir. Il aurait tant voulu vous voir réussir dans la vie comme il a réussi. Il aurait voulu vous pousser, il se désolait que vous n'ayez pas continué à travailler un peu avec lui. Il craint que vous n'ayez pas trouvé votre vraie voie, que la décoration, ce ne soit pas tout à fait ce qui vous convient. Il a peur que vous ne perdiez votre temps. Je lui ai dit : Laissez-le faire. Il faut les laisser se débrouiller comme ils peuvent, tous ces jeunes. Remarquez bien, il ne disait pas non, il était de mon avis. Je lui ai dit : Vous verrez, quand il se portera mieux, ça lui remontera le moral; il reprendra confiance en lui-même, le goût du travail sérieux viendra. Maintenant il flâne un peu, il s'amuse, il bricole, il ne se fatigue pas, la santé avant tout. Vous verrez, ça viendra tout seul. Avec le temps, avec l'âge tout s'arrange. Moi, tel que vous me voyez, je suis passé par là quand j'étais jeune : je rêvassais, j'écrivais des poèmes, moi, à longueur de journée, étendu sur mon lit. Et maintenant, vous me voyez. »

Je le vois. Je ne me lasse pas de le regarder : il est le spectacle le plus merveilleux, le plus apaisant pour moi et le plus stimulant qui soit. Ses moindres mouvements me fascinent. Tous ses gestes les plus insignifiants, comme la ligne toute simple, unique, parfaite, d'un beau dessin, me semblent à chaque instant le contenir, l'exprimer tout entier : quand me précédant sous le porche d'entrée de sa maison, le torse incliné en avant il essuie lentement et avec soin ses pieds sur le paillasson devant la loge de la concierge, tape doucement au carreau de la loge de son index replié, passe la tête dans la porte entr'ouverte et demande : « Y a-t-il du courrier? »; quand il monte l'escalier, fouille dans sa poche, sort sa clef, la tourne doucement dans la serrure, m'ouvre sa porte. Je ne peux détacher mes yeux de ses gros doigts qui tirent la fermeture-éclair de sa blague à tabac, sortent une pincée de tabac, la secouent légèrement, bourrent le culot de sa pipe, appuient, tapotent. Il me semble que tout ce qui, même chez lui peut-être par moments, tout ce qui chez moi tremblote un peu, flageole, vacille, vient, limaille soulevée par un aimant puissant, se fixer là, dans les mouvements tranquilles et précis de ses gros doigts. Le temps lui-même est pris, retenu dans le réseau léger que tracent ses gestes. La certitude, la sécurité se trouvent là.

Quand je suis chez lui, je me sens pareil à l'enfant qui grandit dans un taudis au milieu des cris et des coups quand il s'assoit sur les bancs de l'école du dimanche, écoute la leçon du maître, chante en chœur les chants sacrés, feuillette les livres saints, contemple les images pieuses : je contemple sur la cheminée les vieilles photos jaunies : celle de la mère de Martereau, une dame à cheveux blancs et à bonnet de dentelles, assise dans un grand fauteuil et donnant à boire à un poussin. « C'est du vin chaud que ma mère leur donnait, m'explique Martereau. On lui apportait toujours les plus mal venus, et elle leur faisait couler du vin chaud dans le bec pour les fortifier. Après quarante ans de mariage, mon père disait de ma mère, me dit encore Martereau : « Elle ne m'a pas apporté un sou de dot, elle n'était pas ce qui s'appelle une beauté, mais je le dis depuis quarante ans, j'ai gagné le gros lot en l'épousant. » Je soulève avec piété les lourdes pages dorées sur tranche de l'album recouvert de peluche violette et fermé par une grosse boucle d'acier; mon ravissement étonne toujours Martereau, l'amuse, le flatte sans doute un peu; il se penche avec moi, il répète ce que je ne me lasse jamais d'écouter : « Ah! celle-ci, vous la connaissez : c'est ma femme et moi à la campagne dans le jardin de mes beaux-parents avant nos fiançailles. Ce que j'étais bête... Je suis venu tous les jours pendant six mois sans oser me déclarer... Là c'est nous en Corse, pendant notre voyage de noces... elle mourait de peur dans les sentiers à pic, sa robe se prenait aux ronces, les mulets refusaient de marcher, regardez-la, elle n'en menait pas large... » Madame Martereau sourit, les belles rides aux cassures nettes qui fendent sa peau lisse au grain serré auréolent les coins de ses yeux, Martereau entoure ses épaules de son bras, ils se regardent en souriant. Martereau se tourne vers moi : « Voyez-vous, jeune homme, c'est dans la famille, je dois tenir ça de mon père... depuis ce voyage en Corse il s'est passé vingt-cinq ans, hé oui, nous allons bientôt fêter nos noces d'argent, eh bien! rien n'est changé pour moi, je ne désirerais qu'une chose, voyez-vous, tout recommencer, refaire le chemin ensemble depuis le début. C'est passé trop vite, c'est la seule chose que je regrette. » Lui seul, Martereau, est assez fort pour obtenir cela, sans le chercher, sans le vouloir, que je le regarde comme je fais maintenant se tenant là devant moi, adossé à la cheminée, le bras passé autour des épaules de sa femme, sans que j'aie envie de détourner les yeux, sans qu'apparaisse sur mon visage ce petit sourire contraint, faussement crédule et attendri, un peu honteux, qui vous tire malgré vous les lèvres en pareil cas, quand les gens se mettent ainsi devant vous en position — un déclic et ce sera fait, ne bougez pas — et veulent qu'on les regarde.

Mais Martereau ne veut rien, il ne cherche à éveiller ni l'envie ni l'admiration. Il ne songe pas à donner de leçons, satisfait et paisible comme il est.

Ils sont là devant moi comme les fleuves, les arbres, les prairies : étalés avec la même noble impudeur, la même indifférence.

Leurs sentiments — et c'est ce que j'admire tant en eux — ont l'éclat brûlant, la transparence et la malléabilité de l'acier incandescent... Pendant six mois il n'osait pas se déclarer et pendant plus d'un an qu'ont duré leurs fiançailles, il osait à peine (le chaperon que les parents leur avaient donné était bien inutile), il osait à peine effleurer les doigts de sa fiancée quand ils se promenaient — ils avaient visité Saint-Cloud, Versailles — tant son amour pour elle était fort et son respect pour elle était grand. Comme l'acier incandescent, leurs sentiments se laissent couler dans des moules tout préparés, ils y deviennent des objets durs et lourds, très résistants, lisses au toucher, sans une rugosité, sans une faille... Nous tournons les pages de l'album : les voilà tous deux encore, elle en tablier blanc, les manches retroussées, ils rient et tiennent chacun l'anse d'une marmite d'où émerge la tête chauve de leur premier-né... « Mon mari voulait absolument le photographier dans une marmite : il y tenait tout entier, il était drôle; regardez cette grimace qu'il fait. » Martereau sourit avec indulgence, se tait : pudeur, émotion légère, tendresse virilement contenue qui convient; il tourne la page : « Tenez, le voilà bien changé, il ne tiendrait plus dans une casserole, le voilà en spahi... » Ici je veux tourner la page plus vite pour ne pas l'attrister, mais il me retient : « C'est mon père sur son lit de mort. Il est mort de sa belle mort, il s'est éteint de vieillesse à quatre-vingt-neuf ans entouré de ses petits-enfants et arrière-petits-enfants. A quatre-vingts ans, il me disait : " Mais ce n'est pas possible, je vieillis, ma parole, je deviens dur d'oreille. " » Nous rions doucement. Tout est pour le mieux. La mort apprivoisée vient comme une bête familière se faire donner de bonnes tapes amicales, manger dans notre main. Je tourne la page : il éclate de

rire : « Ah! celle-là, c'est la chipie. La cousine
Mathilde. Elle est morte jeune celle-là, elle est
entrée en religion à vingt-quatre ans, il n'y a
rien eu à faire pour l'en empêcher. Je la détestais
quand j'étais petit, ce qu'elle a pu me faire
enrager... Et là, hein, on ne me reconnaît pas?
C'est moi dans ma tenue de loup de mer. Sur
l'*Orageuse* : c'était mon bateau de pêche. Mais
oui, c'est que je suis un grand pêcheur devant
l'Éternel. Il était magnifique : à voile et à moteur.
Tenez, me voilà revenant avec mes six cents
maquereaux : six cents, je ne vous mens pas. Ça
arrive dans ces régions-là, en Bretagne. Il suffit de
tomber sur un banc : ils étaient serrés comme des
harengs, c'est le cas de le dire. Il n'y avait qu'à
piquer dans le tas avec un crochet. Un par
seconde, le temps de faire le mouvement : et hop!
Ma femme les comptait à mesure. » Je tourne les
pages, détendu, confiant, rempli d'une paisible
allégresse... « Ah! là, par exemple, c'est moins
drôle, c'est tout de suite après mon accident. Ici
c'est ma femme avec notre second fils sur le perron de notre maison, juste avant notre départ... »
Bien sûr, tout n'a pas toujours été rose, il y a eu
des coups durs, des deuils, des maladies, des
revers de fortune, de bons vrais malheurs qui
peuvent s'étaler au grand jour, que tout le monde
comprend, auxquels chacun compatit, des malheurs comme de grands blocs épais et lourds, aux
contours nets, au dessin pur... Nets et purs, d'un
seul bloc comme Martereau. Dignes de lui. Faits
à sa mesure.

Je sais bien qu'il ne faut rien exagérer, qu'il
faut prendre bien garde de ne pas se laisser

entraîner par ce besoin qu'il éveille en moi de perfection, d'absolu. Bien sûr, il n'est peut-être pas exactement tel qu'il m'apparaît en ce moment, il améliore probablement en ma présence très légèrement sa ligne, il se donne peut-être un tout petit coup de pouce pour se confondre avec cette image de lui que je vois et qui le recouvre si parfaitement. Et puis il a d'autres aspects — des copies d'autres images tout aussi nettes : coléreux comme tous les hommes... sa femme sourit de son sourire affectueux, indulgent, quand il dit en la regardant malicieusement qu'il est ce qu'on peut appeler un ange de patience. Elle hoche la tête : « Un ange, ah! ça, tu peux le dire. Non, emporté : voilà ce qu'il est. Pas mauvais pour un sou, mais soupe au lait. Pas avec elle, bien sûr, mais ça le prend tout d'un coup, il n'y a pas moyen de l'arrêter. Un jour ça l'avait pris avec un contremaître — au temps où il avait son entreprise de maçonnerie — c'était un chenapan en qui il avait mis toute sa confiance; il l'avait pris la main dans le sac et l'autre, par-dessus le marché, osait lui tenir tête; il le secouait comme un prunier, il m'a fait peur, je vous assure, j'ai cru qu'il allait l'étrangler. Mais une heure après, c'était fini : il avait oublié, il était prêt à pardonner. »

D'autres aspects encore, tout aussi sobres et purs de ligne, que sa femme même peut-être ne connaît pas ou sagement feint d'ignorer. Volage même un peu à ses heures, qui sait, et qui cela étonnerait-il qu'un bel homme comme lui ait eu quelques passades; sa femme n'a jamais eu l'air de s'en douter, il ne lui en a jamais rien dit, il l'aime, elle le sait bien, alors pourquoi faire des

histoires, des drames, avec les femmes on ne sait
jamais comment ça peut tourner, bien que sa
femme à lui aurait probablement compris et par-
donné, mais enfin on ne peut jamais savoir, on
risque de se gâcher la vie pour rien, pour des
choses qui n'ont aucune importance au fond, tous
les hommes sont ainsi, « des coqs, comme disait
leur médecin — un excellent praticien, un bon
vivant celui-là, ah! il ne s'est pas ennuyé dans la
vie — des coqs, sauf de rares exceptions, mais ces
exceptions-là, il faudrait examiner de plus près
leur cas : il y a toujours chez ceux-là, croyez-moi,
disait le bon docteur, quelque chose qui cloche ».

Cela nous tire tout à coup : une soupape de
sûreté qui s'ouvre, un appel d'air où toutes nos
forces contenues s'engouffrent. C'est lui, d'ordinaire, mon oncle, que cela saisit le plus fort.

Longtemps il s'était fait tirer l'oreille chaque
fois que sa femme avait abordé le sujet, il avait
bougonné... « Encore une de ses idées, de ses
lubies... Que veux-tu que nous fassions d'une
propriété à la campagne ? Tu sais bien que nous
n'irons jamais... Je te connais, quand on l'aura
achetée, quand on aura englouti une fortune
pour l'installer, tu t'en désintéresseras, tu ne voudras plus en entendre parler... On la revendra
comme on a fait dans le Midi, en perdant tout
l'argent qu'on voudra... » Et puis, un beau jour,
comme elle dit, « ça le prend » : « Si on y allait ?
Mais tout de suite. Allons-y maintenant. Il n'y a
pas un instant à perdre si c'est vrai tout ce qu'il
écrit, votre filou d'agent. » Il a son ton excité,
guilleret... « C'est peut-être l'occasion rare, qui
sait ? elle n'attendra pas. » Il me tape sur l'épaule :
« Allons, viens, tu peux très bien te décommander,
ça n'a aucune importance, tu feras ça demain...

90

Ce n'est rien, on enverra un message... Eh bien alors, si c'est trop tard ne préviens pas, tant pis... ils t'attendront un peu, ils n'en mourront pas, ils comprendront que tu as eu un empêchement... quelle importance ça a, tout ça, allons, dépêchons-nous. » Je ne peux pas résister à une sensation agréable et pénible à la fois, un peu louche, de vertige, semblable à celle que doit éprouver l'intoxiqué au moment où il va absorber sa drogue : une brèche va s'ouvrir dans le temps, un délicieux suspens... déjà un pressentiment heureux, une allégresse nous soulève, nous porte, nous courons... « Vite, ne perdons pas de temps, emportez des choses chaudes, un casse-croûte, toi, occupe-toi de la voiture, je vais téléphoner à l'agent. »

Entre nous, une trêve s'établit. Nous sommes des frères d'armes prêts à courir les mêmes aventures, à braver les mêmes dangers... « Couvre-toi bien surtout, me crie-t-il, il ne fait pas beau. Mets quelque chose de très chaud, prends si tu veux mon gros chandail, il fait du vent. N'oubliez pas qu'à la campagne il fait deux ou trois degrés de moins qu'ici. Prenez des couvertures pour la voiture, le plaid ne suffit pas. »

Elle, comme toujours, cet air bon enfant et excité qu'il a la pousse aussitôt à s'écarter, à faire le rabat-joie. Elle frissonne, se serre dans son manteau de fourrure, va à la fenêtre : « C'est complètement ridicule au fond d'aller à la campagne par un temps pareil. Il va pleuvoir des cordes. On attend pendant des mois, et puis tout à coup on dirait qu'il y a le feu. Ce sera charmant : on va patauger dans la boue, tout va paraître affreux. » Mais il tient bon, s'acharne — je connais, pour l'éprouver moi-même, sa faim lancinante, l'impossibilité pour lui maintenant de briser son élan, de laisser tous ces tentacules qui en lui se tendaient prêts à saisir leur proie, s'affaisser et pendre mollement dans le vide — « Mais non, ce n'est rien... c'est un nuage, ça va passer, il se peut même que là-bas il ne pleuve pas... et puis, tu as tort, tu sais, il vaut mieux voir ça sous son plus mauvais jour au contraire, comme ça au moins il n'y aura pas de surprise. Allons, tout est prêt, ne perdons pas de temps, les jours sont courts en ce moment », il me prend par le bras, m'entraîne, « Allons, viens, dépêchons-nous, elle nous rejoindra. » Nous l'attendons dans le vestibule; il s'impatiente : « Mais bon sang, qu'est-ce qui se passe encore, qu'est-ce qu'elle fabrique encore, ta tante ? C'est toujours comme ça avec les femmes, elles ne savent jamais ce qu'elles veulent. Elle n'en finit jamais avec ses préparatifs, on dirait qu'on part pour six mois. Va voir, je t'en prie, dis-lui qu'on arrivera à la nuit si ça continue. Je parie qu'elle est à la cuisine en train de discuter le coup, de s'occuper de Dieu sait quoi. C'est inouï, c'est toujours juste au moment de partir... » Je la trouve debout, immobile, au milieu de sa chambre. « Eh bien ? Vous ne venez pas ? Je vous en prie, venez, mon oncle s'impatiente. » Elle ôte brusquement sa toque, la lance sur le lit, secoue d'un air délivré ses cheveux courts. « Non, décidément, je n'irai pas. C'est trop bête par ce temps-là, non, allez-y sans moi; si c'est bien, j'irai voir après. Vous pouvez bien vous rendre compte par vous-mêmes. Vraiment ça ne me dit rien aujourd'hui, il ne fait pas assez beau, et puis je suis fatiguée. » Elle enlève son manteau d'un air décidé. « Non, n'insistez pas. Vraiment, j'aime mieux rester. »

Je sens, tandis que j'admire son équilibre, sa force, le glissement glacé en moi de quelque chose que je connais bien... c'est une sorte de détresse, de désarroi. Lui, dès qu'il m'aperçoit, avant même que j'aie eu le temps de bafouiller... « Non, elle ne vient pas décidément, elle dit qu'on aille sans elle : il fait trop mauvais, elle se sent fatiguée », il me semble qu'il pâlit, que tout en lui se décolore, blanchit comme un tissu passé au soufre, sa voix est blanche, vidée : « Bon, alors qu'est-ce que nous faisons ? On y va ? » Nous ramassons les couvertures sur la banquette de l'entrée, nous prenons nos parapluies d'une main inerte, nous descendons l'escalier sur des jambes de coton, légers et translucides comme des fantômes. Le but au loin vacille aussi, s'estompe. Nous marchons, poussés malgré nous vers un morne et inutile destin. En montant dans l'auto, il se retourne vers moi, le regard haineux derrière ses paupières plissées : « Tu n'as pas oublié la carte, au moins ? Vous oubliez toujours tout. » Je n'y tiens plus : « Oh ! c'est vrai, à quoi est-ce que je pense ? Je reviens tout de suite, j'en ai pour une seconde », je grimpe l'escalier très vite, je cours, elle est étendue sur son lit en train de lire, dans cette pose de « la Liseuse » qu'elle prend toujours, une joue appuyée sur sa main, je supplie, « Faites un effort, allons, venez, vous gâchez tout, sans vous ça ne vaut pas la peine d'y aller... » Elle s'étire, gémit : « Oh ! pourquoi ? — Mais vous le savez bien... » je la prends par le bras, je la tire en riant, je sais qu'il ne faut pas l'attaquer de front, essayer de la prendre par les bons sentiments, l'attendrissement, mais de biais, avec insouciance et légèreté, sans parler de lui surtout, mais de moi, de nous, d'un air enjoué, plein d'entrain : « Venez, je vous enlève, on va s'amuser, on va casser la croûte dans un bistrot de campagne, il fera chaud, il y aura un grand poêle allumé, on boira un petit vin blanc comme vous l'aimez, et puis on verra la bicoque, c'est peut-être sensationnel, on ne sait jamais, on fera des projets pour l'arranger », je lui mets son manteau sur les épaules, elle se dégage : « Mais attendez donc, grand fou, je n'ai pas de souliers. — Alors dépêchez-vous, je descends, nous vous attendons dans la voiture, mais ne changez pas d'avis surtout; ça, je ne vous le pardonnerais jamais. » J'accours vers lui, je rayonne : « Elle arrive, elle vient avec nous, elle avait peur du mauvais temps mais elle s'est décidée, elle me suit. » Une joie immense l'inonde, un immense soulagement qu'il s'efforce de ne pas montrer, il faut sauver la face, il hausse les épaules d'un air agacé, il bougonne : « Ah, ah, c'est insensé, on ne partira jamais avec tout ça, il faut avoir des nerfs de fer pour vous supporter. » La détresse est effacée, la menace est écartée, elle vient, elle descend, la vie descend sur nous, elle s'installe auprès de nous dans la voiture, elle hoche la tête d'un air indulgent, elle rit... « Vraiment, il faut être fou, regardez ce temps. Et ça... » elle montre un paquet sur ses genoux... une chaleur se répand en nous, une sécurité joyeuse, une exquise douceur, le nourrisson qui sent le sein maternel entre ses lèvres affamées n'éprouve pas un plus grand apaisement... « Et ça, parbleu, les sandwiches : naturellement vous les aviez oubliés sur la banquette de l'entrée. »

Nous enroulons les couvertures autour de nos jambes, il se penche, pose la main sur l'épaule du chauffeur : « Allez, en avant. » Il se cale bien au fond de la voiture, passe le bras dans la courroie, pousse un grognement satisfait, « Et vogue la galère, allons-y. » Les délices que je pressentais commencent, nous roulons par-dessus les flaques d'eau, à l'abri de la pluie et du vent, serrés bien au chaud dans notre boîte étanche. C'est le répit enfin, le suspens exquis, un creux se forme pour nous recevoir, un repli dans l'écoulement du temps, un abri, un nid douillet où nous nous pelotonnons, tandis que dehors autour de nous les gens s'agitent, s'affairent, sautent par-dessus les rigoles, entrent dans les maisons, sortent des boutiques, des cafés, courent derrière les autobus, brindilles qu'entraîne le courant. Délestés, indifférents, pleins d'une gaieté légère comme une coque vide, nous les observons en riant, nous nous ébattons joyeusement : « Regardez la grosse là-bas... attention, elle va se faire tremper, pan! ça y est, je l'avais dit. Et le tout petit, là, avec son gros sac, une vraie fourmi », des fourmis, un coup d'accélérateur les fait courir, une embardée les fait dévier de leur chemin, nous nous accrochons en riant à la portière, en avant vers l'aventure, libres, insouciants, nous bondissons.

Nous ralentissons dans une bourgade morne, au milieu de grands champs plats. « C'est là, à la sortie du village : le grand mur à droite. Arrêtez-vous là. » Elle regarde par la vitre avec une moue

dépitée. Elle seule a le courage de dire tout haut :
« Dites-moi, ça n'a pas l'air folichon, ce pays. »
Nous ne voulons pas le voir, nous n'osons pas le
penser, la mutilation serait trop brutale, trop
cruelle... celle d'un arbre dont on coupe les
branches au printemps, quand la sève monte,
non, non, tout n'est pas perdu, il faut voir cela
de plus près, l'espoir est encore permis... il l'encourage : « Attends, tu n'as rien vu, attends pour
te désoler, l'agent m'a encore répété au téléphone
que c'était très bien. On ne peut rien voir d'ici,
c'est peut-être un petit palais... tu en feras un
petit Trianon... Il faut sonner ici : l'agent m'a dit
que le gardien avait la clef. » Je sonne. Personne
ne répond. « Attendons encore un peu. Sonne
plus fort. Il est peut-être au fond du jardin, l'agent
m'a affirmé que le gardien était toujours là, qu'on
trouverait toujours quelqu'un. Il faut peut-être
sonner à la petite maison, là, à côté. » Là ils ne
savent rien, mais bon sang, où est-il donc ? une
impatience nous prend, une inquiétude, c'est
insensé, nous n'avons pas fait cinquante kilomètres sous la pluie pour rien, nous frappons de
toutes nos forces, nous courons, je traverse des
cours de ferme, insoucieux des chiens qui aboient,
des jars qui avancent sur moi tête baissée, enjam-
bant les flaques d'eau, crottant mon pantalon,
« le gardien, le gardien de la maison, où est-il
passé ? nous avons demandé partout... — Vous
avez été au bistrot, et chez sa fille, à la ferme à
côté ? — Mais oui, personne ne sait où il est. On
nous avait dit qu'il était toujours là, sans ça, pensez donc... on n'aurait jamais fait cinquante
kilomètres sous la pluie. — Attendez donc, j'ai

une idée... » La toile cirée sur la table a de doux reflets; le poêle chauffe; elle tient le destin entre ses mains, ses paroles annoncent la faveur du ciel, la roue de la fortune tourne; une tendresse me prend pour le grand buffet Henri II, pour ces sabots qu'elle chausse, ce fichu aux larges mailles qu'elle serre sur ses épaules... « Attendez-moi ici, je reviens, je crois bien que je sais, il doit être chez monsieur le Maire, il m'avait dit qu'il devait lui faire signer un papier... » Les gens sont bons, on a tort de médire des paysans, les gens sont serviables et bons, c'est cela la vraie noblesse, la générosité désintéressée, d'aller courir sous la pluie... Vivre là, près d'eux, toujours; venir ici chaque jour m'asseoir un peu; entendre le poêle craquer, poser la main sur cette toile cirée, rester là auprès d'elle, auprès du chien, du chat, regarder la pelote de laine rouler sur le carrelage rose, fraîchement lavé, la vie est douce, la vie est bonne... la voilà qui revient, elle fait oui de la tête, la chance nous sourit, le sort nous caresse... « Je l'ai trouvé, il était à la mairie, il arrive, il vous attend devant la maison. Oh! là, là, quel vilain temps. — Merci, merci infiniment, vous nous sauvez, pensez donc, avoir roulé cinquante kilomètres sous la pluie pour rien... » Un besoin de sympathie, de communion, de fraternité entre nous me prend qu'elle partage, auquel elle répond... « Ah! ça, comme pluie on est servi, c'est pire qu'un temps de Toussaint... après un été pareil, ça n'a rien d'étonnant, il fallait s'y attendre... Bien sûr à Paris on n'y fait pas attention, mais nous ici, c'est une de ces gadoues, ce n'est rien que de la boue... Enfin, on ne commande pas le temps qu'on veut.

— Ah! non, c'est vrai, on ne le commande pas
malheureusement... — C'est comme pour le reste,
n'est-ce pas? — Ah! pour ça, oui... allez, au
revoir, merci, ne vous dérangez pas, ça va très
bien, merci. »

Devant la porte, pendant que le gardien introduit la clef dans la serrure, mon oncle frétille d'impatience; c'est tout juste si l'enfant en lui, lâché,
ne le fait pas sauter et battre des mains... « Ah!
voyons ça... il me pousse du coude... toi, le grand
connaisseur — il devient même généreux pour une
fois dans sa joie, son excitation — toi, le futur
grand décorateur, ouvre l'œil, hein, et le bon. »

Un peu triste peut-être, la maison, et ce parc
un peu sombre par ce temps de pluie surtout, mais
il y a de la douceur dans les formes simples et
nobles de ses murs de vieilles pierres grises, dans
les ondulations de son toit de tuiles moussues... Ce
qu'il nous faut, ce que nous cherchions, ce que
j'appelais depuis longtemps... tout peut être possible ici... il n'y aurait qu'à s'abandonner, qu'à
nous laisser couler, prendre forme. De simples et
fermes contours. Je m'assoirai au soleil sur les
marches basses aux bords arrondis et soyeux de ce
vieux perron, elles descendront toutes les deux un
panier au bras, un sécateur à la main, elles se
pencheront au-dessus des rosiers, nous regarderons
mon oncle qui se promène autour de la pelouse,
s'arrête, hume les odeurs, contemple... Je passe ma
main tendrement sur la vieille rampe en fer forgé.
« C'est beau, vous ne trouvez pas, ces vieilles
rampes? » Un recul en lui aussitôt, un mouvement de rétraction, de repli... Une maladresse de
ma part, un faux pas, son air bon enfant m'a fait

un instant oublier d'être sur mes gardes... il inspecte d'un œil méfiant quelques craquelures sur la façade, il montre au gardien dans le vestibule les tentures décollées qui pendent, le salpêtre : « Mais dites-moi, c'est très humide ici, les murs suintent d'humidité. Regardez. » Le gardien le rassure : « Oh! non, pour ça, monsieur, vous n'avez rien à craindre, la maison est très saine, très bien exposée, les murs sont très épais... ça vient de ce qu'on n'a pas chauffé depuis longtemps. » Décidément, il est dans un bon jour. C'était juste un petit mouvement passager. Il ne demande qu'à s'abandonner. « Il n'y a pas à dire, ce n'est pas si mal... » Il hoche la tête d'un air approbateur quand le gardien nous fait admirer les beaux parquets de chêne, le travail de marqueterie, les boiseries : « S'il fallait refaire ça aujourd'hui. Rien que la main-d'œuvre à l'heure actuelle, pensez donc... »

Nous traversons de grandes pièces aux hautes fenêtres, aux vastes cheminées, nous longeons de larges couloirs, nous montons et descendons des escaliers... Des portes s'ouvrent, encore d'autres portes sur d'autres chambres, boudoirs, fumoirs, placards, cabinets secrets... Les dépendances de nous-mêmes s'étendent, nous nous répandons en tous sens, nous grossissons, nous bourgeonnons de besoins réprimés, de désirs inassouvis, de caprices, de rêves... L'endroit idéal ici... « pour toi... juste ce que tu voulais... Regarde ça, si ça ne ferait pas un atelier magnifique... il y a même une entrée séparée... »

C'est cette odeur sans doute, d'humidité, de moisissure, dans cette grande maison abandonnée,

dans ces pièces un peu délabrées... je ne sais quels
vagues relents... des restes refroidis d'autres vies...
cela s'insinuait déjà en moi tandis que je me
répandais en tous sens et bourgeonnais, opinant
de la tête, ravi, à chaque nouvelle surprise, cela
s'infiltrait lentement — d'inquiétantes émanations.
Elles nous enveloppent, nous nous sommes avan-
cés trop loin, nous sommes pris, encerclés, là,
juste devant la fenêtre de « mon atelier », ce
mélèze en prend déjà à son aise, ses doigts crochus
et noirs s'incrustent en moi... ces arbustes échevelés au bout du champ s'insèrent en moi, ils
pressent sur moi, ils apposent sur moi leur sceau,
ils vont me marquer, je les porterai gravés en moi :
une balafre indélébile, une cicatrice... Se délivrer,
s'enfuir... une fureur soudaine me prend, je fais
un bond pour me dégager... « Un atelier?... Oh!
moi, vous savez, je ne crois pas que je resterai
beaucoup ici, il ne s'agit pas de moi... — Comment il ne s'agit pas de toi! Ça par exemple... »
ça non, bien sûr, ils ne me le permettront pas,
pas de lâche défection, d'abandon déloyal, c'est
trop tard, nous sommes ensemble, unis dans la
même aventure, livrés au même sort, ils me tirent,
m'enserrent, ils me font mal... « ça par exemple,
c'est nouveau... Mais c'est toi qui y viendras le
plus, j'espère, pour ta santé... C'est pour toi tout
ça surtout. Tu as plus besoin de campagne que
nous... »

Le gardien nous mène toujours. Le jour baisse.
Il fait plus froid, elle frissonne... « Brr, je commence à geler... » Mon oncle regarde par la
fenêtre dans la brume... « Qu'est-ce que c'est là-
bas, au bout du pré? un lac? un étang? Ah! un

étang... c'est parfait... il ricane... Vous pourrez
donner des fêtes nautiques, c'est tout indiqué... »
son jet d'acide nous pénètre, fait son chemin en
elle, en moi, corrodant les parties tendres... Elle
rit de son rire pointu... « Bien sûr... hn, hn, et
vous, pendant ce temps-là vous rêverez au clair
de lune à l'écart, sur la terrasse, hn, hn... »
Enfermés ici tous ensemble, pris ensemble au
même piège... les émanations nous enveloppent,
nous nous étreignons les uns les autres, nous nous
griffons... il faut s'arracher à cela tout de suite,
s'échapper au dehors, à l'air libre... le gardien
veut nous montrer le fonctionnement du monte-
charge, du monte-plats, nous faire descendre au
sous-sol visiter les cuisines, les caves. Impossible.
Il faut rentrer. La nuit tombe. Derrière les fenêtres,
autour de nous, comme une mer hostile et sombre,
cette campagne plate battue par les vents, ces
champs à perte de vue, et nous ici, perdus, venus
ici on ne sait pourquoi... il faut faire un effort,
rompre le charme, il en est temps encore, nous
nous sommes juste engagés un peu imprudemment,
nous avons poussé trop loin le jeu... là-bas le
canot de sauvetage nous attend, nous serons sauvés, tout cela — la maison avec sa façade cra-
quelée, les grandes pièces un peu sombres, le
mélèze aux doigts crochus, les arbustes échevelés —
tout cela va partir à la dérive, disparaître pour
toujours, s'effacer... « Non, non, nous n'avons plus
le temps, il faut rentrer, il va faire nuit, il ne
fait pas bon rouler en pleine nuit par ce temps-là,
nous avons à peu près tout vu... merci... Nous
allons réfléchir... Revenir tout revoir encore une
fois à tête reposée... Merci, ne nous accompagnez

pas... Nous trouverons... » Au bout de l'allée, la lumière rassurante des lanternes de la voiture nous guide... vite, s'engouffrer dans le chaud petit écrin capitonné, la portière se referme sur nous, nous sommes sauvés, délivrés, nous sommes en sûreté... la bouillotte, nos couvertures... Enfin. Qu'il fait donc bon. Vite à Paris... Allez... Bien calés dans les coussins, nous nous regardons, nous regardons mon oncle... Un moment notre sort est en suspens... Il va nous prendre haineusement par le cou, tourner nos têtes et nous forcer sadiquement à regarder — les poils de nos échines se hérissent de répulsion à cette seule pensée — devant nous, derrière nous, tout autour de nous un gouffre, un affreux vide blanc... je l'entends déjà... « Eh bien, vous êtes contents... encore un après-midi de gâché pour rien, de perdu; c'est toujours vos idées, vos projets... Voilà des mois que vous m'assommez avec ça... Que voulez-vous que j'aille faire dans un trou pareil? Je serais dix fois mieux à l'hôtel n'importe où, mais c'est toujours vous, avec vos désirs... " il me faut une maison à moi, la campagne, des ateliers, des réceptions "... un tas de parasites qui ne peuvent payer l'hôtel et viendront vivre à vos dépens... Mais il vous faut ça, pensez donc, il y a les Tartempion qui ont acheté pour rien un petit bijou... je les connais ces joyaux, ce que ça peut donner d'embêtements, entraîner de frais... mais ça vous occupe... » Mais non, la chance tourne, il se renverse sur les coussins, il y a dans ses yeux une gaieté espiègle d'enfant, ses joues ont des plis charmants de bonté naïve, il nous regarde tour à tour, il éclate de rire... « Eh bien, qu'est-ce que

vous en dites? ça ne vous dit rien?... les... les...
Il étouffe de rire... les grattoirs... vous avez
remarqué quand il a dit, d'un air important :
" Devant toutes les portes il y a... " il articule
difficilement... un fou rire de collégiens nous
prend — Oui, oui... nous l'avons remarqué... des
grattoirs... il a dit ça : " Et vous avez devant
toutes les portes de beaux grattoirs " — Pensez
donc, ça c'est vraiment l'occasion unique... voilà
qui pouvait nous décider tout de suite... rien
que ça... des grattoirs!... Et l'étang... quand j'ai
demandé s'il y avait des moustiques... " Oh! des
moustiques, pour ça non. "... Mais j'ai vu des
moustiquaires aux fenêtres?... " C'est-à-dire que
Madame avait ça dans l'idée... alors elle en avait
fait mettre quelques-uns... " Elle avait ça dans
l'idée... c'est magnifique!... elle avait des visions...
Tu te rappelles... » Nous pleurons de rire... les
larmes coulent... « en Camargue... la nuit que
nous avons passée dans ce village... toi assis sur
une chaise... » — « Oui... oui... » je pense bien
que nous nous rappelons, c'est un de nos régals
préférés, que nous nous offrons de temps en temps
quand nous avons envie ensemble de nous laisser secouer, échauffer, purifier délicieusement —
comme par les vapeurs brûlantes et les saines fla-
gellations d'un bon bain turc — par ces explosions
de bon gros rire... « quand tu as passé la nuit
sur un tabouret à les guetter... ta figure, le matin...
Tu te rappelles... comme tu les attrapais... clac...
clac... tes gémissements... » Nous nous tordons...
« Oh! Oh! Je n'en peux plus... arrêtez... » —
« Elle avait ça dans l'idée... Mais c'est peut-être
pour ça qu'elle a voulu vendre... C'est un cauche-

mar, les moustiques... Vous voyez ça quand on serait en train de prendre le frais le soir sur la terrasse... clac... et clac... Ah! ces agences... toutes les mêmes... quels filous... » Échappés de justesse à l'ennemi commun, à la même menace sournoise, libres, insouciants, laissant s'éparpiller joyeusement le trop-plein de nos forces, bien au chaud les uns contre les autres, nous roulons... c'est la proche banlieue déjà, l'air est plus doux entre les rangées de maisons, voici les premiers réverbères, les agents, les passants, les passages cloutés, les feux rouges... « On ne va pas rentrer tout de suite... Si on allait dîner au restaurant? »

Délicieuse tiédeur de serre, lumières roses discrètement tamisées, miroitements, cliquetis légers, rumeurs...

Détendus, indifférents, distraits, nous flottons... Nous ne redevenons graves un instant et attentifs que pour scruter le menu... « C'est que ça m'a donné une faim de loup, cette petite aventure... Pas à vous? Bien sûr que si, tout le monde a faim. Rien de tel que la campagne pour vous donner de l'appétit... Ah... voyons... Qu'est-ce qu'ils ont de bon aujourd'hui? Qu'est-ce qu'on prend? »

Martereau, cela va sans dire, ne s'introduit pas
par les portes dérobées. Il n'est pas de ceux que
sur leur ordre muet je cours chercher et dépose
servilement à leurs pieds. Non, Martereau entre
ici en toute dignité, tout honneur, par la grande
porte. Pour de bons motifs avouables. Je men-
tionne sans crainte — ou presque — son nom. Il
pourra bien, mon oncle, comme il fait toujours
dès que je prononce un nom, plisser les paupières,
faire le sourd... « Qui donc? Qui? Martereau...
Pourquoi faire? En voilà une idée... Pourquoi
veux-tu que je m'adresse à lui? » il me sera aisé
de le rappeler à l'ordre... « Oh! moi, vous savez,
ce que je vous en dis... J'ai pensé que Martereau
pourrait nous donner un bon conseil, voilà tout.
Je crois qu'il s'y connaît. C'est vous, du reste,
n'est-ce pas, qui m'avez dit qu'il avait dirigé
autrefois une entreprise de construction, de maçonnerie... C'est un homme de tout repos, de
grand bon sens. Mais vous ferez comme vous
voudrez. Je ne lui ai pas soufflé mot de ces histoires
de propriétés. J'ai voulu vous en parler d'abord. »

Je sais bien que même là mes mobiles ne sont

pas si simples, si purs. Ils ne le sont jamais ici
avec eux. C'est encore mon oncle cette fois qui
provoque mes mouvements. Je veux le séduire, lui
en imposer, lui montrer patte blanche... lui prouver que je suis avec lui, comme lui, comme il prétend être, du bon côté, dans le monde des vrais
hommes, non pas dans celui où moi et mes amis,
« ton associé, comme tu l'appelles », honteuse-
ment flageolent, non, dans celui où se tiennent
bien d'aplomb sur leurs deux pieds et la tête,
comme il dit, solidement plantée sur leurs épaules
les gens de tout repos, de bon sens, travailleurs,
modestes, attachés à leur tâche; le monde où, ne
m'en déplaise, il a lui-même toujours vécu, trimé
dur, il le fallait bien, l'argent ne nous est pas
tombé du ciel, n'est-ce pas, monsieur Martereau ?
Nous autres, nous savons ça... Mais ah ! ces jeunes
gens, ils sont si impatients, ils voudraient que tout
leur tombe dans le bec tout cuit sans qu'ils aient
eu besoin de lever le petit doigt... Martereau
acquiesce avec un bon sourire amusé, Martereau
est avec lui, de son côté... Assis un peu à l'écart,
je croise les mains sur mon ventre, je les regarde,
je hoche la tête en souriant moi aussi, tout est
bien, je suis content... ils sont mon œuvre, c'est
mon œuvre, la réunion de ces braves gens qui
s'entendent si bien, qui parlent la même langue...
l'enfant de parents divorcés qui les voit enfin
réunis doit éprouver ce même ravissement...
ensemble, dans la sécurité, dans la norme... je
suis avec eux, pareil à eux, leur trait d'union...
on se comprend... ces petits coups légers que mon
oncle me donne en passant ne sont rien, un
chatouillement — Martereau est là — des plai-

santeries anodines, de ces taquineries innocentes que les gens d'âge mûr font aux jeunes gens... Martereau hoche la tête avec un sourire indulgent... « Ah! bien sûr, les jeunes générations, ah! la vie leur apprendra... Ils apprendront, allez... » Il fait bon. J'ai envie de m'étirer de bien-être. Je vais m'assoupir là près d'eux, m'endormir d'un sommeil heureux d'enfant.

Mais je suis en train, je crois, de prendre mes désirs pour des réalités, je divague... Martereau lui-même n'est pas assez fort pour nous maintenir quand nous sommes ensemble, mon oncle et moi.

Je sais bien que si je n'étais pas là, tout serait différent, ce serait entre eux ce calme plat dont je rêve, cette entente parfaite. Martereau tout naturellement le ferait se tenir d'aplomb.

C'est moi entre eux le trouble-fête. Moi le catalyseur. A tout moment, des mouvements incontrôlables m'agitent... J'ai peur, j'ai honte, je tremble, je ne peux détacher d'eux mes yeux, j'épie pour prévenir, pour arrêter ce qui à chaque instant peut se déclencher. De l'un vers l'autre sans cesse je tourne mon regard, m'efforçant avec cette attention fascinée avec laquelle les spectateurs d'un tournoi de tennis suivent le trajet de la balle de suivre le tracé de leurs mots : de ses mots à lui surtout... vont-ils rebondir encore ce coup-ci, ricocher contre Martereau, ou bien, cette fois, lancés avec trop de violence, ne vont-ils pas pénétrer, s'enfoncer...

Pourtant j'ai beau regarder, je ne surprends pas en Martereau le plus léger frémissement, rien, pas une ride. Impassible, souriant, dur et pur à souhait, délicieusement innocent, Martereau nous regarde, amusé, tandis que nous dansons sans que rien puisse nous arrêter notre habituelle danse de Saint-Guy...

Adhérer à mon oncle le plus possible — pas un mouvement d'écart surtout qui pourrait lui laisser croire que je me place à distance, l'observe de haut, de loin, installé en sécurité auprès de Martereau — l'enlacer étroitement pour le calmer, le contenir, c'est ce que je dois faire maintenant, c'est ce que je fais : un sourire sur mon visage, l'œil approbateur, je hoche la tête avec fierté, je m'efforce tellement que je me sens fier de lui, je l'admire pour de bon, il y a de quoi, d'ailleurs, même ma tante qui nous observe tous les trois en silence opine légèrement de la tête, Martereau approuve aussi, comprend : Trimé? Lui, mon oncle? Travaillé toute sa vie? Bien sûr qu'il l'a fait et comment! Qui ne le sait? Sans compter jamais sur personne... et ça lui a rudement réussi... La vie devait être dure en ce temps-là pour lui... levé hiver comme été à six heures... « A sept heures, j'étais sur le chantier... Vous, monsieur Martereau, vous vous en souvenez peut-être. Mais non, même vous vous étiez trop jeune dans ce temps-là, c'était encore avant les décrets Millerand... on faisait la journée de douze heures... Ah! il n'était pas question de vacances, de congés payés, on trimait dur tous, du haut en bas de l'échelle, la France n'était pas ce qu'elle est. J'étais jeune ingénieur, sorti, sans me vanter, dans un pas trop mauvais rang des Ponts et Chaussées... » Je pressens chaque mot qu'il va dire, j'ai envie de le devancer tant je sens où nous allons, mais je conserve encore un peu d'espoir... je hoche la tête, l'air intéressé, je pose sur lui un regard appréciateur, confiant... pas un instant, je le sais, cet œil en lui, toujours aux aguets, ne me quitte... « Oui... j'avais reçu une assez bonne formation, c'était du solide ce qu'on m'avait appris, pas des fantaisies, je vous prie de le croire... » Non, non, qui oserait en douter... Il a un sourire acide... « des petits trucs " amusants " »... Il me semble que ma tante ébauche un mouvement... Martereau toujours immobile — à peine un regard vers moi ou pas même, cela a dû me sembler — approuve avec respect : « Je pense bien, je sais. » — « J'avais un très bon poste déjà assez élevé pour un jeune ingénieur frais émoulu de l'école... eh bien, je devais arriver tous les jours que le bon Dieu faisait avant la sonnerie pour les ouvriers. Ah! ils me font rire tous avec leurs paradis ouvriers, leurs utopies... Montrez-moi des ingénieurs en U.R.S.S. qui soient obligés d'en faire autant. Mais on trouvait cela naturel, on aimait son travail, on avait le goût de l'ouvrage bien fait... Et puis moi, il faut dire que j'avais la passion de la recherche... » La recherche... Nous y sommes enfin, ça y est. C'est presque un soulagement... nous allons virer doucement... « Vous monsieur Martereau, vous n'avez peut-être pas connu cela. Chacun son métier, n'est-ce pas, chacun ses goûts... » j'esquisse à peine un mouvement, juste un vacillement léger vers Martereau, j'ai envie d'adhérer à Martereau cette fois, de le protéger, mais je sais que le moindre geste me perdrait; comme le soldat sous le bombardement doit lutter contre l'impulsion qui le pousse à s'élancer hors du trou où il s'est terré, je dois me forcer à ne pas bouger : pas un signe de solidarité avec Martereau, il faut rester collé à mon oncle, me serrer tout contre lui... nous bifurquons maintenant, nous sommes lancés... « Ah! quand on vieillit, mon cher monsieur Martereau... » je souris avec sympathie, l'œil attendri... « quand on repense à toute sa vie... ça m'arrive parfois la nuit quand je n'arrive pas à dormir... je revois ma vie depuis le commencement... eh bien, en fin de compte, c'est la seule chose qui ait compté pour moi dans l'existence, cet intérêt pour ce que je faisais, cette curiosité... chercher toujours quelque chose de neuf, expérimenter... Il n'y a que ça... moi un métier qu'on choisit pour gagner de l'argent, ça me dépasse, je n'aurais jamais pu, j'aurais préféré crever de faim... il y a des gens — et des gens instruits, notez bien, des gens intelligents — qui ne tiennent pas en place... ils changent de métier comme de chemise... » Martereau n'a pas un mouvement et mon oncle a l'air si innocent que je me mets, comme toujours, à douter... j'ai envie, comme toujours, malgré l'évidence, de me persuader qu'il n'y pense pas, qu'il a oublié, que j'ai tort... mais c'est lui pourtant — je ne rêve pas — qui m'a raconté, c'est lui, j'en suis certain, qui m'a dit : « Il a fait tous les métiers, ce brave Martereau, la construction, la maçonnerie... Il y a vingt ans, il était agent d'assurances, et puis il a eu une affaire d'appareils électriques ou de chauffage, je ne sais quoi, ça n'a pas marché non plus... il s'est toujours assez mal tiré de tout ce qu'il a entrepris... » Non, il doit savoir qu'il nous tient maintenant, Martereau et moi, nous sommes entravés, ligotés, nous gisons à sa merci... « Le secret, voyez-vous, de tous ces gens-là, qui ne peuvent pas tenir en place, le secret de ces gens-là, c'est que ça ne leur tient pas aux tripes... ce qu'ils veulent, c'est se débrouiller, comme ils disent aujourd'hui, gagner de l'argent... Moi, voyez-vous, si j'avais écrit comme Ford un livre sur l'art de réussir, j'aurais dit que ça consiste à s'intéresser à une chose, une seule, n'importe laquelle, mais à la même toute sa vie : à la chose elle-même et à rien d'autre. Taper toujours sur le même clou. Il n'y a que ça. Je leur dis toujours ça aux jeunes : taper sur le même clou... c'est là le secret. Et l'argent, ça viendra toujours — après... plus qu'il n'en faut. Moi pendant des années, il n'y a pas encore si longtemps, je ne me suis donné que deux soirées libres par semaine — ma femme peut vous le dire, elle me l'a assez reproché — deux soirées de sortie, vous m'entendez, tous les autres soirs j'étais à ma table en train de piocher... je refaisais cinquante fois un plan, je me documentais, je cherchais... »

C'est sa force. Leur force à tous ceux comme lui, je l'ai déjà dit. Ils sentent qu'il ne leur arrivera rien. Ils sont sûrs de l'impunité. Bien protégés. A l'abri derrière leurs mots. Personne ne pourrait parvenir à s'accrocher au rempart lisse de leurs discours et à arriver jusqu'à eux, là où ils se tiennent tapis lâchement et nous épient, d'où, protégés derrière leur rempart, ils nous arrosent de poix, d'huile bouillante. Cela m'amuse quand je vois ma tante qui s'efforce (comme je

l'ai fait moi-même autrefois) de franchir le rempart et de parvenir jusqu'à lui, à ma grande
peur, à ma joie. Pas sur le moment bien sûr, ce
serait trop imprudent, voué à un échec certain,
mais après, en douceur (c'est cette manie qu'elles
ont d'inspecter tous les recoins pour enlever toutes
les impuretés, essayer d'enlever les taches; elle
braverait tous les horions, poussée qu'elle est par
cet instinct — leur devoir, elles l'appellent ainsi)...
je m'amuse, bien que j'aie un peu peur, quand,
avec son obstination de fourmi qui refait sans fin
le travail détruit, elle l'entreprend — insidieusement d'abord, l'air même tendre pour l'occasion...
« Tu sais, chéri, hier avec Martereau, je me
demande si tu as eu raison... » Il sursaute, aussitôt
sur ses gardes, s'écarte... « Eh bien quoi, avec
Martereau... » Elle avance encore un peu : « Je
ne sais pas, moi, c'est peut-être une idée, mais
j'étais un peu gênée, je me demande si tu n'as
pas eu tort... » Il devient d'un coup brutal :
« Tort? Tort avec Martereau? Qu'est-ce que tu
vas chercher? Qu'est-ce que c'est encore que cette
histoire? » Elle frétille et recule un peu effrayée,
mais la tentation est trop forte... « Tu sais, quand
tu parlais avec Martereau... tu avais peut-être
oublié... quand tu parlais des gens qui changent
tout le temps de métier... » Il la regarde d'un air
étonné, furieux... « Des gens qui changent de
métier? Eh bien quoi? Quel rapport? — Mais
c'est toi qui m'avais dit qu'il n'avait pas bien
réussi, que c'était un touche-à-tout... — Moi, j'ai
dit ça? Moi? D'abord, je n'ai jamais dit ça, je
n'en sais rien, moi, de ce qu'il a fait ou non et
puis je m'en fiche, je n'y ai même pas pensé, ni

lui non plus... » Elle frétille toujours, l'échine basse, mais avance tout de même un peu plus — le sentiment du devoir la pousse, la nécessité d'accomplir sa mission — « Oh! lui si, justement, je suis sûre qu'il a dû le remarquer... il m'a semblé qu'il a un peu tiqué... j'étais gênée... » Il rit d'un de ces rires dont on dit — et l'expression est juste — qu'ils vous font froid dans le dos, il va souffler son jet corrosif... Il siffle... « Ah! il t'a semblé... tu as vu ça, toi... tu as vu ça... Vous voyez toujours tout... tout ce que personne ne voit. Tu crois que Martereau est comme vous, une sensitive... un grand délicat... Eh bien je te dis qu'il n'a rien pensé, rien remarqué, ce n'est pas une femme, un petit énervé... » Elle fronce les lèvres et hoche la tête d'un air de doute, il y a dans l'expression de son visage quelque chose à la fois de buté et de craintif... Alors il se redresse, il la regarde fixement, et tandis que déjà recroquevillé j'attends — il s'abat : « Et puis, veux-tu que je te dise? Eh bien, je m'en fous figure-toi, je m'en fous de votre Martereau, de ce qu'il pense ou ne pense pas, de ce que vous pensez tous, je n'ai de leçons à recevoir de personne — il crie — je dis aux gens ce qu'il me plaît, je crois que ça ne m'a pas mal réussi jusqu'à présent, je n'ai de conseils à recevoir de personne, laissez-moi tranquille à la fin, fichez-moi la paix... » Des cloportes, des bêtes répugnantes qui rampent dans l'ombre humide parmi d'immondes odeurs, c'est ce que nous sommes, elle et moi, tandis que son pied nous traque, nous écrase; le liquide nauséabond qui gicle de nous lui soulève le cœur. Martereau aussi s'il nous voyait serait écœuré. Il serait contre nous avec lui : mais bien sûr qu'il n'a rien remarqué... Quelle idée... Qu'est-ce que les gens vont donc chercher... Ils seraient ensemble, du bon côté, celui des hommes sains et forts, nous ne sommes pas des femmelettes, n'est-ce pas ? comme votre oncle l'a si bien dit, des petits écorchés vifs, des compliqués. En ce qui le concerne, lui, Martereau, c'est vrai. Si elle l'a vu « tiquer », elle n'a vu que son propre reflet, notre pitoyable, misérable image. Martereau ne « tique » pas. Ce n'est pas son genre : il n'a pas de ces mouvements rapides, cachés, un peu honteux, aussitôt réprimés. Même ce pendule en moi qui aussitôt se met à trembler, à osciller à l'unisson, n'en a jamais révélé. Si je m'agite en sa présence, c'est de mon propre mouvement, en tout cas sans recevoir de lui la plus faible impulsion. Pas une ombre ne le traverse. Pas le plus imperceptible frémissement tandis qu'avec un sourire amusé il nous observe. Mais « observe » n'est pas le terme qui convient. Martereau n'observe pas. De même que ses gros doigts aux mouvements adroits enserrent avec douceur sa pipe ou son hameçon, son esprit adhère étroitement aux contours des mots : des contours familiers, rassurants. Les mots ne sont pas pour lui ce qu'ils sont pour moi — des minces capsules protectrices qui enrobent des germes nocifs, mais des objets durs et pleins, d'une seule coulée, on aurait beau les ouvrir, faire des coupes, bien examiner, on n'y découvrirait rien. Mais s'il y a quelque chose à quoi je peux comparer ces mots qu'absorbe Martereau avec son sourire indulgent, amusé, ce serait plutôt à la pièce de monnaie quand elle pénètre dans la fente de l'appareil automatique et suit son chemin tout tracé entre les bords d'une rainure droite et lisse pour tomber à l'endroit prévu : il suffit de tirer sur l'anneau, un déclic va faire apparaître le paquet de bonbons ou la boîte d'allumettes... « Il faut, croyez-moi, taper sur le même clou... » il n'y a rien là-dedans, aucun germe nocif, aucun bacille mortel, ce n'est rien qu'une simple pièce de nickel, elle glisse en lui, elle tombe, je peux tirer sur l'anneau : « Qu'est-ce que vous en pensez, monsieur Martereau, de ce qu'il a dit là, mon oncle? — Mais rien, que voulez-vous que j'en pense? Il a raison, votre oncle, je n'y avais jamais songé, je suis un peu touche-à-tout, moi, vous savez, mais c'est un point de vue qui se défend, il a réussi à pas mal de gens, à votre oncle pour commencer... » Fade nourriture, bonbons insipides — il faut s'en contenter. On aurait beau tirer sur l'anneau, rien d'autre ne sortirait.

Tout cela, je le sais très bien, mais j'ai besoin d'être absolument sûr, d'être persuadé qu'il ne s'est rien passé, qu'il n'y a vraiment rien eu, pas le plus léger mouvement chez Martereau, pas le plus faible vacillement dans le plus sombre recoin, que c'est moi, une fois de plus, qui ai tremblé Dieu sait pourquoi... les tempêtes dans les verres d'eau, c'est ma grande spécialité... Cette fois encore, je ne peux y tenir. Dès que Martereau se lève pour partir, je me dresse — je sens que mon oncle est aussitôt sur ses gardes, flairant la trahison, mais tant pis, je n'ai plus rien à perdre maintenant : « Je sors avec vous, monsieur Martereau, il n'est pas tard, je vais vous accompagner un peu, faire quelques pas dehors... » Les yeux de mon oncle se rétrécissent : ce qu'il pressentait, redoutait, cherchait à conjurer, à écraser dans l'œuf, ce que je craignais tant de lui montrer — une connivence entre Martereau et moi, un attachement chez moi, une admiration pour Martereau, fondés, et il le sent parfaitement, nous nous connaissons si bien, sur mon hostilité contre lui — enfin se révèle... Martereau acquiesce innocemment... « Mais oui, venez donc, pourquoi pas... seulement couvrez-vous bien, si vous ne voulez pas prendre froid, il fait frais... » Mon oncle lui serre la main d'un air jovial, devant lui il se contient, il fait contre mauvaise fortune bon cœur, mais il sait tout, il sait peut-être même ce qui va se passer, ce que je vais tenter, il le prévoit avec cette clairvoyance haineuse qu'il peut avoir parfois : c'est toujours de la haine qu'il tire sa lucidité... « Allez, au revoir, monsieur Martereau, j'ai été très heureux de vous revoir, ne nous oubliez pas... il faudra revenir bientôt... Moi vous savez je vis en ours, je sors si peu, mais vous devez revenir, ça fait du bien de remuer de vieux souvenirs... Et puis, hein ? n'oubliez pas, pensez à nous si vous trouvez une occasion, vous nous rendrez un grand service... » Il se penche sur la rampe... « Et toi, fais attention de ne pas prendre froid. — Non, non, soyez tranquille, je reviens dans dix minutes, c'est juste pour me dégourdir un peu... je dormirai mieux. »

Nous descendons l'escalier en silence. Je suis impatient, je me contiens difficilement, je voudrais brûler les étapes, arriver tout de suite au but, mais je ne sais comment m'y prendre, j'hésite. Mais à peine sommes-nous dehors que Martereau

lui-même, sans le savoir, me tend la perche :
« Ah! il est drôle, votre oncle, c'est un caractère,
un curieux homme, ah! il a dû savoir faire son
chemin dans la vie, il n'a pas froid aux yeux...
Il ne doit pas se laisser marcher sur les pieds... »
J'approuve en riant... « Oh! pour ça non, je ne
crois pas... Pas lui. » Mais à ma grande déception, Martereau aussitôt dévie... « Est-ce qu'il travaille encore beaucoup? Je le croyais plus ou
moins retiré des affaires... Mais j'ai l'impression
qu'il est encore très actif... » J'acquiesce d'un air
distrait et il me regarde un peu surpris : je sens
qu'il n'y a plus un instant à perdre, je m'élance,
il me semble que je saute au-dessus du vide...
« Écoutez, monsieur Martereau, je voudrais vous
demander... » j'ai tort de l'aborder ainsi directement, avec trop de solennité, j'ai pris mon élan
gauchement, mais il est trop tard... « franchement... mon oncle — c'est idiot de vous demander
ça — mais quel effet est-ce qu'il vous fait? — Quel
effet? — Je veux dire quand vous m'avez dit :
" il est curieux ", qu'est-ce que vous entendiez
par là?... » J'ai sauté, atterri tant bien que mal
de l'autre côté, je m'accroche pour escalader
l'autre bord, je me cramponne... « C'est que vous
savez, depuis le temps que je vis avec lui, je ne
le comprends pas encore très bien, je ne suis pas
encore habitué »... je rampe, je me hisse à la
force des bras, le vide est sous mes pieds... « Écoutez, monsieur Martereau... » j'ai le vertige... j'ai
envie de tout lâcher, de me laisser tomber dans le
vide... une tentation comme celle que doit éprouver le sadique devant la pureté, la gravité confiante
d'un enfant... « écoutez, ça va sans doute vous

étonner, vous paraître bizarre, mais avec vous je
vais être franc, je vais vous dire toute ma pensée...»
Il se tourne vers moi et me regarde attentivement.
Son visage calme aux lignes simples et nobles me
paraît grave et presque un peu soucieux. Je fais
au prix d'un immense effort un suprême rétablisse-
ment et je me hisse en lieu sûr cette fois, assez
loin du bord... « je vais vous dire toute ma pensée... Mon oncle me fait l'effet parfois d'un misan-
thrope, il est un peu sévère pour les gens, il a
eu des débuts difficiles, il a beaucoup lutté, alors
ça ne le rend pas très indulgent... Mais au fond,
il n'est pas méchant pour un sou... C'est un sau-
vage, mais quand il a de la sympathie pour
quelqu'un... » Je suis installé en lieu sûr, je
m'ébats en toute sécurité sous son œil rassuré...
« Vous, tenez, il vous aime beaucoup, il me l'a dit
bien des fois : " Ah! j'aime bien parler avec monsieur Martereau. " Vous devriez venir le voir plus
souvent. Vos visites lui font du bien. » Martereau
incline la tête, sourit, me tend la main : « Ah!
oui, il vous a dit ça? Mais j'aime beaucoup le
voir, moi aussi, il est très intéressant, j'aime parler avec lui. Il a conservé toute la fougue de la
jeunesse. C'est bien rare. Et avec ça, il a de
l'expérience. — Bon, eh bien, au revoir, monsieur
Martereau, je vais lui dire que vous reviendrez
bientôt, il sera content. — Mais qu'il vienne donc
me voir aussi, hein, en voisin, sans cérémonie.
Et si j'entends parler d'une maison, je penserai à
lui, mais c'est rare en ce moment-ci les bonnes
occasions. » Je pars soulagé, je me sens rassuré,
purifié. Je suis rentré dans le droit chemin.
Tout est dans l'ordre. Martereau sans avoir

eu besoin de lever le petit doigt a tout remis d'aplomb.

« Elle est en quoi, la maison? » Assis en face d'eux sur le strapontin, je demande cela timidement, tandis que nous roulons tous les trois, Martereau, mon oncle et moi entre les jardinets et les pavillons de la proche banlieue. Martereau pose sur moi le regard un peu surpris de ses grands yeux limpides. « La maison? Mais elle est en meulière... C'est ce que j'expliquais à votre oncle : sans ça elle ne vaudrait pas ce prix-là, vous pensez bien. Il faut voir le prix auquel monte n'importe lequel de ces petits pavillons. Forcément, c'est ce qu'il y a de mieux comme construction à l'heure actuelle. A toute épreuve. Du reste, vous verrez la vôtre, enfin celle dont je vous parle : c'est une belle maison, une villa. » Je sens comme mon oncle se délecte, se pourlèche. Il s'adresse à Martereau : « Ah! mais c'est que vous ne savez pas, mon cher Martereau, vous lui portez un coup au cœur, à ce jeune homme. C'est que la meulière, c'est notre bête noire. Ma femme va pousser des cris, c'est l'abomination de la désolation. Ce qu'ils veulent, c'est de l'ancien : un vieux châ-teau — tant pis s'il est un peu délabré — ou une chaumière... La poésie avant tout,.. vous ne savez pas ça. » Martereau sourit et appuie un peu plus sur moi son regard surpris... « Mais qu'est-ce qu'elle vous a donc fait, la meulière? Mais ce n'est pas laid. On s'y fait très bien. Et je vous assure que pour habiter, c'est épatant. Solide.

Jamais d'ennuis. Aucune humidité. » Je rougis et détourne les yeux vers la vitre. Il est injuste de me faire payer ainsi mes errements passés. J'accepte la meulière. Je l'attends. Qu'elle étincelle au soleil de tous ses ocres et de ses paillettes d'or. Que le chat en porcelaine fasse le gros dos sur le toit ou dresse la queue au milieu de la pelouse ronde, que les buis taillés soient des oiseaux et que les deux perroquets se regardent, découpés l'un en face de l'autre sur les volets. Je ne demande pas mieux. Cependant quand la voiture s'arrête, je dis : « Déjà ? » Cela m'a échappé. Peut-être est-ce le besoin d'agacer un peu mon oncle ou l'impossibilité de m'arracher entièrement à ce personnage qu'il tient absolument à me faire jouer, ou le sentiment du devoir : je ne suis pas là seulement pour ma satisfaction personnelle, mais aussi comme émissaire de ma tante, délégué par elle en observateur : « Une villa tout près de Paris... Quelle idée... Je n'irai pas pour tout l'or du monde. Mais vous, allez-y, je vous en prie. Vous me direz de quoi ça a l'air. Votre oncle a de ces coups de tête. Il est capable de l'acheter. » Martereau, sur le point de descendre, une main sur la portière entrouverte, se retourne et me regarde sévèrement : « Ah ! il faudrait s'entendre. Votre oncle m'a dit qu'il voulait des communications commodes avec Paris, sans quoi je ne vous en aurais pas parlé. Ici nous sommes à vingt-cinq minutes montre en main de la gare Saint-Lazare. Le propriétaire va à Paris tous les jours. La pleine campagne, c'est très joli... » Mon oncle lui pose la main sur le bras... « Mais bien sûr, bien sûr. Mais vous n'avez pas besoin de m'expliquer. Je

120

déteste les trous perdus. Aucune envie d'aller m'enterrer dans un bled. Je veux que ce soit tout près. Nous n'avons pas trente-six voitures. » Nous avançons tous les trois, moi encadré par eux, le long de l'allée de gravier sous les arceaux de roses pompon. Nous gravissons les degrés de la terrasse en ciment. Je reste un peu en arrière. Je me retourne. Il fait bon. C'est le premier soleil des tout premiers jours de printemps. Les touffes mauves, jaunes, blanches des primevères se blottissent innocemment contre la bordure en ciment de la terrasse. Le cerisier du Japon profile sur l'austérité rugueuse du mur de clôture la tendre fraîcheur de ses pétales roses. Ce printemps tenu en cage, en laisse, a quelque chose de rassurant à la fois et d'émouvant. Je veux bien rester ici. M'asseoir sur ce banc devant la maison. Écouter les pépiements timides des oiseaux... Mon oncle s'impatiente : « Eh bien, qu'est-ce que tu fais? Tu regardes la vue? Viens donc voir plutôt ici : c'est intéressant. C'est vraiment en très bon état. Pas une prise électrique à poser. Aucune surprise possible. Martereau me dit qu'il y aura très peu de réparations à faire; quelques bricoles : des ardoises du toit à changer, une gouttière, peut-être des papiers. C'est tout. Mais regarde ces pièces : c'est clair, c'est gai, pas comme vos vieux trous moisis. Et viens voir les salles de bains. De l'eau chaude partout. La maison est chauffée entièrement au mazout. Allons voir l'installation : ils disent que c'est épatant. » Nous nous attardons dans la grande cave propre, brillamment éclairée, à examiner la chaudière, à lire les inscriptions sur les manettes : on a envie de les tourner; c'est vrai, c'est un système épatant, un enfant peut le faire marcher. En dix minutes, toute la maison est chaude. Martereau, le plus fort de nous trois, s'arrache le premier à ces délices. Il faut rentrer. Quand nous sortons, nous le trouvons qui nous attend près de la voiture avec le propriétaire de la maison : « Eh bien, qu'en pensez-vous ? » Mon oncle s'efforce de cacher sa satisfaction, son excitation : « Eh bien, ça n'a pas l'air mal. Il faudra voir. Il faudra y penser. » Je sais que s'il s'écoutait, il conclurait l'affaire tout de suite; il a horreur d'hésiter, de remettre à plus tard; impatient comme un enfant devant un nouveau jouet. J'avoue que pendant un bref moment je partage son impatience, son excitation. Seulement voilà — nous ne l'oublions ni l'un ni l'autre — il y a ma tante.

Des éclats de voix, un cri, une porte qui claque sont presque toujours les signes avant-coureurs de ses silences. Le silence est sa méthode la plus sûre, le procédé le mieux mis au point de tous ceux qu'elle emploie pour le dresser. Lui, il sait bien quand il sort en tirant sur la porte pour la faire claquer le plus fort qu'il peut (mais rien à ce moment-là ne pourrait l'empêcher de lui porter ce coup que de tous ses nerfs tendus elle attend), il sait qu'elle va immanquablement, avec la détermination glacée et calmement différée des sadiques, lui infliger la punition.

C'est ainsi seulement, au prix de cette détermination inflexible, d'une longue patience jamais relâchée, d'immenses et incessants efforts, qu'elle a pu parvenir tant soit peu à lui apprendre, comme elle dit, à se tenir : il sait maintenant l'attendre debout derrière sa chaise avant qu'elle vienne s'asseoir à table; s'excuser quand on l'appelle au téléphone au milieu du repas, et il me fait toujours un peu pitié à ce moment-là, quand avec un air de chien savant, de singe déguisé, il se tourne vers elle en posant sa serviette et dit : « Excusez-moi. » Le silence une fois déclenché se maintient avec la régularité et l'inéluctabilité d'un système pénitentiaire bien organisé. Le coupable y est soumis pour une durée qu'elle apprécie suivant l'importance de la faute commise et les signes qu'elle décèle chez lui de souffance et de repentir.

Peu de gens peuvent supporter longtemps ce supplice du silence. Certains, quand il se prolonge, incapables d'y tenir, sentant qu'ils n'ont plus rien à perdre, pris d'un besoin désespéré de se détruire, ou bien risquant le tout pour le tout, espérant ainsi forcer l'autre à sortir de ses gonds, font une grande scène, cassent des objets précieux, trépignent, crient. Lui, formé par un long entraî-nement, d'ordinaire se résigne : il s'installe dans ce silence tel un vieux récidiviste qui retrouve aussitôt, chaque fois qu'on l'y ramène, ses habi-tudes de prison. Au début, d'ailleurs, lui-même n'a aucune envie de parler — qu'ils aillent tous au diable, il en a vraiment par-dessus la tête — il cuve sa rage. Aux repas, où la méthode bat son plein, le visage renfrogné, les paupières plissées, les lèvres froncées dans une moue que nous connais-sons bien, il mange en face d'elle en silence, le nez baissé sur son assiette, relevant la tête de temps en temps et regardant devant lui, l'œil fixe, féroce. Leur fille et moi, pris entre ce regard et son regard à elle, glacé, distant, nous faisons semblant de nous ébattre innocemment, avec insouciance. Notre jeu en pareil cas manque un peu de naturel. Nous sommes, en de si difficiles circonstances, d'assez médiocres acteurs. Trop occupés sans doute à suivre, en connaisseurs avertis, les différentes péripéties de la lutte savante qui s'engage entre eux. Il y a entre eux un système de compensation : celui des vases communicants. Quand dans l'un le niveau descend, aussitôt dans l'autre on le voit qui monte. Si lui paraît déprimé, elle aussitôt devient toute guillerette et animée, bavarde avec nous, parade. Lui alors se renfrogne de plus en plus et ne lève plus la tête de son assiette que pour nous demander, à sa fille ou à moi, d'une voix enrouée, sur un ton bref, de lui passer la moutarde ou le pain, surtout quand elle les a à sa portée et que c'est à elle, normalement, qu'il devrait s'adresser. Parfois, c'est lui — mais bien rarement, il est en pareil cas de loin des deux le plus faible — qui, un beau jour, entre tout frétillant dans la salle à manger, se frotte les mains, me pince le bras : « Ah! mes enfants, quel temps! J'ai dérapé deux fois. Nous avons failli faire sur le pont de Grenelle un tour complet. » Elle aussitôt a sa tête figée : un sourcil, le gauche, fortement arqué et relevé, lui donne un air d'Indien cruel. Elle emploie les grands moyens, fait fonctionner ce que j'appelle son système de pompe : son silence devient plus dense, plus lourd, il nous tire à soi plus fort, nos mots sont aspirés par lui, nos mots voltigent entre nous un instant, tout creux, inconsistants, tournoient un moment, et, détournés de leur chemin, ne parvenant pas à atteindre leur but, vont s'écraser quelque part en elle — une petite giclure informe — happés par son silence. Elle le voit très bien et jouit intensément de nos vains efforts. Petit à petit, nous perdons courage : nos voix sonnent de plus en plus faux. Nos mots, de plus en plus frêles, légers, sont escamotés aussitôt, nous les entendons à peine. Enfin nous nous taisons. Il ne reste plus sur la place vide, se répandant partout, l'occupant tout entière, que son silence. Alors, après un moment, quand elle a bien savouré sa victoire (il me semble entendre, quand enfin nous abandonnons la partie, son soupir de satisfaction, son cri de triomphe), après quelques instants passés à se délecter, elle se met à frétiller : sa fille et moi pour notre complicité avec lui nous sommes mis au ban, mais quand une des bonnes entre, elle se met à lui sourire, à la complimenter : « Très bien chambré, cette fois, votre vin, vraiment parfait, mes félicitations, vous êtes devenue un vrai sommelier. » La bonne, bien que connaissant sûrement presque aussi bien que nous cette subtile stratégie, s'y laisse prendre comme on se laisse prendre toujours aux plus grossiers compliments, elle rougit, ravie. Les bonnes nous sont souvent d'un grand secours. Dans les moments si pénibles où tous les quatre nous nous taisons, elles nous permettent de nous dégourdir un peu, de nous donner un peu d'air; elles nous forcent à faire un effort pour sauver la face. Quand l'une d'elles entre, nous nous mettons aussitôt à lui parler...

Ma tante surtout : c'est une de ses préoccupations
— et aussi une de ses faiblesses — que les domestiques ne s'aperçoivent de rien : un point vulnérable chez elle dont parfois, poussé à bout, il tire
parti, se mettant, quand ils savent tous deux qu'ils
sont à portée de voix, à élever le ton pour l'inti-
mider, lui faire peur, la contraindre du moins
pour un moment, sous la menace d'une humiliation insupportable, à lui céder.

Cette fois, elle tient bon depuis longtemps.
L'enjeu en vaut la peine : cette affreuse maison
de banlieue qu'il s'entête à vouloir acheter, et
puis, surtout, la nécessité de le punir sévèrement
pour son explosion de fureur, sa grossièreté, toute
la maison a retenti de ses cris.

Chez lui, passée la phase initiale habituelle
— silence menaçant, regards furibonds, remarques
acerbes adressées à nous, à sa fille et à moi, et
qui, nous le savons tous, la visent — les forces
baissent visiblement. Il est évident qu'il cherche
depuis quelque temps déjà à pactiser : tous ces
derniers jours, il faisait des efforts timides, tou-
chants, pour se glisser par le côté dans la conversation qu'à tous les repas elle menait avec nous,
toujours plus enjouée et pleine d'entrain à mesure
que chez lui le niveau descendait. Elle pouvait
maintenant, elle le savait, se permettre ce qu'elle
voulait : il était émoussé, édenté à souhait; les
plus sottes réflexions où s'étalaient les signes les
plus honteux de sa féminité, de cette stupidité
frivole qui d'ordinaire l'enrage, il les écoutait sans

broncher avec une sorte d'attendrissement, de nostalgie cachée.

Elle adore ce moment délicieux où elle reçoit la récompense de sa force de caractère, de son endurance... voilà ce que c'est que d'avoir tenu bon... Comme autrefois, quand il venait chez ses parents, un homme un peu timide qui se tenait assis dans le cercle des grandes personnes et ne cessait de l'observer de loin, sans le montrer, mais elle le sentait, il lui semblait que des fils invisibles, sortant de lui, la soulevaient, dirigeaient ses mouvements, la faisaient sauter, souple et légère — un cabri — sur les marches de la terrasse, secouer en riant sa tête bouclée, jouer à cache-cache avec ses sœurs, libre, insaisissable, un papillon, un feu follet... maintenant qu'elle avait mis entre elle et lui les vastes espaces infranchissables de son silence, elle sentait de nouveau, sans avoir besoin de tourner les yeux vers lui, son regard qui, pareil au feuillage poussiéreux lavé par une grosse pluie d'orage, avait retrouvé son ancienne fraîcheur. Comme autrefois, des fils invisibles la soulevaient : elle penchait vers sa fille sa tête bouclée, elle riait de son rire si jeune — une camarade, une grande sœur... tout le monde le disait... et elle encore de loin la mieux, oiselet, abeille voltigeant parmi les fleurs, butinant... « Si tu avais vu, ma chérie, chez Jacques Barelli, il y avait de ces petites vestes en lainage écossais... un amour... mais alors, le prix... » On le sentait qui piétinait sur place d'impatience, il aurait voulu s'échapper, courir vers elle, tendre les mains... « Quel prix ? Mais qu'est-ce que ça fait ? C'est ridicule. Achetez-les donc. Je vous les offre. Prenez-en plu-

sieurs, si elles sont tellement jolies. » C'était atten-
drissant de voir comme il s'efforçait, avançait
de côté, cherchait — mais il était maintenu solidement — à se rapprocher d'elle le plus possible,
il regardait sa fille... « Il est très lancé, Barelli,
en ce moment? C'est bien, ce qu'il fait? Ça te
plaît? » La fille, gênée, balbutie : « Oh! oui, bien
sûr... » tandis que le regard de la mère, glacial,
un peu surpris, le force impitoyablement à reculer.

Je crois si bien connaître leur code secret, je
suis si habitué à déchiffrer le sens véritable de
leurs mouvements, que je ne me fie jamais avec
eux aux apparences. Peut-être pas assez parfois.
Mon excès de méfiance doit m'induire parfois en
erreur. Aujourd'hui, le brusque changement d'attitude chez lui, cet air, tout à coup, après plusieurs
jours d'offres timides de réconciliation chaque fois
repoussées, cet air qu'il a pris de vieil homme
solitaire et accablé, de Samson abandonné, ne me
paraît qu'un moyen nouveau — tous les autres
ayant échoué — pour la déloger de ses positions.
Il me semble même que c'est là un moyen que
je l'ai vu employer déjà je ne sais plus dans quelle
occasion. Les remarques aigres-douces qu'elle lui
adresse à travers nous, ses airs insouciants, enjoués,
son rire, glissent sur lui sans qu'il paraisse s'en
apercevoir : il est un grand animal immobile, à
peau épaisse. Un pachyderme aux lourdes paupières tombantes, aux nobles plis. Il tapote la
table sans écouter nos bavardages, l'œil fixe,
l'esprit tourné ailleurs. Je sens qu'elle aussi, un
peu surprise, l'étudie — méfiante et tout de même

légèrement inquiète. Enfin, au dessert, nous inter-
rompant brusquement, balayant d'un grand coup
large nos frivoles bavardages, il se penche vers sa
fille et vers moi : « Écoutez-moi mes enfants. Je
dois vous parler. J'ai de petits ennuis en ce
moment. Rien de grave... » (juste ce qu'il faut
pour la séduire, ce ton sobre, contenu, ce désir
viril de la ménager, de ne tirer aucun avantage
facile de la situation), « mais il faut que je parte
pour quelques jours. Je pense que les choses
vont s'arranger, mais il faut que j'y aille moi-
même. Alors, fifille, j'ai un petit service à te
demander. Tu comprendras facilement de quoi il
s'agit. »

Je vois la manœuvre tout de suite... Leur fille
— son arme la plus puissante, la poix, l'huile
bouillante qu'il déverse d'ordinaire toute sifflante
de sa haine sur l'ennemi — est maintenant son
drapeau blanc... Leur fille qui donne au « vous »
toute sa force de destruction... « Ah! vous n'en
inventez jamais d'autres... Oh! vous, vous avez
toujours des idées... Vous n'avez que ça en tête :
des futilités... » Leur fille, élément indispensable
dans la fabrication de son vitriol... Nivelées, rava-
lées, étiquetées, honteuses et rougissantes dans leur
ridicule nudité, esclaves anonymes enchaînées l'une
à l'autre, bétail conduit pêle-mêle au marché;
aussi différentes de lui dans leur ressemblance
entre elles, leur impuissance, leur stupidité, que le
sont de l'homme les animaux...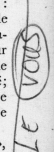

Qu'on se moque de moi si l'on veut, le « vous »,
— et il le sait aussitôt, sans même avoir le temps
de le penser, et nous le savons tous — le « vous »
signifie tout cela et bien plus encore : « Vous »,

les bêtes viles, vous dont le contact est dégradant, vous toute la bêtise du monde, vous toutes les concessions qui lui ont été imposées, tous les obstacles, toutes les entraves qui ont brisé son essor, les impuretés qui ont sali son âme, qui lui ont fait perdre sa fraîcheur juvénile, son ardeur, oublier les rêves que dans sa folie, dans sa joie — sa seule, la seule vraie joie — il avait faits quand il avait marché en chantant, seul sous le ciel étoilé, sac au dos, dormant dans le foin, maître du monde, barde, prophète, conquérant, autrefois, quand il avait vingt ans... Le « vous » leur dit tout cela. Le « vous » marque les moments où tout de même il se ressaisit, les repousse pour pouvoir souffler un peu, les rappelle à l'ordre — elles vont parfois un peu loin — les force à garder leurs distances. Tout cela nous le savons — pas *in so many words*, bien sûr, mais d'une façon autrement plus rapide, subtile, complexe et évidente. Nous savons, assis maintenant tous les quatre, attentifs autour de la table, d'autres choses encore : son air confiant et tendre, presque un peu humble, ces intonations mouillées quand il prononce comme en les dorlotant, comme en les cajolant avec la langue et le palais ces mots : fifille, ma fille, le « vous » leur donne toute leur valeur, leur relief, leur sert de toile de fond. Sur lui sa tendresse actuelle se découpe. Le « vous » forme à la mélodie douce et un peu molle de ces mots un accompagnement tragique, lourd et dur. Ou, pour employer encore une autre comparaison, sous le mot fifille si tendrement étiré, le « vous » est le caractère secret écrit à l'encre sympathique. Experts comme nous le sommes, nous le faisons apparaître aussitôt, énorme, couvrant tout : de là sans doute chez nous cette gêne, ce léger dégoût, cette envie dont j'ai déjà parlé, qui nous prend aussitôt au moment de ses tendres épanchements, de l'écarter, de le rabrouer...

Il se penche à travers la table, une flamme caressante dans les yeux... « Écoute, fifille, écoute-moi bien, tu vas comprendre... » Elle rougit, elle sourit d'un petit sourire crispé, en elle aussitôt une des substances dont le « vous » est composé, en bulles légères se dégage et monte... « Oh! moi, tu sais, si c'est des choses compliquées... des questions financières... je n'y ai jamais rien compris... » Il fait un geste impatient de la main pour l'arrêter. Elle gêne sa manœuvre. Elle va lui mettre des bâtons dans les roues. Exaspérante, inerte et molle, incapable de se dégager adroitement, de se libérer aussitôt de cette forme, de ce masque grotesque dont lui-même — mais ce n'était rien, un jeu, un caprice, des mouvements passagers d'agacement quand il la rabrouait : « Mais qu'est-ce que tu y comprends ? Qu'est-ce que tu en sais ? Tu répètes ce que tu entends dire... C'est dans *Vogue* que tu as lu ça ? » — dont lui-même l'avait affublée... Elle fait exprès maintenant de renchérir encore sur lui, de paraître plus bête qu'elle n'est pour se venger, le narguer, pour lui rappeler ce qu'il veut effacer, oublier... Mais déjà sa mère, il le sent comme moi — pas un mouvement ici chez l'un de nous que les autres aussitôt ne perçoivent — se scinde, se dédouble, se porte pour bien voir le danger, pour le regarder bien en face, vers lui, vers moi... Elle veut voir par nos yeux (d'elle-même, toute seule, ce visage

que sa fille a maintenant, elle ne le verrait pas
— sans nous, elle ne verrait rien — ou même si
elle le voyait, elle n'y ferait pas attention, n'y
attacherait aucune importance, elle s'en moque
au fond : le lien entre elles deux est trop fort, la
fusion est trop grande... C'est juste pour se distraire un peu, s'amuser, se chatouiller, se gratter,
s'agacer, se frotter un peu contre moi, qu'elle
vient me parler de sa fille, se plaindre... pour que
je la rassure, que je lui dise qu'il n'y a rien... ce
bond en arrière qu'elle fait aussitôt quand gauchement je l'approuve... et elles deux contre moi
faisant bloc : deux tronçons ressoudés)... Sa mère
aussitôt pour pouvoir conjurer le péril se trans-
porte en nous, dans le camp de l'ennemi et voit
avec nos yeux ce que nous voyons : cette petite
sotte minaudière, cette sainte-nitouche... elle a
envie, nous le sentons, de s'interposer, elle gonfle
ses plumes, s'agite, elle voudrait protéger sa fille,
la redresser, comme elle faisait le jour de la dis-
tribution des prix quand elle l'examinait d'un œil
inquiet avant qu'elle monte sur l'estrade pour
réciter sa poésie (ce regard qu'elles ont alors : très
mobile, fureteur, puis brusquement fixe, humide,
luisant — je ne connais pour l'égaler en intensité
que celui du chien à l'affût), quand elle l'inspec-
tait de la tête aux pieds, d'un bref coup de patte
relevait une boucle, tapotait un pli... Combien de
fois je l'ai vu, lui, s'amuser férocement à provoquer,
à accroître chez elle cet émoi, sentant comme elle
suivait en tremblant le regard méprisant, hostile,
haineux, qu'il posait sur leur fille, prenant plaisir
à augmenter, dès qu'il était sûr qu'elle l'observait,
sa charge d'hostilité, de haine et de mépris quand

la fille minaudait... « Haiphong, où est-ce, déjà? en Chine ou au Japon? S.F.I.O., qu'est-ce que c'est? » ou simplement faisait ce geste exaspérant — un tic chez elle, une manie — de lisser entre ses doigts arrondis avec précaution le rouleau de cheveux qu'elle porte derrière la tête... « Joli produit... tu peux être fière... tu as bien réussi... » son regard mauvais lui disait cela... Maintenant il pourrait être content : l'ennemi est touché, il abandonne ses positions, mais ce n'est pas la défaite de l'ennemi qu'il veut, il sait qu'il prendrait sa revanche, ce n'est pas cette victoire-là qu'il cherche, il veut une paix conclue dans le pardon, l'oubli... « Mais non, voyons, ma fille, qu'est-ce que tu dis, c'est ridicule... Tu comprendras très bien... tu peux comprendre ça aussi bien que moi, il suffit d'un peu de bonne volonté. » Il se tourne vers moi : « Tu sais que si elle voulait, cette petite... on serait étonné... ça m'avait frappé quand je lui faisais faire de l'algèbre... dès qu'elle voulait s'en donner la peine, elle comprenait à demi-mot. D'ailleurs, elle a de qui tenir... c'est tout le portrait de ma mère... Tiens, quand elle lève les sourcils comme ça, c'est ma mère tout craché. Et c'était un as, votre grand-mère, je vous prie de le croire. Après la mort de mon père, elle a dirigé son affaire toute seule : un petit bout de femme pas plus grand que ça. Et elle nous a élevés. D'ailleurs, de son vivant, mon père la consultait pour tout. A l'heure actuelle, ce n'est pas si rare, les femmes comme elle, j'en ai rencontré dans les affaires qui étaient étonnantes, de vrais chefs. Toi ma fille, si tu voulais, si le besoin s'en faisait sentir, je suis sûr que tu saurais te débrouiller à merveille... » Il efface, il arrache la couche épaisse de vernis, la crasse, le sombre enduit... en dessous l'image aux fraîches couleurs apparaît, la joue rosit, l'œil brille... sa chair, son sang, son espoir dans l'avenir... pour qui travaillons-nous, pour qui construisons-nous sinon pour nos enfants, il la regarde... radieuse jeunesse... le sourire malicieux de sa femme, cet œil vif... combien de fois ne lui a-t-on pas dit : elle a l'air intelligente, votre fille, mais on est si exigeant pour ses enfants, on ne leur fait jamais assez confiance, ils en ont tant besoin... un peu de soutien, de tendresse et ils s'épanouiraient... « Écoute-moi bien, ma fille, je vais t'expliquer... » Son regard maintenant la quitte et va pointer tout droit devant lui : un regard aigu, précis, qui perce au point central l'objet invisible qu'il fixe, un regard grave et net; plus rien de mouillé dans sa voix, toute trace du « vous » est effacée; nous l'écoutons avec attention; nous respectons sa clarté d'esprit, sa virilité — toujours efficace, énergique, rapide dans les moments graves, nous l'admirons pour cela, il le sait... « écoute, c'est très simple... voilà de quoi il s'agit... j'ai quelques ennuis d'argent... pas graves... ça s'arrangera... mais il faudra que je parte pour quelques jours et j'ai une somme d'argent là qui me gêne un peu pour des raisons fiscales... je voudrais la placer avantageusement... c'est à toi que je pense, à ton avenir... mais je ne veux pas, tu comprends, que le fisc vienne fourrer son nez là-dedans, il nous dépouille bien assez comme ça, si ça continue, ça ne vaudra plus la peine de travailler... alors mon petit, je vais te la confier... » il se tourne vers moi... « Vous irez

tous les deux chez Martereau — tu peux même
y aller seule si tu veux, mais enfin, il vaut mieux
que vous y alliez ensemble — vous lui porterez
l'argent. Je lui en ai parlé, il sait de quoi il s'agit,
tu lui diras : Voilà, mon père veut acheter la
maison... » il fait de la main un geste comme
pour nous arrêter... « pas pour l'habiter, il ne
s'agit pas de ça, ça je m'en fiche, il s'agit d'un
simple placement, je la revendrai probablement
bientôt, mais pour le moment c'est un placement
excellent. Martereau, vous me comprenez, l'ac-
querra en son nom avec cet argent que tu lui
remettras — je lui en ai parlé, il est d'accord :
pour lui, ça ne fait aucune difficulté; cet argent il
pourra en justifier facilement aux yeux du fisc...
moi, en ce moment, ça me gênerait beaucoup
d'avoir à le déclarer. Alors tu m'as bien compris,
fifille... va le voir aujourd'hui... je compte sur
toi... » Sa mère la regarde, la bouche entrouverte,
l'œil luisant... elle se retient pour ne pas répondre
à sa place... Mais bien sûr, bien sûr elle ira... une
brave petite fille, sérieuse, dévouée, on peut compter sur elle dans les moments durs, malgré ses airs
d'enfant gâtée... Solide et sûre comme elle-même...
Les jeux, les morsures, les bouderies ridicules sont
effacés; unis tous les trois; un seul bloc; rien de
plus solide au monde que cela, scellé par tant
d'années; tout le reste n'est rien, de la poussière,
c'est balayé, nous respirons un air purifié, vivifiant,
il sent cette excitation — délicieuse — des moments
difficiles... comme il y a quelques années, quand il
s'était cru ruiné... cette chaleur, cette douceur
tout à coup... elle avait pris ça avec beaucoup de
courage, une bonne camarade, elle avait été vrai-

ment très chic, elle l'avait soutenu, encouragé... ils avaient bu du café à la cuisine, elle l'avait fait rire, ce serait drôle, au fond, cette vie de petites gens, elle était tout animée, active, presque tendre, ils s'étaient sentis heureux... et maintenant, tandis qu'elle approuve en silence, il sent de nouveau ce même courant qui sort d'elle, le soutient, le porte... ils ne se parlent pas encore, mais il sait que les hostilités sont finies, elle opine légèrement de la tête, elle approuve, elle encourage sa fille du regard quand sur un ton de douceur calme et ferme qui incite au respect, il lui dit : « Alors, tu m'as bien compris? Je vais te donner le paquet, moi je prends le train pour Bruxelles tout à l'heure, j'ai des tas de choses à faire. Il vaudrait mieux que tu le portes ce soir, je serais plus tranquille. — Mais bien sûr, je vais y aller aujourd'hui. » Elle me regarde : « On va y aller tous les deux, hein, tu viens avec moi? Je suis ravie d'aller voir monsieur Martereau, il est si gentil. C'est mon grand béguin, monsieur Martereau... » sous les regards attendris de ses parents elle s'épanouit, s'ébroue... Sa mère qui sent qu'elles peuvent toutes deux maintenant s'ébattre, s'abandonner, la contemple avec cet air presque hébété, extatique, que lui donne l'excès de sa passion maternelle, de sa fierté... moi-même, je suis si content que j'écoute avec attendrissement... c'est émouvant tout de même dans sa fraîcheur naïve, une jeune fille... « Non mais c'est vrai, ce que je dis, tu ne trouves pas, maman, c'est fou ce qu'il a dû être bien, monsieur Martereau... » Sa mère la regarde en souriant, elle hoche la tête d'un mouvement qui signifie : grande sotte... Écoutez-la...

La fille, encouragée, agite un doigt mutin : « Je l'adore, monsieur Martereau... » Un instant je crains – elle va tout de même trop loin – que tout ne s'effondre, toute la savante construction, on dirait que quelque chose chez le père a remué, une ombre a glissé, mais non, à quoi est-ce que je pense, il ne peut en être question, il écoute, il regarde d'un air attendri sa femme qui agite la tête comme les mélomanes qui battent la mesure en écoutant leurs morceaux favoris... « Non mais écoute, maman, tu n'es pas de mon avis, franchement... » Les yeux de sa mère la dévorent... n'est-elle pas jolie, gentille, mignonne à croquer... ce sourire, ces fossettes dès qu'elle est de bonne humeur... son père rit : « Ce bon Martereau, ah! il serait rudement surpris s'il entendait ça, il ne doit pas se croire un don Juan... Enfin, puisque ça t'enchante, tant mieux, tu vas aller le trouver aujourd'hui... je ne sais pas si c'est un Apollon, mais en tout cas c'est un très brave type, on peut avoir confiance en lui. » Il a remporté la victoire, la forteresse se rend, on voit se hisser sur les remparts le drapeau blanc. Sa femme se lève : « Allons, mon petit, n'oublie rien, rappelle-toi tout ce que ton père t'a dit, et surtout fais bien attention de ne pas perdre l'argent. » Elle s'adresse à moi : « Je crois qu'il vaudrait quand même mieux que vous y alliez aussi... »

C'est fini. La paix définitive va être signée. Ce n'est plus qu'une question de formalités. Le moment convenable doit être choisi. Devant nous, une pudeur les retient, mais dès que nous serons partis ils se remettront à parler comme si de rien n'était, juste un peu crispés au début, la voix pas très bien posée (ils ne s'expliquent jamais : ça il ne le supporte pas, les explications, les attendrissements, et il y a bien longtemps qu'elle a dû renoncer à satisfaire le besoin de ces excitants qu'il lui avait dès le début — sauf à de très rares occasions — impitoyablement refusés. C'est cela, pourtant, elle me l'a dit souvent, des rapports humains... ne peut-on pas reconnaître franchement ses torts, se parler, comme cela se fait entre gens civilisés, entre gens cultivés?... c'est ce qui lui a le plus manqué, « mais pour lui, ces choses-là c'est du chinois, c'est ce qu'une femme, croyez-moi, sachez-le pour plus tard, peut le plus difficilement pardonner... » enfin, maintenant le pli est pris; ce sera tout de même délicieux, cette impression de se retrouver tout rafraîchis, purifiés comme après une longue absence), tant de choses sont arrivées durant ces quelques jours, tant de minuscules événements, de menus soucis, ces ennuis qu'il a... tiens, elle a reçu une lettre de son frère — arrivée comme tout exprès, elle ne pouvait tomber mieux — il a fait encore je ne sais quelles bêtises, ses affaires vont mal, enfin c'est toujours pareil... et il se sentira flatté, remonté, par ce contraste qu'elle a toujours souligné tacitement, il le sait, entre son frère et lui si énergique, si travailleur : un homme. Ah, pour ça, on peut se reposer sur lui. Fort. Généreux... « Tu as la lettre? Donne-la-moi, je vais voir ce qu'on peut faire. Je vais m'en occuper... »

Nous nous levons de table, leur fille et moi, il faut les laisser. Nous sommes apaisés aussi, allégés, joyeux, des ailes nous portent... « Si on allait maintenant chez Martereau? C'est ça, allons-y tout de suite, on peut toujours essayer, il sera peut-être chez lui. »

Tandis que nous marchons côte à côte, portant le précieux paquet, sages petits Chaperons Rouges allant chez leur mère-grand, je me sens délicieusement en règle, en ordre : un mécanisme de précision qui vient d'être nettoyé, bien épousseté, huilé et remonté. C'est là un état, je l'ai remarqué, propice aux chances; tout marche; les rouages autour de nous, où nous nous emboîtons sans frottement, se mettent à tourner à l'unisson. Nous trouvons Martereau chez lui. Il vient nous ouvrir lui-même, en pantoufles, ses lunettes relevées et posées sur la brosse épaisse de ses cheveux gris. Cordial aussitôt sans effort, comme il l'est toujours, content de nous voir... « Tiens, tiens, quelle surprise... Quel bon vent... Entrez donc... Ma femme est allée faire une course, elle ne va pas tarder... Vous me trouvez en pantoufles au beau milieu de l'après-midi, ça ne m'arrivait jamais, mais c'est l'âge, que voulez-vous, un peu de goutte... Mais asseyez-vous donc, asseyez-vous... ça vous fait sourire, mademoiselle, hein, les infirmités de la vieillesse, la goutte... Vous ne savez pas ce que c'est... Ah! il ne fait pas bon vieillir... Mais vous, comment ça va? Et cette santé? Allons, tant mieux... Et vos parents? J'ai vu votre père, l'autre jour, plus jeune que jamais, en pleine forme... Alors, qu'est-ce que vous racontez de beau? Quoi de neuf? » Je regarde ma cousine... à elle l'honneur... Elle rougit, frétille, elle a sa voix légère, aiguë et claire, très jeune fille, elle zézaie même un peu comme font sur la scène

certaines actrices quand elles jouent les ingénues...
« Voilà, monsieur Martereau. C'est papa qui nous
envoie. Nous venons vous parler d'affaires... »
Martereau lève les sourcils, fait de gros yeux
étonnés et hoche la tête comiquement d'un air
impressionné... « D'affaires ? Vous venez me parler d'affaires ? — Mais oui, figurez-vous... C'est
vrai... Papa n'a pas pu venir lui-même, il est
obligé de partir pour quelques jours, alors il m'a
demandé, enfin il nous a dit... D'ailleurs, vous
êtes au courant. Il vous en a parlé... C'est au
sujet de cette maison... Vous savez, la villa que
vous lui avez conseillé d'acheter... » Martereau
lève la main : « Enfin, " conseillé "... si l'on veut.
Votre père m'a demandé de lui signaler si j'entendais parler de quelque chose... » Elle l'inter-
rompt : « Oui, oui, naturellement... Je veux dire
que vous étiez d'avis que c'était une bonne affaire...
— Oh ! pour ça oui, la maison est en très bon état.
C'est de la construction solide. Elle vaut son prix.
— Justement. Alors voilà, papa a pensé que ce
serait un bon placement. Seulement, il a des
ennuis en ce moment, il vous en a parlé... alors
c'est pour vous demander un grand service qu'il
nous a envoyés... il nous a dit qu'il vous en avait
touché un mot l'autre jour et que vous étiez
d'accord, que vous aviez accepté de l'acheter en
votre nom pour lui éviter de la déclarer au fisc...
Enfin, vous devez comprendre mieux que moi...
Alors voilà... il nous a remis l'argent... » Martereau écoute avec attention. Il incline la tête gravement : « Oui, je lui ai dit : c'est d'accord. S'il
décide de l'acquérir, je ferai ça pour lui, j'ai
promis de le dépanner. » Je sors l'épaisse enveloppe

ficelée de la poche intérieure de mon veston et la lui tends. Ses gros doigts aux mouvements délicats défont adroitement le nœud, sortent les liasses... « Pour la bonne forme... vous permettez? »... comptent rapidement les billets. Nous nous taisons. On entend seulement le crépitement du papier... « C'est juste : deux millions huit cent mille francs. » Il rassemble les liasses, les tapote pour les égaliser, les remet dans l'enveloppe, refait le nœud. Il tourne sa chaise à pivot vers son bureau. Sort son trousseau de clefs. En choisit une. Ouvre un tiroir, y dépose le paquet. Sa main assez charnue, à la peau épaisse, très lisse, tourne avec précaution et fermeté la clef dans la serrure, enfonce dans la poche de son pantalon le trousseau de clefs. Il se retourne vers nous : « C'est entendu. Je vais prévenir ma femme pour qu'elle sache qu'il y a là de l'argent à vous : on ne sait jamais ce qui peut arriver. Dites à votre oncle que je m'en occupe dès demain. Je téléphonerai au vendeur ce soir. — Merci. Merci beaucoup... » Nous nous regardons... « Eh bien! voilà... On ne va pas vous déranger davantage... Je crois que maintenant il va falloir rentrer... — Déjà? Mais restez donc un peu, vous n'êtes pas pressés... Ma femme va revenir d'un moment à l'autre... Elle vous fera une tasse de thé... » Mais nous nous levons. « Merci. Mais je crois qu'il faut qu'on rentre. On nous attend... » Sur le palier, tandis que nous prenons congé, ma cousine — c'est un geste qu'elle fait souvent, par timidité sans doute, pour se donner une contenance — passe sa main sur son front. Martereau sourit malicieusement : « Vous avez la migraine? hein? c'est fatigant, les affaires?... »

Elle rit : « Oh! non, ce n'est pas ça, ce n'est rien, j'ai juste un peu mal à la tête, à l'air ça va passer... » Martereau lève l'index de sa main droite : « Vous connaissez la vieille chanson? On me la chantait quand j'étais petit... » Debout sur le palier, agitant son index dressé, secouant la tête en cadence, il chantonne : *J'ai mal à la tê-teu, savez-vous pourquoi? Parc-que ma grand-mè-reu m'a donné le fouet...* En chœur, tous les trois nous rions tandis qu'il nous serre la main... « Allez, à bientôt, au revoir, bien des choses à vos parents », referme sa porte, et que nous dévalons l'escalier. Le rire de ma cousine, un peu faux, mal posé, ne s'emboîte pas très exactement dans la place en nous, l'espace prêt à le recevoir que la petite chanson a creusé. Un accord final attendu, nécessaire, mais pas très habilement plaqué.

C'était à prévoir (je l'ai déjà dit, nous fonctionnons comme des vases communicants), il lui a suffi de voir en entrant dans la maison — il était resté absent pendant près de six semaines — il lui a suffi d'apercevoir en mettant le pied dans l'entrée notre air frétillant, excité, notre œil luisant de chien qui rapporte pour qu'aussitôt (il me semble parfois qu'il sent, avant même de nous voir, peser sur lui l'air que déplace notre joie qui monte) chez lui le niveau tombe : il nous jette en passant un rapide et froid : « Alors, ça va ? » et va tout droit s'enfermer dans son bureau.

Mais nous ne nous décourageons pas pour si peu. Les plus cruelles expériences ne nous empêcheront pas dans de pareils moments, quand notre niveau à nous est si haut, de nous conduire en gens normaux : tout est pour le mieux et nous sommes du bon côté, de celui où il est lui aussi, Dieu merci, à de rares moments près. Dans le solide. Dans le vrai.

Dès que nous l'entendons rouvrir sa porte, nous nous précipitons. C'est sa fille de nous deux la plus excitée. « Tu sais, papa, tu seras content, tout s'est très bien passé, monsieur Martereau a accepté tout de suite, comme il te l'avait promis. Nous lui avons remis l'argent et il a dit qu'il se mettrait en rapport avec le vendeur dès le lendemain. Tu devrais aller le voir. » Il lève sur nous un œil dur, perçant : « Le vendeur ? Quel vendeur ? Ah ! oui, pour la maison. Vous lui avez remis l'argent ? » Il s'adresse à moi, montrant, selon toutes les bonnes règles du jeu, qu'elle est indigne : « Tu lui as demandé un reçu ? »

Les cartes qu'il vient de recevoir sont si bonnes, sa chance est si grande que je serais presque tenté de me réjouir pour lui. Mais surtout je l'admire. J'admire la sûreté de ses coups. « Je connais, comme il dit si bien, mon monde. » Une connaissance sommaire, un rapide schéma, quelques grands traits — il ne lui en faut pas plus. C'est un bon ouvrier qui n'a pas besoin pour faire du bel ouvrage d'outils très compliqués. Maintenant d'un seul coup il a trouvé en nous le point, le joint où il a introduit la mèche de la machine infernale qui va nous pulvériser. Mais quelle machine infernale ? C'est l'instrument le plus usuel, le plus commun, celui que tout homme de bien manie à tout instant sans songer à faire le moindre mal : une simple question très naturelle.

Comme auprès de lui je me sens faible et maladroit. Sans cesse je le palpe, je le fouille, je l'inspecte dans tous les coins, je l'épie avec l'attention anxieuse du malade qui guette les symptômes de son mal. Je pressens ses moindres mouvements. Je prévoyais ce bond en arrière qu'il ferait dès qu'il nous verrait approcher la main tendue pour le caresser... comme il reculerait en renâclant, l'échine hérissée... il a horreur de ces façons de l'amadouer, de cette gaieté de bonne sœur... « Allons, tout est pour le mieux, réjouissez-vous, soyez donc content, mais souriez donc un peu, voyons, faites risette... » On veut le redresser, lui apprendre à se tenir, et on l'observe tout le temps par en dessous : il sent le contact répugnant de petites ventouses molles collées à lui qui le palpent, il a envie de les arracher. Il m'était facile de prévoir le chemin que traceraient en lui les mots : « Monsieur Martereau a été très gentil, tu sais, il a accepté tout de suite, comme il te l'avait promis. » J'ai entendu ce bouillonnement qu'ils ont produit en lui sur leur parcours, ce petit sifflement de calcaire que corrode l'acide : Ah! vraiment, il a accepté... Mais quel honneur... Quelle faveur... C'est trop de bonté... Non, mais ils s'imaginent que j'ai besoin de ce petit monsieur... Je n'ai besoin de personne, je n'ai jamais eu besoin de rien devoir à personne... C'est à cause d'eux que je me suis embarqué dans toute cette histoire, pour leur faire plaisir... excédé à la fin de m'entendre rebattre les oreilles avec leurs maisons et leur Martereau : c'est le dernier engouement, la nouvelle lubie... on ne jure que par lui, on est là à roucouler devant le premier imbécile venu... Moi je peux leur offrir la lune, rien n'est jamais trop beau... on trouve ça tout naturel, tandis que Martereau, s'il lève le petit doigt, il faut qu'on pleure d'attendrissement, de gratitude... Les belles âmes. Les sentiments... je vais leur secouer les puces, moi, les ramener sur terre...

Je savais tout cela. J'aurais pu décrire à l'avance, mieux qu'il n'aurait su le faire lui-même, l'opé-

ration chimique d'où ses mots : « Et le reçu ? »,
comme le gaz que le chimiste se prépare à recueil-
lir dans l'éprouvette, se sont dégagés. Mais je n'ai
pas fait un mouvement pour empêcher, pour
arrêter l'opération, j'ai laissé faire comme toujours, docile, timoré, n'osant jamais me fier à
moi-même, donner droit de cité à mes pressentiments. Et elle, sa fille, est comme moi : je la
déteste d'ailleurs pour cela. Nous sommes, elle et
moi, pareils aux gens qui, s'ils voyaient de leurs
yeux des monstres marins, des ectoplasmes ou des
tables tournantes, secoueraient tout de même la
tête en disant : « Si cela existait, tout le monde
le saurait. Il y aurait eu des communications à
l'Académie des Sciences. » Personne ne lui a
jamais dit, personne nulle part n'a jamais pro-
clamé que certaines questions ne devaient surtout pas appeler « tout naturellement » certaines
réponses, que lorsqu'on vous demande pourquoi
vous n'avez pas exigé un reçu, il ne faut dans
certains cas jamais à aucun prix répondre comme
elle fait maintenant, ses yeux grands ouverts
expriment l'étonnement, ce qui est selon elle
conforme à la justice, à la norme : « Mais tu ne
m'avais jamais dit que tu en voulais un. » Ni
ajouter surtout : « J'ai pensé que tu avais pleine
confiance en Martereau, que ce ne serait peut-être
pas très délicat, très gentil... » J'éprouve une sorte
de satisfaction, de soulagement quand la réaction
immanquablement se produit. Ses paroles, comme
le son léger qui déclenche les avalanches, font
déferler aussitôt l'énorme masse en suspens : « Ah!
c'est moi, c'est moi — il prend son temps, il
traîne sur les mots — bien sûr... j'ai eu tort... j'ai

146

toujours tort... c'est ma faute, toutes les bêtises
que vous faites... Je ne vous trouve pas assez
bêtes... Je ne vous considère pas assez comme des
demeurés pour vous prévenir qu'on ne verse pas
comme ça deux millions huit cent mille francs de
la main à la main à un monsieur... Non, mais
c'est inouï... » Il minaude : « Ce ne serait pas
gentil... tu avais confiance... » D'abord, je n'ai
confiance en personne, et puis quand bien même
ce serait mon propre frère, est-ce que je sais, moi,
ce qui peut lui arriver... Mais vous vous en
moquez... vous pouvez vous offrir le luxe d'être
larges... » Il se tait tout à coup et regarde devant
lui en fronçant les sourcils comme s'il cherchait
à scruter quelque chose au loin, quelque chose
qu'il est seul à voir — ce qui m'impressionne
toujours beaucoup, éveille chez moi une appréhension — sa voix a un son métallique, il parle du
nez, il a l'air de s'adresser à un homme intelligent,
sensé — on est entre soi, entre hommes — à quelqu'un qui comprend, qui sait... « Mais lui, Martereau, c'est très étonnant... ce n'est pas un petit
blanc-bec, lui, il n'est pas né de la dernière couvée,
il sait pourtant ce qu'il fait, il sait parfaitement
bien que ça ne se fait pas, ces choses-là, il savait
très bien, lui, ce qu'il faisait... »

Ce n'est pas une illusion, une fausse réminiscence ; non, j'ai éprouvé cela exactement, je reconnais la sensation : cet arrachement, ce déchire-
ment, tout tremble, craque et s'ouvre... je suis
comme fendu en deux, en moi un air glacé s'en-
gouffre... Ces mots qu'il vient de prononcer, son
ton nasal, assuré, ont touché le point fragile,

rouvert la vieille fêlure jamais bien ressoudée, cette déchirure que m'avaient faite autrefois, quand j'étais petit, leurs rires pointus, leurs mots chuchotés entre elles pour que je n'entende pas, mais j'entendais, assis près d'elles à la cuisine, attendant qu'elles finissent de servir mes parents et m'emmènent me coucher... Je me tendais de toutes mes forces pour entendre, pour comprendre, pour regarder en face la menace, le danger. Elles montraient le plat rapporté de la table : « Tiens, regarde un peu ce qu'elle nous a laissé, tu aurais dû la voir choisir les morceaux. Elle ne trouvait rien de trop petit pour nous. Regarde : rien que des tendons et des os. » Et leur rire gouailleur : « Oh! dis donc... ici on n'a pas besoin d'avoir peur. On ne risque pas de s'empâter. Avec elle au moins on est sûr de garder sa ligne... »

Quelqu'un de plus fort que moi aurait tenu bon, se serait durci, serré, mais j'étais déjà si mou, malléable, il fallait si peu de chose, un seul petit coup de bistouri suffisait... je m'ouvrais mollement avec horreur et délectation... plus loin encore, jusqu'au bout, je laissais pénétrer en moi un vent glacé... tout vacillait... se défaisait... ce regard de ma mère à table quand elle examine les morceaux dans le plat, insiste : « En veux-tu encore, prends-en, il y en a, il en reste bien assez pour la cuisine... » Éprouver jusqu'au fond cette détresse... Tout en moi vacille et s'ouvre... j'ai froid... Ce geste de Martereau quand il a tourné la clef dans la serrure... Ses gros doigts replets qui retiraient la clef... Son air quand il s'est tourné vers nous...

Revoir Martereau tout de suite : son bon sourire, le regard placide et droit de ses grands yeux clairs, sa solide poignée de main, sa bonne grosse voix... « Tiens, tiens, c'est vous ? Quel bon vent ?... Et comment ça va-t-il ? Quoi de neuf ? Qu'est-ce qu'on devient ? » Tout va se remettre en place aussitôt, reprendre forme, ce n'était rien, qu'est-ce que c'était ? un vilain rêve, de folles idées, mais qu'est-ce qu'il a encore, mon poussinet, mon grand nigaud... assise sur le bord de mon lit et moi blotti contre elle... la douceur soyeuse de sa peau si fine, plus soyeuse que la soie, ses doigts dans mon cou, sur mon front... Mais comme tu as chaud... Je me serre contre elle, je ferme les yeux, je m'assoupis, je hume la délicieuse odeur qui n'est qu'à elle, qu'à moi, mon secret, je l'ai découverte, inventée, c'est l'odeur de la certitude, de la sécurité...

Pas une seconde à perdre... je grimpe l'escalier quatre à quatre, je n'attends pas l'ascenseur, j'arriverai plus vite à pied... trois étages, la porte à gauche : je sonne.

Personne. Pas le moindre bruit derrière la porte fermée. Silence tout autour. Je m'assois sur une marche. J'épie...

C'est le doux bruissement de la grille de l'ascenseur, c'est le vrombissement vivant de l'espoir qui monte, je me dresse, j'appuie mon visage contre les barreaux de la cage de l'escalier, j'essaie de voir... un heurt, un sursaut : quelque chose en moi se décroche et retombe. Puis c'est le glissement mou, nauséeux, de la grille qu'on tire à l'étage au-dessous. Je me rassois. J'écoute... Et tout recommence...

Il faut partir, renoncer. Il faut se préparer à supporter ce que je redoute tant, cette sensation pénible, à la place vide qu'a laissée l'enflure énorme du désir, de l'espoir — comme à la place où se trouvait un membre amputé — d'élancements sourds, de tiraillements.

C'est maintenant le moment dangereux où toutes sortes de choses inquiétantes arrivent. Elles se produisent toujours dans ces moments où je lâche prise, où tout se défait. C'est dans ces moments-là que je les vois surgir. Ils apparaissent toujours à point nommé quand je flotte ainsi en pièces détachées à la dérive. J'admire ce flair si sûr qu'ils ont; comme ils sentent en moi à distance, peut-être sans s'en rendre bien compte, l'odeur de décomposition, une vague puanteur de charogne, et s'écartent. J'ai peur de leurs regards qui glissent sur moi furtivement au moment où je ne les regarde pas, de leurs mouvements sournois. Une angoisse, presque une panique me prend quand je les vois qui traversent la chaussée d'un air faussement affairé, absorbé, pour ne pas éveiller mes soupçons; ou bien quand pris de court, cherchant un refuge, ils se plantent à quelques pas de moi devant une devanture de magasin et font semblant d'examiner les objets dans la vitrine, toute leur volonté de résistance, tout leur effort de défense ramassés dans leur dos épaissi, durci comme une carapace; ou encore quand ils ont eu la malchance de me voir trop tard, quand je suis trop près — aucune fuite possible, aucun

150

refuge à leur portée, il leur faut avoir recours à des moyens désespérés, très audacieux — et qu'ils continuent d'avancer droit devant eux, le visage vidé, fermé, le regard fixe, avec un air de somnambule marchant au bord d'un toit, s'entourant d'un cercle ensorcelé que je ne pourrai pas franchir.

Quand j'ai vu apparaître Martereau, j'ai eu tout de même un soubresaut d'espoir, un bref élan aussitôt réprimé. Martereau avançait vers moi sur le passage clouté, son feutre sombre rejeté en arrière, un gros paquet dans les bras; il avait un visage fermé, un regard fixe et vide; il me semblait que de l'interpeller ou de le toucher le ferait tomber à la renverse. Au moment de nous croiser, les yeux rivés à lui, une ébauche de sourire sur mon visage, j'ai esquissé un mouvement vers lui, je n'ai pas pu m'en empêcher : son visage s'est pétrifié encore plus, s'est vidé entièrement — une tête vide de poupée — et ses yeux, au moment où il est passé près de moi, ont bougé très légèrement, se sont détournés d'un angle infime, tandis que je sentais comme de toutes ses forces ramassées il me repoussait.

Du sang-froid maintenant. Un peu de courage. Un peu de lucidité. Un petit effort de sincérité. Inutile de feindre, ce n'est pas vrai : je n'éprouve pas une si grande surprise. Il n'y a pas un mouvement chez autrui, si inattendu qu'il soit en apparence, qui nous prenne vraiment au dépourvu. Pas un mouvement qui n'ait été déjà ébauché auparavant et que nous n'ayons perçu sans nous l'avouer. Ce mouvement de Martereau si étonnant chez lui, si peu dans la ligne, ce même mouvement qui me fait si peur, je le reconnais, je l'ai déjà vu, il me revient comme une saveur oubliée, comme une vague odeur que j'aurais flairée sans m'y attarder... c'était ce jour-là, quand Martereau était venu nous voir, quand je l'admirais tant, compact et dur qu'il était, immobile à souhait — une boule parfaitement lisse. Les jets de vapeur brûlante dont mon oncle l'aspergeait ne laissaient pas la moindre trace, pas une ternissure, pas une moiteur sur son poli étincelant. Martereau se tenait devant la porte du salon, il prenait congé : « Allons, il est vraiment grand temps d'aller me coucher, c'est que je me mets au lit de bonne heure, tôt couché, tôt levé... » et mon oncle lui avait tapé sur l'épaule avec cette familiarité protectrice qui me gêne toujours tant — une chaleur m'inonde, je rougis, je m'agite — une bonne grosse tape condescendante... « Ah ! vous, hein, mon cher Martereau, inutile de vous demander si vous dormez bien... Vous devez sûrement bien dormir, vous ne devez pas savoir ce que c'est que l'insomnie, sacré veinard, va », et il avait ri de son rire indéfinissable, admiratif et méprisant : un bonhomme solide, ce brave Martereau... et Martereau avait hoché la tête, il avait eu un bon sourire accommodant : « Oh ! ça dépend, il peut m'arriver aussi de ne pas dormir quand j'ai des embêtements, de gros soucis, mais enfin, c'est bien rare... D'ordinaire, je n'ai pas à me plaindre, je dors bien... » Son œil avait gardé toute sa limpidité, il n'avait pas paru broncher, mais j'avais senti comme sous la bonne grosse tape amicale il s'était rétracté : un très léger recul, un mouvement à peine perceptible, de ceux qu'on perçoit souvent sans l'aide du moindre signe extérieur, sans l'aide d'un mot, d'un regard; on dirait qu'une onde invisible émane de l'autre et vous parcourt, une vibration chez l'autre, que vous enregistrez comme un appareil très sensible, se transmet à vous, vous vibrez à l'unisson, parfois même plus fort... j'avais refait en moi-même ce mouvement qu'il avait esquissé pour s'écarter, j'avais ressenti son agacement, sa répugnance, j'avais vu ce qu'il voyait : cette image de lui-même... ah! ce brave Martereau, pas nerveux, celui-là, pas tourmenté, pas compliqué pour un sou, on en a vite fait le tour, pas besoin de se creuser la tête... Une brave bonne bête résistante, commode... Il avait eu envie de donner une claque sur la main qui lui tenait plaqué sur le visage ce masque grossier, mais il s'était retenu, il s'était prêté au jeu...

Tout à l'heure, quand il m'a aperçu — je le reconnais, j'en suis sûr, c'était le même mouvement, mais fort cette fois, mais très net, très ample... avec moi il s'est laissé aller, fatigué qu'il était, pressé de rentrer chez lui avec ce grand paquet dans les bras — il n'a pas eu la force... cette fois il en fallait beaucoup... C'est là, je le vois, je le tiens, je sens que je vais pouvoir dégager, isoler l'élément le plus nocif de cette mixture empoisonnée que je viens d'absorber. Je sais ce qui m'a fait si peur, ce n'est pas qu'il ait eu comme les autres ce mouvement de recul qu'ils ont tous dans ces moments-là — je l'aurais pourtant cru plus fort — il m'a aperçu de loin, quand je ne le voyais pas, il a senti, flottant, porté vers lui par le courant, quelque chose de mou, de prenant, de flasques tentacules prêts à se tendre

tout à coup vers lui, toutes leurs ventouses s'ouvrant avidement pour adhérer à lui, aspirer... il
s'est recroquevillé, durci... non, ce n'est pas cela
qui m'a fait si mal, je sais ce que c'est : c'est
propre à lui, Martereau : il a senti, comme cette
fois-là quand nous le regardions qui prenait congé
de nous devant la porte du salon, qu'il lui faudrait,
dès que je l'apercevrais, revêtir pour me faire
plaisir le déguisement enfantin, retrouver aussitôt
et me servir ce que j'attendais, quêtais : le sourire bonhomme, le regard clair, le geste aisé, la
franche poignée de main qui me font tant de
bien, me remettent si bien d'aplomb... il me
sent toujours si flageolant, il faut faire chaque fois
cet effort pour me remettre debout, m'obliger
à me tenir...

C'est ici, j'ai trouvé : il m'observe, il me
manœuvre... c'est moi la poupée, le pantin... Il
savait quand je suis passé près de lui ce qu'il
fallait faire pour m'empêcher d'approcher... Il
sait qu'il faut si peu de chose avec moi, je suis si
malléable, une légère impulsion suffit, un souffle,
pour me maintenir à la distance voulue... il lit
en moi à livre ouvert, il connaît, lui aussi, son
monde... encore un petit effort, je crois que cette
fois, pour de bon, j'y suis... il y avait chez lui ce
jour-là devant la porte du salon, tandis qu'il se
prêtait au jeu puéril, comme une satisfaction
secrète, une jouissance connue de lui seul, celle
qu'il a dû ressentir maintenant quand il m'a
forcé à passer devant lui sans m'approcher... Il
s'est bien joué de moi... il m'a possédé... Ce
contentement sournois dans les gestes précaution-
neux de ses gros doigts replets qui enfermaient le

paquet dans le tiroir, tournaient la clef dans la serrure... « Ah! voilà qui est fait... » comme il s'est tourné vers nous et nous a regardés presque attendri qui frétillions devant lui : les appétissants petits cochons de lait venus dans l'antre du grand méchant loup...

On éprouve ce même soulagement quand après des malaises, des symptômes peu nets, inquiétants, soudain la grosse fièvre se déclenche, l'éruption apparaît. Ce n'était donc pas une hypocondrie, une maladie imaginaire, on est donc bien malade pour de bon, d'une bonne vraie maladie facile à diagnostiquer, connue, respectée, on se sent en droit de se mettre au lit, de recevoir des soins, d'appeler le médecin... j'entre dans le premier café, vite, je suis pressé... un jeton de téléphone... où est la cabine? où? sous l'escalier? Ah bon... « Allô... mon oncle?... oui, c'est moi. — Allô... qu'est-ce qu'il t'arrive? Où es-tu? Qu'est-ce qu'il y a? — Voilà. Écoutez. Je suis allé chez Martereau. Il n'était pas là. — Bon, eh bien... — Eh bien, je viens de le croiser dans la rue. Il n'a pas pu ne pas me voir, il m'a très bien vu, et il a eu le toupet de passer à un pas de moi en faisant comme s'il ne me voyait pas. J'ai voulu l'aborder, il a détourné les yeux. Il est clair qu'il cherchait à m'éviter. Je commence à penser que vous aviez raison. Ça m'inquiète, ce qui s'est passé avec ce reçu... — Mais tu es fou, mon vieux. Il ne t'a pas vu, voilà tout, ou il était pressé. Vous passez toujours d'un extrême à l'autre. Avant c'était un saint, à présent c'est un filou, pourquoi pas un assassin? On ne peut rien vous dire, vous prenez tout au pied de la lettre. Je m'étais fâché pour ce reçu parce que j'aime qu'on fasse les choses correctement, qu'on ait ses deux pieds sur terre, vous êtes toujours dans la lune... Mais sois tranquille, je sais, je connais les gens. D'ailleurs, il m'a téléphoné à l'instant. La maison est achetée, même un peu moins cher que je ne pensais : il s'est arrangé pour les droits de mutation. Il va s'occuper des réparations, ça le connaît. Tu ferais vraiment mieux de ne pas perdre ton temps à ces stupidités. »

Bonheur, apaisement délicieux du réveil. Je suis de nouveau sur la bonne terre ferme, au milieu d'objets familiers. L'univers redevient une machine bien huilée dont les rouages bien emboîtés glissent sans heurt les uns dans les autres et tournent d'un rythme égal. La caissière grinchue de tout à l'heure, quand je repasse devant elle, répond à mon sourire par un sourire et incline gracieusement la tête. Quel ami, quel ennemi en m'apercevant maintenant ne traverserait pas aussitôt la chaussée pour venir me serrer la main ? La concierge assise devant la porte me prévient avant que je le lui demande — mais je n'ai pas besoin de le demander, je le sais — que monsieur Martereau est chez lui, il vient de rentrer. J'appuie sur la sonnette et le voilà, je l'entends qui vient, la porte s'ouvre et voici le bon sourire cordial, la vigoureuse poignée de main : « Ah ! tiens, c'est vous ? J'ai justement téléphoné chez vous tout à l'heure. Entrez donc, je viens de rentrer et ma femme aussi, elle vient d'arriver. Vous avez eu de la chance de nous trouver... »

C'est l'excès de joie, sans doute, le trop-plein

de mes forces qui me pousse à m'ébattre, à jouer avec le feu, je me sens si sûr de moi, si adroit, je pourrais manipuler sans crainte les objets les plus fragiles, les engins les plus dangereux... « Vous savez, monsieur Martereau... » mais je ne cours aucun danger, ce que je veux, c'est m'amuser, bien installé maintenant en lieu sûr, sur la berge, à reconstituer le drame, à évoquer — l'effet de contraste est délicieux — ces moments affreux quand j'allais à la dérive entraîné par le courant... « vous savez, je vous ai vu tout à l'heure dans la rue... — Vous m'avez vu ? Quand ça ? — Mais à l'instant, vous portiez un gros paquet, vous êtes passé à deux pas de moi... » Il s'écarte de moi pour mieux me voir et me regarde d'un air surpris : « Et pourquoi ne m'avez-vous pas appelé ? — Pour être tout à fait franc, j'ai cru que vous ne vouliez pas me voir !... » J'ai si envie d'être rassuré, cajolé... mais c'est de la folie, voyons, en voilà des idées, à quoi va-t-il penser, ce grand fou, ce petit nigaud... je me blottis contre lui, je frétille de plaisir à l'avance... « il m'a semblé que vous m'aviez très bien vu et que vous aviez détourné les yeux au moment où je vous ai regardé... » Il me tape en riant sur l'épaule : « Mais dites-moi, mon jeune ami, ça vous prend souvent ? Je savais bien que vous étiez un peu fantaisiste, hein, à vos heures... mais je ne me figurais pas que c'était si grave que ça. » Apaisé, comblé, je ris, je m'amuse encore un peu... « Ah ! mais c'est que vous ne me connaissez pas... — Mais c'est que je commence à le croire. Allons, venez donc plutôt par ici, tenez », il me pousse devant lui, « venez voir ma femme... Tiens, je t'amène un drôle de numéro, nous ne le connaissions pas, figure-toi, c'est un grand compliqué... » il tapota sa tempe avec son index... « ça ne tourne pas tout à fait rond, il se figure que je ne veux plus le voir, que je passe devant lui sans le saluer... Tenez, regardez donc plutôt, regardez ça si ce n'est pas beau... » sa femme arrache rapidement de la barre en nickel de la belle cuisinière neuve posée au milieu de la cuisine un dernier serpentin de papier... « On était en train de la déballer, on nous l'a livrée ce matin... » Madame Martereau me serre la main distraitement et reporte sur la cuisinière un regard où l'on dirait que tout son être, tiré par l'objet, se concentre : par ce regard elle adhère à l'objet tout entière, pas un pouce en elle qui ne colle à lui étroitement. Martereau la regarde : « Alors? Ça va? Elle te plaît? Qu'est-ce que tu en dis? » Elle se secoue comme pour s'éveiller... « Oui... mais je ne sais pas, ça me fait drôle, ces cuisinières en émail... J'étais tellement habituée à l'autre... » Martereau hoche la tête, sourit... « Ts... ts... les femmes sont toujours pareilles : il lui fallait abso- lument un fourneau neuf, elle se tuait avec l'an- cien, et maintenant qu'elle en a un neuf elle regrette l'autre... » Madame Martereau lève vers nous un regard fautif : « Mais non, je ne dis rien, bien sûr que celui-ci est mieux... avec l'autre je passais deux heures à frotter les cuivres... Tenez, quand j'avais fini, je venais me mettre là... » elle recule de deux pas et se place près de la porte... « il fallait que je me mette là pour le regarder, pour bien voir si la barre de cuivre était bien astiquée... mais les derniers temps, je crois que je vieillis... il y a bien deux ans que je ne le regarde plus : dès que j'ai fini, au revoir, une corvée de moins ; j'aime autant celui-ci qui ne me demande pas beaucoup d'entretien... seulement, que voulez-vous, on s'attache quand même aux choses... » Martereau met son bras autour de ses épaules, pose un baiser sur ses cheveux, la presse contre lui... « Mais l'autre n'est pas perdu, tu t'en serviras encore là-bas... Vous savez que nous irons habiter votre maison... Je l'ai dit tout à l'heure à votre oncle : il faut faire tout de suite quelques réparations... Nous avons pensé, ma femme et moi, que ce serait plus commode d'être sur place pour surveiller les travaux, ce sera moins fatigant que de faire la navette. On voudrait bien rendre service, seulement voilà, on vieillit, ma femme a raison, on ne peut plus faire ce qu'on aurait fait autrefois... Vous savez ce que c'est, ce fourneau ? c'est le cadeau que je lui ai fait pour nos noces d'argent... Oui monsieur, parfaitement. Il y a vingt-cinq ans exactement aujourd'hui que je lui ai passé cet anneau au doigt. »

Ils se tiennent tous deux devant moi, adossés à la porte. Il a son bras autour des épaules de sa femme, elle s'appuie contre lui tendrement. Beau couple : elle un peu plus petite, menue, lui grand et fort, teint toujours frais, belles rides nettes, épais cheveux gris. Ils se regardent dans les yeux comme font les amoureux sur les cartes postales en couleurs, lui la tête inclinée vers elle, elle le visage levé vers lui...

Silence. On contemple. Je sens une gêne, une

honte légère, j'ai envie de détourner les yeux, mais je n'ose pas.

Personne ne bronche quand ils se mettent ainsi en position, les fiancés au milieu du cercle de famille; les jeunes époux devant un groupe d'amis; l'heureux père assis tout droit face à l'assistance, son premier-né debout entre ses genoux; les vieux couples. Ils se tiennent devant vous, immobiles et lourds. Ils sont fichés là comme des drapeaux, ils se déploient devant vous orgueilleusement comme des étendards.

Tandis que tournés l'un vers l'autre ils se contemplent, en eux un œil avide et rusé vous épie. Ils sentent qu'ils sont très forts : vous aurez beau essayer de vous dégager de la pression sournoise et obstinée qu'ils exercent sur vous, vous efforcer de détourner les yeux, vous ne pourrez pas leur échapper. Ils savent que l'univers entier les soutient et qu'une force invincible sortant d'eux vous contraint à les considérer avec une approbation attendrie, avec admiration, et même — et cela avive leur sentiment de triomphe et leur secrète et un peu sadique délectation — avec une pointe d'envie.

Mais quelques-uns parmi les gens très peu nombreux avec qui j'ai pu me risquer, avec grande prudence toutefois, à toucher à ces choses que personne d'ordinaire n'effleure, même en pensée, m'ont affirmé que j'avais tort. Les forts, m'ont-ils assuré, ne sont pas ceux que vous croyez. Les faibles en l'occurrence ce sont eux, ceux qui se figent ainsi sous vos yeux comme au jeu des statues dans la posture de l'amour heureux. C'est à eux qu'il semble tout le temps qu'en vous un œil impitoyable et moqueur les observe. Ils ont honte, ils ont peur, dociles et timorés qu'ils sont, de sentir qu'il ne peut manquer, cet œil réprobateur, de voir combien ils sont différents du modèle parfait déposé en chacun de nous et imposé par l'univers entier. Ils s'efforcent de vous tromper en vous présentant une imitation aussi ressemblante que possible : un peu forcée, mais est-ce leur faute ? un peu figée et plate comme sont les copies... Peut-être s'efforcent-ils de se tromper eux-mêmes, de se rassurer, et espèrent-ils qu'à force d'insistance ils finiront par capter dans ce moule fabriqué pour le contenir un sentiment bien vivant, et avec lui la liberté, la fantaisie, le frémissement secret, discret de la vie...

De là, m'ont expliqué encore ces gens pitoyables et clairvoyants, vient cette sensation de gêne, de honte, qu'éprouvent comme vous devant eux les âmes sensibles. C'est de leur honte que vous avez honte. C'est par respect humain, par pitié que vous les contemplez avec admiration, avec envie, pour faire croire surtout, même à vous-même, que vous ne vous apercevez de rien, que vous êtes pris...

Madame Martereau la première rompt le charme, elle se secoue, se dégage en riant... « Allons, nous sommes des vieux fous, on ferait mieux d'aller travailler. Mon clafoutis doit être en train de brûler. »

J'éprouve tout à coup une lassitude, un sentiment d'ennui, comme à un spectacle pas très bien joué auquel on ne parvient pas à se laisser prendre ; j'ai envie de m'en aller, mais je ne peux pas :

c'est cette même sensation d'enlisement, cette
même attitude de passivité morne que j'ai si souvent quand nous sommes entre nous, sans Martereau. Le temps n'est plus le temps de Martereau :
une bonne matière solide et dense sur laquelle on
se tient d'aplomb, dont on franchit allégrement
les différents paliers : on en a parcouru un d'un
pas ferme, on saute à pieds joints sur le suivant.
On a admiré le fourneau neuf, et puis on s'est
détendu, on s'est attendri un peu ; maintenant on
va finir de clouer les caisses, surveiller le clafoutis.
Non, le temps est comme chez nous, une matière
informe et molle, un fleuve boueux qui me traîne
lentement... un vide effrayant va me happer... les
Martereau me retiennent... « Mais restez donc, ne
partez pas, on va goûter, nous fêtons nos noces
d'argent, ma femme a fait un clafoutis, allons,
venez... » je m'agrippe mollement, je m'accroche
à n'importe quoi, aux touffes d'herbe, aux morceaux de bois qui passent à ma portée, entraînés
comme moi à la dérive... je les suis dans la salle
à manger, nous prenons le thé, nous écoutons la
radio, je sens comme je glisse toujours, je m'enlise,
c'est comme un mal de cœur, une sorte de tournis,
de vertige... il faut faire un effort... je me dresse
tout à coup trop brusquement et ils me regardent,
surpris... « Il faut vraiment que je rentre. Il est
tard, on m'attend pour dîner, je vais être en
retard. J'ai été un peu souffrant ces derniers temps,
ils vont s'inquiéter. »

Dès que leur porte se referme sur moi, je me
sens mieux. Les forces me reviennent. Je me sens
un peu excité, comme soulevé et tiré à distance,
j'ai envie de courir, comme je faisais autrefois

quand je courais à toutes jambes le long du couloir obscur vers le refuge de la salle éclairée où se tenaient mes parents...

Mon oncle est là, assis à sa place habituelle dans son fauteuil, en train de lire son journal. Il me regarde par-dessus ses lunettes de ce bon regard d'homme vieillissant qu'il a parfois et qui m'attendrit toujours : « Eh bien, qu'est-ce que tu fabriques? — Je reviens de chez Martereau. — Encore? Mais tu y passes tes journées... — Non, ne vous moquez pas de moi, je n'étais pas tranquille malgré tout, je voulais le voir. —Et alors? Qu'est-ce que tu as vu? »

Je reconnais cette excitation légère, cette saveur voluptueuse et écœurante... c'est celle de l'abjection, de la trahison... la même que j'avais goûtée pour la première fois il y a longtemps quand, poussé par je ne sais quel louche besoin, j'étais allé raconter à ma mère qui rentrait de voyage que la bonne qui m'avait choyé en son absence, volait... « Eh bien voilà, il y a quand même quelque chose de troublant dans tout cela... vous savez que les Martereau déménagent. » Il baisse ses lunettes davantage pour mieux me voir. « Ils déménagent? Et pour aller où? — Mais dans la maison... Martereau m'a dit que vous lui aviez demandé d'y faire des réparations. Alors ça lui est plus commode d'être sur place. Mais il y a quelque chose de curieux... j'y ai pensé en revenant — sur le moment ça m'avait échappé — ils ont acheté une cuisinière neuve, et cela avant même de vous téléphoner : elle vient d'arriver; et ils vont transporter l'ancienne dans la maison... Ils ont l'air de vouloir s'y installer comme chez eux... Ils emballent des tas de choses... Ils clouent des caisses... » Mon oncle se redresse, il enlève ses lunettes, il considère l'espace devant lui d'un œil perçant, puis il lève les yeux sur moi, il fait avec la main un geste d'apaisement : « Allons, allons, du calme, ne commençons pas à nous monter la tête... C'est assez curieux, ce que tu me dis là... Il ne m'a pas soufflé mot, à moi, de ce déménagement... »

Il réfléchit. Je l'observe en silence. Nous vivons, lui et moi, un instant de bonheur. Pour l'obtenir, nous donnerions, l'un et l'autre, toutes les maisons et tous les châteaux du monde. C'est à produire entre nous de tels moments que tendent, presque toujours sans succès, mes maladroits efforts. Cette fois, j'ai pleinement réussi. L'ennemi commun qu'il nous faut combattre, la menace qu'il nous faut écarter, l'obstacle précis qui surgit devant nous et que nous devons vaincre, font sur nous un effet que je pourrais comparer à celui que produit la galvanoplastie : on dirait qu'un fort courant venu de l'extérieur fait se déposer sur nous une couche protectrice de métal : l'inconsistante matière friable et tendre, en perpétuels émiettements et effondrements, se recouvre d'un dépôt dur et lisse. Nous sommes de beaux objets bien polis, aux formes harmonieuses et nettes. Il se sent en ce moment tel que mon œil respectueux le voit : un vieil homme pondéré et juste, chargé d'expérience, qui a toujours su s'élever à la hauteur des circonstances, juger avec lucidité les situations les plus compliquées, décider promptement l'action efficace. Et moi, debout devant lui, je suis l'ardent jeune lieutenant envoyé en éclaireur, revenu fièrement rendre compte de sa mission et qui attend dans un silence déférent les ordres du général. Il lève enfin sur moi un regard calme, énergique et droit. « Écoute, ce n'est pas la peine de faire des suppositions en l'air, de se creuser la tête pour rien. C'est très simple : je vais lui écrire. Un mot très courtois, mais ferme, lui demandant pour la bonne règle — sait-on jamais ce qui peut arriver, il devrait trouver ça tout naturel — de m'envoyer un reçu... On verra bien. Apporte-moi, tu seras gentil, une feuille de papier et une enveloppe, et aussi, veux-tu, mon stylo : tu le trouveras sur mon bureau. »

Une fois de plus, rien ne résiste à leur présence. Leur seule apparition en chair et en os suffit pour tout balayer : toutes mes angoisses, mes soupçons, mes dépeçages, toutes mes résolutions et mes manœuvres savantes. Le geste de madame Martereau quand elle essuie « après » son tablier ses mains mouillées, son accent berrichon ? bourguignon ? que j'aime tant... « Tiens, c'est vous... Quelle surprise... Entrez donc... Mon mari n'est pas là, il ne va pas tarder... Ne regardez pas mon tablier, j'étais en train de faire mon ménage, je n'en finis jamais ici, c'est si grand, on n'a pas plutôt fini qu'il faut recommencer... » et me voilà aussitôt, de fin limier que je voulais être devenu, de justicier venu demander des comptes, changé en bon petit garçon que son oncle a envoyé chez des amis faire une commission. Je retrouve l'émotion que je connais si bien, que j'ai si souvent éprouvée en entrant chez eux — cet attendrissement du voyageur qui revient dans sa maison natale — que me donne la reposante fraîcheur du salon aux volets mi-clos, l'odeur d'encaustique, l'accueillante modestie, la douce, l'apaisante laideur des meubles de série... « Venez donc, entrez donc par ici, c'est la seule pièce que nous ayons fini d'installer pour le moment... si vous ne craignez pas l'odeur... il y a des gens qui n'aiment pas ça... je viens de l'encaustiquer... Asseyez-vous donc, je reviens, je vais mettre à chauffer de l'eau pour le thé... si, si vous prendrez bien une tasse de thé avec moi, j'en ai pour une seconde, voilà, j'arrive, j'enlève mon tablier... » Elle s'installe près de moi sur le canapé... « Ça fait du bien de s'asseoir un peu, ça ne m'arrive pas souvent de m'asseoir dans la journée... une chose et puis une autre, vous savez ce que c'est... Alors? Quoi de neuf? Il y avait si longtemps qu'on ne vous avait pas vu... On vous croyait souffrant... Nous, nous n'avons guère bougé d'ici. Mon mari va à Paris de temps en temps pour ses affaires. Il y est justement aujourd'hui. C'est un peu fatigant, mais d'un autre côté ça lui fait du bien, ça le distrait, ça le fait changer d'air... Il est très nerveux en ce moment, il se fait beaucoup de souci... » Il y a quelque chose de nouveau sur son visage, que je ne pourrais pas bien définir, c'est une sorte de fragilité, comme une résignation attristée qui rehausse, qui accentue délicatement son habituelle dignité. Sa dignité... c'est cela... il est inutile de chercher, c'est cela qui me redresse, me nettoie; qui me force à me tenir devant elle exactement dans l'attitude qu'elle a choisi de m'imposer; c'est une inexorable et douce pression : je suis toute sympathie, toute respectueuse et discrète compassion, mes yeux attentifs caressent son visage fatigué, ses cheveux blancs...

Il vaut mieux le faire tout de suite, dans un

instant il sera trop tard, je ne pourrai plus... « Je suis désolé de vous déranger ainsi, je n'aurais pas voulu ajouter à vos ennuis, mais c'est mon oncle qui a insisté... Il se fait toujours tant de mauvais sang pour rien... alors il m'a demandé... Je ne sais pas si vous êtes au courant... il a écrit à votre mari il y a déjà près de deux mois... » Elle me regarde droit dans les yeux et incline gravement la tête : « Oui. Je sais. Mon mari me tient au courant. Il a reçu la lettre de votre oncle. Il ne répondra pas. » Je sens que je rougis, mais elle me maintient, je fais un signe léger d'acquiescement, je la regarde dans les yeux... « Oui, mon mari a été très peiné. Quand il a accepté de rendre service à votre oncle, il était vraiment à mille lieues de se douter que ça lui vaudrait un jour une lettre pareille. Il a été stupéfait. S'il avait su, vous pensez bien que jamais... Je le lui ai bien dit quand votre oncle est venu dîner chez nous... je lui ai dit le soir même, aussitôt que votre oncle est parti, qu'il n'aurait jamais dû accepter... — Mais mon oncle s'est très bien rendu compte... Croyez qu'il a été très touché... » Elle lève la main : « Non, ne dites pas ça. Vous savez très bien que non. Votre oncle a pensé que mon mari a voulu tirer profit de l'opération. Alors que si vous saviez... ce que tout ça a pu nous coûter... Pensez donc que nous songions à ce moment-là à acheter une propriété pour nous, mais oui, et il a fallu y renoncer : le fisc n'aurait jamais admis que mon mari ait pu acheter deux propriétés à la fois, avec les moyens limités dont nous disposons. Maintenant les prix ont monté, vous le savez bien, depuis l'année dernière les prix ont presque doublé, et nous dépensons beaucoup ici pour les réparations. Une chose et puis une autre... vous savez ce que c'est, on n'en sort plus. Et encore mon mari travaille beaucoup lui-même... il s'est donné un mal fou... il a fait le maçon, le menuisier... d'ailleurs il ne s'en plaint pas, il n'aime rien tant que bricoler. Et jamais nous n'aurions même songé à demander aucune promesse, aucune garantie... Seulement qu'après ça ce soit votre oncle qui en demande, avouez que c'est inattendu... Que votre oncle demande à mon mari de lui prouver ses bonnes intentions, de lui donner des gages de son honnêteté, des preuves... Ah! ça non, jamais. Vous ne le connaissez pas. Quand on le prend comme ça, c'est fini. Quand on le blesse, il se bute, et alors là, il n'y a plus rien à faire, il ne reviendra jamais sur ce qu'il a dit... Ah! s'il m'avait écoutée... J'avais le pressentiment que tout ça ne nous vaudrait que des ennuis. Je le lui ai dit le jour même. Mais il n'a rien voulu savoir, il s'est fâché : tu ne comprends pas, je ne pouvais pas lui refuser cela, ce sont des services qu'on se rend entre amis... c'est un homme charmant... Il avait beaucoup d'estime pour votre oncle; je peux vous le dire : il était fier de le compter parmi ses amis; il trouvait qu'il avait beaucoup de mérite, il le croyait un homme éminemment intelligent, un parfait gentleman... Ah! je vous assure qu'il n'en est pas encore revenu que votre oncle ait agi comme ça; pour lui, l'amitié, c'est sacré... pour les amis, rien n'est trop beau, trop bon... Vos parents sont des gens gâtés, votre oncle a la réputation d'être large, très généreux, alors mon mari n'a pas

voulu parler de ses propres difficultés, paraître
mesquin... Enfin bref, il a accepté comme ça,
sans un mot. Moi je n'étais pas d'accord. Maintenant mon mari lui en veut d'autant plus, forcément. Il se sent grugé. Moi je ne lui dis rien. Si
je m'avisais maintenant de lui dire : " Tu te
souviens, je t'avais bien prévenu... " il se mettrait
dans une colère... Mon mari c'est un très brave
homme, seulement il est ainsi : il ne faut pas se
risquer à le heurter de front; votre oncle a eu
tort de le prendre si brusquement, ça l'a vexé,
il ne reviendra jamais sur ce qu'il a dit. Il m'a
dit : " Jamais je ne répondrai à une lettre pareille.
Jamais. " Et vous pouvez m'en croire, moi je le
connais. Ce n'est même pas la peine que vous lui en
parliez, ça ne servirait à rien. » Elle joint les mains
sur ses genoux et détourne la tête... « Ah! tenez,
il y a des moments... C'est trop laid, la vie, c'est
trop bête... Je fais pourtant tout ce que je peux;
j'aime la paix par-dessus tout, moi, vous savez,
j'ai horreur des chicanes, des disputes... Et je me
rends compte que pour vous c'est bien pénible
aussi, tout ça; votre oncle ne doit pas être toujours
facile non plus... Mais que voulez-vous, nous n'y
pouvons rien, ni vous ni moi... »

On entend tinter la clochette de la porte du
jardin, crisser le gravier... « Le voilà. Ne dites
rien surtout; pas maintenant, je vous en prie,
pas un mot là-dessus; vous pouvez me croire, ça
ne servirait à rien. » Une trahison, un embryon
de trahison dans le ton soudain léger, insouciant
et naturel sur lequel elle le prévient : « Regarde
qui est venu nous voir... » Il lève les sourcils, il
tend la main : « Tiens, tiens — c'est si ténu, si

vite disparu qu'il me semble que je l'ai imaginé, ce soupçon de ricanement, comme un sifflement rentré dans la modulation de ce " Tiens, tiens " – Nous pensions déjà que vous nous aviez oubliés... Quel bon vent vous amène? Comment ça va? » Il me serre la main rapidement et se tourne vers sa femme sans m'écouter... « Tu as oublié la bouilloire sur le feu, j'ai éteint, elle débordait. Alors? comment ç'a été ici sans moi? Je me suis dépêché tant que j'ai pu : cet imbécile a failli me faire rater mon train... » Madame Martereau lève la tête vers lui, il scrute son visage d'un regard inquiet... Ensemble, seuls tous deux, un seul bloc face au monde, face à moi. Le monde entier est écarté, tenu à distance respectueuse, et moi repoussé dans un coin, négligeable, insignifiant... « J'étais inquiet : je suis sûr que tu as profité de ce que je n'étais pas là pour ne pas te soigner... je parie que tu n'as de nouveau pas arrêté... » Du coin où je suis relégué, j'ébauche timidement un mouvement vers eux... « Madame Martereau est souffrante?... Je ne savais pas... Je suis désolé, elle ne m'a rien dit... Si j'avais su... » Elle me regarde, elle me sourit : « Mais ce n'est rien... Ne l'écoutez pas, c'est de la folie. Si je l'écoutais, je passerais mon temps au lit. » Mais il m'écarte : « Hé oui, si tu pensais un peu plus à toi au lieu de travailler ici toute la journée, de te tuer ici au travail »... Sans même me regarder, il me bouscule, me repousse du pied, je sens le bout pointu de son soulier... « Tu finiras par te tuer, c'est comme ça que ça finira, tout ça, toutes ces folies... Tu sais très bien ce que le médecin t'a dit... » Elle me tend une main secourable, elle veut m'aider à me

relever... « Mais dites-lui donc, vous qui en avez
vu tellement, dites-lui qu'ils n'y connaissent rien,
les médecins; si vous les aviez écoutés, vous seriez
déjà mort et enterré, n'est-ce pas vrai ? » Je
saisis avec gratitude sa main tendue... « Ah ça,
c'est vrai. J'en sais quelque chose, ils vous affolent
parfois pour rien. Il faut en prendre et en laisser
de ce qu'ils vous racontent, les médecins... ils me
donnaient six mois à vivre. Seulement votre mari
a raison »... Un regard de Martereau... juste un
regard rassurant, bienveillant comme autrefois,
je n'en demande pas davantage... « seulement
votre mari a raison, il faut quand même faire
très attention, j'ai fait des mois de chaise longue
et je crois que si je tiens le bon bout maintenant,
c'est tout de même grâce à cela; je fais encore
la sieste tous les jours, mais moi évidemment ce
que j'avais... » Il se tourne enfin vers moi : « Vous,
jeune homme, ce que vous aviez, vous savez
comment ça s'appelle ? » Je me recroqueville un
peu, je recule... « Vous savez comment on l'appelle, votre maladie ? C'est la maladie des riches...
Pas parce qu'il n'y a que les riches qui l'attrapent,
c'est tout le contraire, mais elle n'est bonne que
pour les riches, il n'y a qu'eux qui peuvent en
guérir... Vous pouvez vous estimer heureux, tout
le monde n'a pas votre chance... des parents qui
sont aux petits soins, une tante qui vous dorlote...
ça lui manquera, hein, à votre tante, quand elle
n'aura plus besoin de vous soigner... Ma femme,
ce qu'elle a, c'est qu'elle se fatigue trop, ce n'est
plus de son âge, il faut qu'elle fasse attention,
qu'elle se repose... Excusez-moi, je ne voudrais
pas avoir l'air de vous mettre à la porte, mais il

faut qu'elle aille se reposer, regardez la mine qu'elle a... et moi je vous avoue que je ne tiens pas debout non plus aujourd'hui, je suis fatigué... »

Dans l'entrée, tandis qu'il détourne la tête et m'ouvre la porte, je suis frappé par son aspect amaigri. Son cou mince comme un cou d'adolescent flotte dans son col trop grand. Il y a quelque chose en lui de vulnérable qui m'attendrit. Je voudrais lui montrer ma confiance, ma sympathie, je serre fort la main qu'il me tend. Il me donne une tape légère sur l'épaule... « Allons, excusez-nous... revenez nous voir une autre fois... nous serons toujours contents de vous voir, mais aujourd'hui il faut nous excuser... Vous faites bien de vous couvrir. Le temps change... Mais dites-moi, vous en avez un beau foulard... psst... c'est votre tante qui vous tricote des belles choses comme ça ? Allons, au revoir et excusez-nous. A bientôt, au revoir. »

« Ah ! par exemple, elle est bien bonne. Ah ! elle est vraiment très bonne, celle-là... alors, il a suffi de cette petite comédie pour te retourner comme ça, comme une crêpe... Pour que tu viennes me dire maintenant à moi, que c'est moi le bandit, l'exploiteur, et eux les pauvres honnêtes gens que j'ai grugés, ruinés. Ah ! non, c'est la meilleure, celle-là... Pauvre Martereau, il est vexé, j'ai froissé son amour-propre si délicat, j'attente à son honneur. Son honneur, pensez donc. Ah ! ils sont tous pareils : dès qu'ils se mettent à filouter, ils n'ont plus que ce mot-là à la bouche : leur honneur avec un grand H. Je connais ça. Très mauvais signe, mon petit, l'expérience te l'apprendra, quand les gens se mettent à parler de leur Honneur, quand ils deviennent trop pointilleux sur ce sujet-là. Non, écoute, je t'en prie, ne te moque pas de moi. Alors tu n'as rien demandé, rien dit, tu as écouté sans broncher ces inepties à dormir debout? Martereau t'a fait pitié?C'est effrayant, toutes ces natures sensibles... Heureusement que j'ai le cœur dur, moi, et la tête solide encore pour le moment, je ne suis pas encore tout à fait ramolli, je ne saisis pas en quoi j'ai si gravement offensé ce monsieur qui a empoché sans sourciller deux millions huit cent mille francs — ça ne l'a pas vexé — qui n'a même pas jugé bon de me laisser le moindre papier, et qui occupe comme si elle était à lui ma maison achetée avec mon argent, et qui refuse de m'écrire une lettre parce qu'elle risquerait de me servir de preuve contre lui. Non, écoute, laisse-moi rire. Ils sont en train de rire eux, là-bas, je t'en réponds. Ils rient de la façon dont ils t'ont " eu "; ce n'est pas permis, à ton âge, tu n'es pas une femmelette, tu n'as pas quatre ans. Mais elle est cousue de fil blanc, toute cette histoire... " Ne lui en parlez pas surtout, il est si offensé, ça lui ferait tant de chagrin, on l'a amené au bord de la ruine... " Mais la femme est de mèche avec lui, c'est évident, ils ont mijoté tout ça ensemble, et ils ont réussi, ils t'ont éconduit pour le moment : c'est tout ce qu'ils veulent, ça leur permet de traîner, de voir venir. En attendant ils gardent tout. Et ils prennent leurs précautions, ils ne lâchent pas la moindre garantie, pas si bêtes, pas le moindre écrit qui pourrait me servir contre eux. Moi, vois-tu, mon petit, je ne suis pas de la race des rêveurs. Tu le sais, ce qui compte pour moi, ce sont les faits. Je me fiche du reste. Ça ne m'attendrit pas, moi, les points d'honneur, les airs penchés. Ce qui compte, c'est qu'ils gardent l'argent et la maison. Et si tu avais un peu plus de plomb dans la tête — je t'assure qu'à ton âge, je n'étais pas comme ça, la vie m'a appris beaucoup, mais je n'étais quand même pas comme toi — tu ne te serais jamais laissé mener par le bout du nez de cette façon-là. »

C'est sa force, c'est son plus sûr moyen de séduction dont il use avec coquetterie. Quand il parvient, de la mélasse où je patauge, à extraire, comme le diamant de sa gangue, le fait, et à le brandir devant moi, je suis conquis. Il a un flair merveilleux pour le découvrir. Son œil aigu, averti, le déniche aussitôt là où il est le mieux dissimulé. Il le sort et le brandit à bout de bras. Combien de fois l'ai-je vu s'en servir, d'un seul coup bien placé, pour frapper et anéantir l'adversaire. Combien de fois, quand je venais — et rien ne l'exaspère autant que ces vantardises quémandeuses — lui raconter que ça marchait, nos petites inventions, que nos chaises en nickel et nos divans en paille tressée avaient été appréciés : je m'approchais en rampant, les yeux baissés, tant j'avais honte, je lui disais que madame X... en avait parlé... elle avait demandé les prix, elle était passée deux fois au magasin... dans la revue d'art la plus en vogue on avait mis un entrefilet... il écoutait en silence, mécontent, les yeux plissés – il a horreur de donner quand on lui force ainsi la main – il se tenait tourné de profil, il ne me regarde jamais dans ces cas-là, il cherchait et il trouvait tout de suite l'instrument contondant, il m'en assenait un bon coup : « Combien ? » Je titubais. J'essayais de me raccrocher... « Comment combien ?... » Il frappait de nouveau : « Oui, combien ? Combien en avez-vous vendu, de vos fauteuils, de vos canapés ? Combien ? Quelle vente ? Moi, tu sais, les on-dit, les compliments, ça ne veut rien dire pour moi. J'aime les réalités solides. Les faits. »

Moi aussi, je dois l'avouer, sous son influence, je me suis presque mis à les aimer. Seulement je n'ai pas son flair, son regard fureteur de chasseur, son coup d'œil implacable pour les dénicher. Une fois qu'il les tient, rien ne l'en fait démordre. Il tient bon envers et contre tout. Moi je ne les distingue pas très bien. Quand, aidé le plus souvent par lui, je crois déjà les tenir, un rien me fait lâcher prise. Je me donne alors à moi-même des excuses. J'accuse la férocité de mon oncle, qui finit par lui faire voir faux, son esprit fruste qui simplifie par goût secret d'une certaine brutalité : il n'a pas comme moi le goût de ces nuances infimes où parfois gît la vérité, il manque d'indulgence, de sympathie... je préfère, moi, parfois, tant j'ai toujours peur de ne pas voir assez clair, de me satisfaire à trop bon compte, même si le fait est patent et s'il démolit tout, nier l'évidence, douter de mes propres sens...

Ici la situation se présente pour lui favorablement. Il peut répéter sur son ton buté : « Oui ou non ? Oui ou non ? A-t-il gardé l'argent ? Oui ou non a-t-il rendu la maison ? A-t-il répondu à ma lettre, oui ou non ? » Mais je ne suis pas si sûr...

Ce n'est tout de même pas « si simple » : expression qui a le don de le faire bondir, pour laquelle il se met à me haïr — non sans raison. Il sent bien que je lui rends la monnaie de sa pièce : je fais avec lui ce qu'il cherche à faire avec moi quand il essaie de me donner des coups d'assommoir avec son « fait ». Moi je cherche à l'affaiblir, à le démolir, à lui faire prendre conscience de sa brutalité, de sa simplicité enfantine, à l'attirer dans les terrains bourbeux qu'il a en horreur — il sait bien qu'il finirait par s'y enliser — dans ce qu'il appelle en ricanant ma « psychologie »... Cette rage, ce mépris qu'il y a dans son ton quand il me rabroue : « Ah! non, je t'en prie, pas de psychologie... »

Mais je tiens bon, cette fois. Il ne me fera pas peur. C'est vrai : ce n'est pas si simple... J'ai besoin de réfléchir, de regarder d'un peu plus près... de ruminer encore un peu...

Tout a dû se passer le mieux possible. On s'est serré les mains une dernière fois sur le palier. Mon oncle, comme il fait quand il a un de ses élans de tendresse, a retenu entre ses deux mains la main de Martereau, il paraissait ému... « A bientôt, à très bientôt, et merci encore, merci. Non, c'est chic ce que vous faites là... Ah! il est bon de savoir qu'on peut encore trouver de vrais amis sur qui on peut compter. Alors c'est entendu, je vous envoie l'argent et on se téléphone pour convenir d'un soir. Ma femme sera si contente. Elle a tant regretté de ne pas avoir pu venir... » Même le claquement léger de la porte cochère, en bas, est rassurant — un dernier signe amical, une dernière caresse. Cela ne s'est pas réalisé, ce que Martereau avait pressenti vaguement (c'était comme un courant d'air glacé qui l'avait frôlé tout à coup au cœur de la chaleur, de la douce intimité), cela ne s'est pas produit, ce qu'il avait redouté, cette sensation, au moment de se quitter, d'arrachement, de chute dans le vide. Il n'y a rien d'autre en lui maintenant qu'un sentiment de confiance joyeuse. Et il lui reste un trop-plein de forces, de bonne humeur à dépenser. Il marche de long en large en sifflotant... « Je ne peux pas penser à dormir. Ce café m'a excité. Si je m'écoutais, j'irais faire un tour... »

Sa femme ne s'y trompe pas : il y a longtemps qu'ils connaissent l'un et l'autre ce langage chiffré dont ils ont appris peu à peu à lire sans risque de se tromper chaque signe : ce sifflotement, cet air réjoui, désinvolte et insouciant, elle sait ce que c'est. C'est la trahison. C'est la révolte, le défi. Et lui, il sait qu'elle sait. Il a perçu toute la soirée sans même avoir eu besoin de la regarder — ils n'ont pas besoin de cela — ses objurgations, ses appels. Ça ne rate jamais, elle est là pour ça... Dès qu'il s'abandonne un peu, passe la tête au-dehors, se donne un peu d'air, insouciant, heureux — ainsi déjà autrefois, dans les casinos, dans les salles de jeu, parmi le scintillement des lustres, des soieries, des bijoux, les regards encourageants, les sourires des jolies femmes, quand épanoui, grisé, délivré tout à coup, il jetait sur la table la liasse de billets... « Allons, messieurs, faites vos jeux, rien ne va plus... » — aussitôt il la sent derrière lui qui le tire : « Écoute, mais tu n'y penses pas, mais tu es fou. C'est de la folie, voyons, nous ne pouvons pas nous permettre... il ne nous manquait plus que ça... »

Elle est là toujours à faire sans un moment de répit son travail de fourmi, à rafistoler à tout instant, à réparer la fourmilière endommagée. La voilà déjà qui s'affaire, à peine la porte refermée, à tout remettre en ordre, à effacer les traces de l'intrus. Elle dessert la table, elle vide les cendriers, elle pousse à leur place les chaises et les fauteuils... Cette manie qu'elle a, aussitôt que les visiteurs sont partis, de se précipiter pour remettre chaque objet à la place qui lui a été une fois pour toutes assignée... Il le fait aussi, d'ailleurs — il y a longtemps qu'ils ont les mêmes manies — c'est d'ordinaire un moyen pour lui d'arrêter la chute dans le vide quand la porte se referme et qu'ils restent seuls, de reprendre pied.

Mais cette fois, il se sent parfaitement d'aplomb, il n'a aucune envie de l'aider comme il fait toujours à effacer les traces. Bien au contraire. Il marche de long en large sans la regarder, les mains dans ses poches, il sifflote, il sourit à ses pensées... Il sent comme elle l'observe... Elle sait à quoi il pense... Eh bien, tant mieux, il ne se laissera pas brimer, cette fois. Il a toujours été trop faible, trop sensible, trop occupé, fasciné, à déchiffrer les signes qu'elle lui fait. Même maintenant, il a beau s'efforcer, il ne peut s'empêcher de les percevoir, il les enregistre malgré lui, comme une plaque sensible. Mais il ne laissera pas briser son élan, gâcher sa joie... Il faut faire comme s'il ne remarquait pas cet air buté et résigné qu'elle prend, son silence désapprobateur, cet air de ne pas vouloir participer, de rester sur son quant à soi... il faut se fermer, se durcir, s'entourer d'une carapace contre laquelle tous ces corpuscules dont elle le bombarde rebondiront sans pénétrer. Il s'arrête près d'elle, il s'étire : « Ah! j'ai passé une bonne soirée... c'est vraiment un type étonnant, tu ne trouves pas?... Il a une fameuse vitalité... il est bougrement intelligent... C'est un plaisir de parler avec des gens comme lui... »

Mêlé au défi, ils le sentent tous deux, il y a chez lui comme une quête timide, une prière... un besoin — c'est de son trop-plein de bonne humeur sans doute qu'il lui vient — de l'attirer à lui, de la forcer à partager avec lui, à participer... pourquoi ne pourrait-on pas être heureux tous ensemble?... qu'elle acquiesce, qu'elle consente à comprendre... Si elle pouvait partager un peu ses goûts, ses idées... pourquoi faut-il toujours qu'elle le brime, qu'elle lui mette des bâtons dans les roues... ce serait si facile d'être heureux...

Il avait essayé quelquefois, dans le temps, quand ils étaient jeunes, quand il lui était arrivé de rentrer un peu tard, quand il avait, comme elle disait, « traîné dans les cafés », il avait ramené des amis à dîner... « Mais si, venez donc, ma femme sera ravie... il y a toujours de quoi manger à la maison... allons, je vous emmène... » il montait l'escalier quatre à quatre, il plaisantait, excité comme un gamin... « Attendez, je vais la chercher... » il entrait doucement dans sa chambre... « Coucou, le voilà, c'est moi... Je t'ai fait une surprise... devine, chérie, qui est avec moi... Surtout ne t'inquiète pas, on n'a pas faim, un

sandwich, une bonne tasse de café suffiront... »
Quelque chose en lui, rien qu'à voir la façon
résignée dont elle posait son ouvrage, tombait
brusquement. Toute son insouciance, tout son
entrain s'évanouissaient en un instant. Sa voix se
voilait. Les amis s'en apercevaient quand il revenait vers eux avec sur son visage une pauvre
imitation de son air joyeux de tout à l'heure.
Peu à peu, elle a eu le dessus, il a fini par renoncer... c'est à cause d'elle qu'ils ont mené pendant
vingt-cinq ans cette vie étriquée, calfeutrée...

Cette fois encore, ce ne sera pas long, elle ne
le ratera pas : la lueur vacillante, la quête timide,
l'espoir tremblant qu'elle perçoit en lui la pro-
voquent, l'excitent... peu de gens résistent à cela.
Et aussi elle prend une sorte de plaisir, quand
elle le voit qui s'ébroue, s'ébat avec l'étourderie,
la fougue d'un jeune chien lâché dans la prairie,
à le prendre par la peau du dos et à le placer,
là, nez à nez avec la réalité. Implacable. Dure
pour elle-même et pour lui. La mort, la maladie,
l'âge : elle a toujours trouvé une satisfaction
amère à se vieillir, à se donner un an ou deux
de plus pour arrondir les chiffres, et à le vieillir,
lui aussi... il a horreur de cela, quelque chose se
rétracte, se hérisse en lui quand elle dit : « Oh!
tu sais, pour des vieux comme nous... » Ou s'il se
plaint d'être fatigué, d'avoir mal aux jointures :
« Que veux-tu, tu n'as plus vingt ans, c'est un
peu de goutte probablement, des rhumatismes...
Que veux-tu, ce sont les maux de notre âge qui
commencent... »

Jalouse... au fond c'est cela, le voulant à elle
tout entier... ce ton impatient, agacé, qu'elle a

dans ces moments, comme tout à l'heure quand il se penchait à travers la table, discutant, lançant des saillies, riant, tenant, comme elle dit, de grands discours... ce ton sur lequel elle lui dit : « Mais sers-toi donc, voyons »... ou : « Passe donc la sauce, tout refroidit »... nez à terre comme elle tout de suite, dans le réel, le solide, au lieu d'être là à bayer aux corneilles, à perdre son temps à des futilités... des discussions qui ne servent à rien... des grandes idées... du vent... allons, nez à terre près d'elle, tête baissée, serrés l'un contre l'autre, tout petits, attentifs et très prudents... elle hait l'intrus qui le tire loin d'elle dans un monde inconnu où elle n'a pas accès... Maintenant elle va essayer de trancher le mince fil, le lien fragile qui s'est tendu entre son ami et lui... ce qu'elle va dire est si immanquablement certain, il le sent si bien, là, déjà en suspens dans son silence, que c'est peut-être aussi par impatience, pour le précipiter qu'il lui dit cela : « Il est bougrement intelligent. Vraiment très vivant, tu ne trouves pas ?... » Et cela ne manque pas : « Intelligent... Oh! pour ça oui, on ne peut pas lui enlever ça. Il l'est trop même, à mon goût, beaucoup trop. Ah! il sait ce qu'il fait. Je crois bien qu'il est même en train de te rouler d'une belle façon, il essaie de profiter de toi, de te faire marcher. Tu as eu bien tort d'accepter. Nous voilà bien. »

Le ravaler, le diminuer, l'humilier — elle seule au monde peut cela. Il n'y a plus depuis longtemps de pudeur entre eux, de dégoût : on étale l'un devant l'autre ses plaies, ses faiblesses, ses bassesses, on se dit « ses quatre vérités », n'est-on pas liés l'un à l'autre comme des frères siamois ?...

bien sûr... il se fait trop d'illusions, il s'est un peu trop emballé... il a cru — le vieil imbécile, le vieux fou — qu'il a éveillé une confiance véritable, une amitié : elle va mettre de l'ordre dans tout cela : « Ce sont des choses qui ne nous arrivent pas à nous, voyons, mais tu es fou. Quel besoin a-t-il, ce monsieur qui doit avoir dans sa situation tant de relations, des tas d'amis brillants, de venir s'ennuyer toute une soirée avec nous ? Mais vraiment tu perds le recul, tu ne nous vois pas... Quel intérêt pouvons-nous présenter, sinon celui-là, qui est évident, de te faire marcher comme une brave bête, comme tout le monde a toujours fait, — cela nous a coûté assez cher — de se servir de toi. »

Il connaît tout cela par cœur. Avant qu'elle parle, il sait tout ce qu'elle dira. Ah ! non, cette fois il n'en veut pas, il ne veut pas jouer à ce jeu-là. Il sent cette fureur qu'on éprouve quand les objets, les angles des tables, des chaises, placés sur votre chemin — on avait beau savoir qu'ils étaient là, étendre les mains pour les reconnaître, les palper — vous cognent stupidement dans l'obscurité aux endroits sensibles, au genou, au coude, on a envie de les injurier, de les cogner à son tour, de leur faire mal... Mais il se domine encore trop bien, il est trop heureux encore, il se sent trop fort, et son ami est encore là tout près, affable, généreux, il le maintient dans la décence, dans la politesse, dans la bienséance... « A bientôt, à très bientôt, ma femme sera si heureuse, elle a été désolée... » Il se maîtrise pour éviter un éclat, il coupe court : « Ah ! écoute, je t'en prie, tu n'y comprends rien, ne te mêle donc pas de ça. Je sais ce que je fais. Tu te crois toujours entourée d'ennemis. C'est pour ça, du reste, que nous avons toujours mené cette vie-là... Ah! tiens, je vais sortir... » Il éprouve une joie qu'il connaît bien à se servir de son arme la plus sûre. Il goûte la détresse qui monte en elle aussitôt, le désarroi... il ouvre la porte... « Tiens, j'en ai assez, je sors, je vais faire un tour... C'est inutile de m'attendre. Je rentrerai peut-être tard, ne m'attends pas. »

Le déclic de la porte cochère qu'on tire avec précaution rend un son inquiétant : c'est le bruit révélateur des fuites sournoises, des abandons... La crevasse, un trou béant, que Martereau avait senti s'entrouvrir en lui par moments au cours de cette soirée et se refermer aussitôt, s'est rouverte cette fois largement, un souffle d'air glacé s'y est engouffré, aussitôt que mon oncle s'est dressé tout à coup, a regardé sa montre : « Bon Dieu, mais c'est de la folie... A quoi est-ce que je pense? Vous savez l'heure qu'il est? Vous devez tomber de sommeil... » Rien, ni les serrements de mains affectueux, ni les assurances... « A bientôt, à très bientôt, il faudra se téléphoner pour convenir d'un soir... ma femme sera enchantée... » n'ont pu combler ce creux : c'est maintenant un trou énorme, un vide immense. Et elle par son air d'indifférence lointaine, de calme distant (aussitôt la porte refermée, elle est là déjà qui s'affaire comme si de rien n'était, range, dessert la table, repousse les meubles à leur place), elle, comme les terrains plats qu'on voit, penché au bord de la paroi à pic, s'étaler tranquillement en bas dans la vallée, accroît sa sensation de vertige, le cœur lui manque.

Il marche de long en large, les mains dans ses poches, il sifflote pour se donner une contenance, il ne peut s'empêcher de la regarder : elle trotte, apporte un plateau, secoue la nappe. Elle se sent tout à fait d'aplomb. Elle possède cette faculté des chats de marcher au bord des toits sans avoir le vertige, de sauter de très haut en retombant toujours sur ses pieds. Elle ne le regarde pas. Elle a un peu honte pour lui. Même entre eux, après tant d'années, il y a de ces pudeurs. Le contraste est trop gênant entre l'excitation qu'elle lui a vue il y a un instant, son enjouement, sa rondeur, sa bonhomie, ses plaisanteries et cette chute brusque, ce visage affaissé, vidé — à quoi bon? tout est consommé, l'ombre qu'il a essayé d'étreindre s'est évanouie, le fantôme a fui, il en est pour ses frais... Il ne reste que cette fatigue dans les muscles des joues pour avoir trop souri, trop ri, qu'elle appelle avec mépris la crampe de la politesse. Elle ne le regarde pas, elle sait trop bien et il sait qu'elle sait d'où elle vient chez lui, cette crampe, et ce brusque désarroi, ce dégoût de soi qu'il ressent maintenant... Elle connaît sa vanité, sa coquetterie de jolie femme, ce besoin de se faire apprécier, de se faire cajoler, flatter... comme si on pouvait croire un mot de ce que vous disent les gens, mais il est comme tous les hommes, un grand enfant... Et aujourd'hui, pensez donc, ce n'était pas rien... un monsieur... quelqu'un de si bien... Que ne ferait-il pas? Mais il se ruinerait, il nous mettrait tous sur la paille pour lui montrer qu'il est son égal, pour le séduire... jamais il n'oserait avouer qu'il ne peut pas lui rendre un service comme celui-là, ah! non... Elle brosse le tapis, pose en pile les assiettes... Ah! il est dégrisé maintenant, ça le fait réfléchir, il y a de quoi. Elle passe devant lui sans le regarder, le plateau sur les bras, avec un air qui signifie : allons, la fête est finie, ce n'est pas tout ça, il s'agit maintenant de payer les pots cassés...

C'est leur grande force de ne jamais s'arrêter, de ne jamais rêvasser, bâtir des châteaux en Espagne... les choses autour d'elles, les gens, la « vie » ne leur permettent pas de chômer, ne leur permettent pas de perdre un instant, elles ont toujours le nez sur les objets, elles ne lèvent jamais la tête, ce n'est pas leur affaire... la Mort, ce n'est pas tout ça... l'Éternité... les divagations, les vagues aspirations, les grandes idées... le cadavre est là sur le lit, il faut le laver, l'habiller, allumer les bougies... elles nettoient et emmaillotent sans perdre un instant le nouveau-né, pansent, lavent, grattent, cuisent, ravaudent... on n'est pas ici-bas pour s'amuser, elle le répète souvent... la vie est faite de corvées, en voilà une d'achevée, on en commence aussitôt une autre... C'est là sa force, sa dignité que par moments il ne peut s'empêcher d'admirer, d'être solidement d'aplomb, bien chez elle sur la terre, d'avoir toujours, comme elle dit, « d'autres chats à fouetter »... Elle n'a jamais « besoin de personne »... pas comme lui... malléable qu'il est, dépendant, tremblant, changeant... à chaque instant semblable au reflet de lui-même qu'il voit dans les yeux des gens... Lâchant la proie pour l'ombre... S'attaquant aux moulins à vent... La vie le lui fait payer cher... il a toujours payé très cher, le prix fort, le moindre petit plaisir que la vie lui a donné... Dès qu'il a étendu la main, ça n'a jamais manqué : un bon coup sec sur les doigts pour le rappeler à l'ordre; elle, elle n'essaie même pas d'étendre la main, elle n'en a pas envie, elle n'a besoin de rien, satisfaite de peu, sobre, active, une fourmi... La voilà déjà qui examine attentivement sans perdre son temps comme lui les traces de vin sur la nappe, hoche la tête...

Il sent comme en lui maintenant, tandis qu'il marche de long en large en sifflotant, quelque chose pèse douloureusement et tire : toute sa force inemployée, tout le trop-plein de la force accumulée en lui tout à l'heure pour capter, serrer contre soi, posséder... il ne savait quoi... un peu de chaleur, d'amitié?... ou plutôt non, pas cela... ce qu'il voulait, c'était une assurance, une certitude, la certitude qu'il pouvait, lui aussi — pourquoi pas? un peu de chance eût pu tout changer — pénétrer dans cette zone interdite, ce cercle brillant, fermé, parmi les gens puissants, « arrivés », auprès d'eux on doit se sentir vivre plus fort, se sentir porté, ivre de grand air, arrosé d'embrun, sur la crête des vagues, à la fine pointe de son temps... « Savez-vous ce qu'on m'a raconté?... » mon oncle s'était penché à son oreille... « Et vous savez, de source sûre, des gens dignes de foi, un haut fonctionnaire, quelqu'un de très haut placé, l'autre jour, à la réception de l'ambassade d'Angleterre... » il avait éprouvé en entendant cela une satisfaction, une excitation, et en même temps, tandis qu'il se penchait à son tour d'un air appré-

ciateur et respectueux pour écouter, un malaise
léger, une crainte vague... la porte de la salle de
bal éclatante sur le seuil de laquelle on l'avait
amené, où il allait entrer, pouvait se refermer
brusquement, il serait dehors de nouveau, battant la semelle dans le froid, dans la grisaille
morne...

La voilà qui revient maintenant, le plateau
vide au bout de son bras, pour un nouveau char-
gement... terne, un peu flasque déjà, un peu voû-
tée, sans coquetterie, sans fards, mal fagotée...
c'est de femmes de ce genre qu'il avait parlé, ce
personnage d'une comédie de boulevard (il l'avait
vue il y a longtemps, mais ce mot, il ne l'avait
jamais oublié), quand il avait dit : « Notre lot,
à nous autres, petits-bourgeois, c'est d'épouser des
femmes comme celles-là... » Elle passe devant lui
avec le plateau chargé sur les bras : « Ouvre-moi
la porte, veux-tu. » Son petit ton sec est comme
une claque pour le réveiller, le remettre d'aplomb...
allons, dégrise-toi un peu, redescends de la lune,
cesse de faire l'enfant... aide-moi donc, veux-tu,
tu feras mieux. Il lui ouvre la porte. Elle a raison :
il faut se secouer un peu, se redresser, c'est indigne,
grotesque, ces nostalgies d'adolescent attardé, il
faut faire un effort, arracher les verres déformants,
voir les choses comme elle les voit, raisonnable-
ment, les ramener à leurs justes proportions et
savoir s'en contenter : on a passé une bonne
soirée avec un homme intelligent... le dire à haute
voix, le lui dire à elle, et qu'elle acquiesce tranquillement, ce sera le meilleur des exorcismes... il
lui pose la main sur l'épaule... « On a passé une
bonne soirée, hein? tu ne trouves pas? Il est très

amusant ce type-là, très intelligent... C'est un plaisir de parler avec lui. » Elle lève sur lui des yeux stupéfaits : « Ah! tu peux le dire... Pour être intelligent, il l'est, trop même, beaucoup trop. Il t'a bien eu avec la maison... Nous voilà bien... »

Il avait voulu se rassurer, il avait cherché à se persuader que ce qu'il avait payé un si gros prix n'était pas, après tout, à dédaigner : c'était un objet d'un usage agréable, de belle qualité... mais elle s'y connaît, on ne la trompe pas... ne voit-il pas que c'est une vraie camelote, du toc qu'il a ramené là, un objet de rebut dont personne ne voudrait. Et quant au prix qu'il a payé, n'en parlons pas, c'est honteux de l'avouer, il a été roulé comme un enfant... grugé... Elle va lui montrer maintenant impitoyablement combien la marchandise était falsifiée, examiner l'objet sur toutes ses faces, le faire résonner pour montrer comme il sonne creux... Ah! non, cela suffit, pas maintenant, assez... « Ah! je t'en prie, laisse-moi, ne t'occupe donc pas de ça... » S'échapper tout de suite, la fuir... Il ouvre la porte.

Ce n'était rien, ce qui s'appelle rien... juste quelque chose peut-être, au moment où mon oncle s'est dressé pour partir, dans la façon dont sur leur prière... « mais non, voyons, il n'est pas tard, restez encore un peu, nous ne sommes pas fatigués du tout, restez... » il s'est rassis aussitôt, s'est exécuté sans une seconde d'hésitation... un acquiescement un peu trop prompt où perçait une froide détermination, une résignation (mal joué, tant pis, rien à faire : ils n'ont pas encore reçu

leur dû, ils demandent un supplément, c'est de
bonne guerre, il faut payer sans sourciller)... une
oscillation en lui, à peine perceptible mais qui,
comme l'ondulation de la toile, la craquelure
légère, a révélé soudain le trompe-l'œil... Et aussitôt tout ce qui en Martereau avait surgi un instant et avait disparu — tous les doutes, ébauches
de soupçons, malaises vagues, inquiétudes qui
avaient glissé en lui au cours de cette soirée — tout
reparaît et se ramasse en un seul point, une tumeur
qui enfle, qui pèse. Il faudrait palper pour voir
ce que c'est exactement, se pencher dessus pour
bien l'examiner, mais il n'y a pas moyen, ce n'est
pas le moment, l'autre est là qui commande,
dirige tous ses mouvements... il faut maintenir à
tout prix sans la laisser baisser d'un dizième de
degré l'excitation, la gentillesse, la gaieté, l'enjouement... à la moindre hésitation, tout l'édifice
construit avec tant de soins, d'efforts, d'un seul
coup s'écroule... la crampe de la politesse leur tire
les joues, ils sourient, ils rient, ils se tapotent les
mains, ils se regardent affectueusement... « Alors,
à très bientôt, n'est-ce pas, c'est entendu, on se
téléphonera »... pas un geste de recul tant qu'il
est là : même quand la porte est refermée, il est
plus prudent de conserver le sourire, l'œil vif et
gai... s'il avait oublié quelque chose, s'il revenait...
Seulement le claquement discret, en bas, de la
porte cochère, donne le signal de la délivrance.
La courbature subsiste encore quelques instants,
la crampe... on s'étire, on se détend doucement...
le sourire s'efface, l'œil s'éteint, les traits s'af-
faissent... Martereau se met à marcher de long en
large... Allons, à nous deux maintenant, qu'est-ce

que c'est exactement? où est-ce? Il n'a pas besoin
de chercher longtemps. Déjà, avant même qu'il
le distingue clairement, une chaleur, une vapeur
brûlante l'inonde, il se sent rougir. Cette rougeur,
cette chaleur, ce sont les signes avant-coureurs,
l'éclair qui précède le grondement du tonnerre,
presque aussitôt, dans un fracas assourdissant, la
foudre s'abat : un homme de paille : c'est cela.
Il reste cloué sur place, pétrifié, calciné : un
homme de paille. Tout est clair : ce n'est plus la
peine de chercher, inutile de tricher maintenant,
d'essayer de dissimuler cela, de l'enrober : les
services réciproques... que ne ferait-on pas pour
un ami... mais voyons, c'est la moindre des choses...
un ami un peu gêné, un peu embarrassé en ce
moment... il ne peut pas faire lui-même l'inves-
tissement, alors il m'a demandé... pour moi ce
n'était rien... à ses yeux il s'agissait d'une somme
si peu importante... Inutile, il n'y a rien à faire...
c'est là, ça brille comme les pépites d'or dans le
sable, comme le diamant au milieu de sa gangue,
dur et pur, impossible à rayer : un homme de
paille...

Ils sont forts. Ils sont très forts. Ils ne font rien
qu'à bon escient. On peut se fier à eux... Un
homme de paille... ils ont découvert cela depuis
longtemps, ils ont su dégager cela de tous les
mélanges, de toutes les combinaisons les plus
variées, un corps simple qui se combine à d'autres
corps simples de cent façons différentes et forme
cent corps composés, mais ils ont su l'isoler et ils
lui ont donné un nom, ils ont étudié toutes ses
propriétés; ils les connaissent si bien, tout le monde
les connaît si parfaitement que le nom seul main-

tenant, dès qu'on le prononce, suffit pour les
révéler toutes d'un seul coup : il n'y a pas moyen
de se tromper, il n'y a plus rien à découvrir, rien
à inventer, tout est connu, reconnu, classé : un
homme de paille — c'est cela. Et je suis cela, moi,
moi! Son homme de paille. Un nouvel éclair, le
tonnerre, la foudre tombe, il brûle : son homme
de paille... pour lui aussi... c'est cela que je suis
pour lui... Il a cherché, passé en revue les gens
qu'il connaît... qui pourraient accepter cela... mais
tiens, parbleu, ce brave Martereau, ça lui irait
comme un gant... petites économies... honnêtes
déclarations... n'oserait pas frauder le fisc... bien
trop timoré, trop prudent... bonhomme de peu
d'envergure... trop flatté de rendre service à un
« monsieur », de recevoir ses confidences... cela le
rehaussera, lui donnera de l'importance, il ne
songera même pas à refuser... il n'a pas assez
d'intelligence, pas assez de cynisme, d'orgueil,
pour songer à appeler cela par son nom, pour
prononcer le mot, pour se vexer... il suffira de lui
dorer la pilule... Nouvel éclair. Atroce brûlure...
Bien sûr... il avait raison... il jouait sur le velours...
Aux petits soins tous les deux, elle aussi, sur le
qui-vive... tout tremblants, flageolants, galopant
les bras chargés de paquets... rien n'est trop bon,
trop beau... vite, il va arriver, va vite te changer,
pensez donc, quel honneur... tout en sourires,
courbettes... verse du vin à Monsieur, passe les
petits fours, les liqueurs... leur rire flatté, heureux,
quand il a daigné apprécier... Martereau entend
son propre rire obséquieux, pâmé, mouillé, quand
l'autre lui a tapé sur l'épaule... « A notre âge,
hein? n'est-il pas vrai?... » Comment aurait-il osé

refuser?... C'est des hommes de cette sorte qu'on choisit pour ces rôles-là... il était tout désigné... et l'autre était là qui l'observait, actionnait les manettes, les leviers de commande : il connaissait ces machines à la perfection et celle-ci fonctionnait que c'en était un plaisir.

Martereau marche de long en large, les mains dans ses poches, il sifflote pour se donner une contenance, car elle ne le perd pas de vue, elle le voit sans le regarder, tandis qu'elle trotte, pousse les meubles, range les assiettes... elle voit tout, elle est là toujours à l'observer, elle a tout vu, son empressement, ses plaisanteries, son enjouement — des produits d'exportation, à l'usage des étrangers : chez lui il est plutôt taciturne, toujours préoccupé, agacé pour un rien... Mais cela : un homme de paille... elle ne l'a pas pensé, elle ne sait même pas ce que c'est... cela ne signifie rien pour elle, et même si elle savait, elle ne rougirait pas pour des bêtises comme celles-là, les qu'en-dira-t-on... Mon mari s'est laissé impressionner, que voulez-vous, c'est un monsieur important, influent... qui sommes-nous, après tout, de petites gens... il faut bien voir les choses comme elles sont, la vie n'est pas un roman, il faut en prendre son parti, non, elle n'a vraiment pas de temps à perdre pour s'amuser à ces délicatesses, à ces souffrances de raffinés. Ce qui la préoccupe, c'est quelque chose de réel, de solide : comment va-t-on faire maintenant? Il a été un peu trop fort, cette fois; c'était délicat de refuser, mais il n'aurait quand même pas dû accepter... Elle ne dit rien... Il sait qu'elle choisit le moment...

Ce qu'on « encaisse » sans le rendre aussitôt, on

le garde toute sa vie, cela mûrit en vous, grossit, pourrit... C'est tout de suite, du tac au tac qu'il faut répliquer, renvoyer la balle tout de suite... mais ça, il ne l'a jamais su, timide au fond, timoré... il aurait fallu se décrocher, s'arracher à l'étreinte, rompre le charme, faire un grand bond en arrière, et, de là, à une bonne distance, avec le plus grand sang-froid : « Mon cher, je comprends très bien, je l'aurais fait volontiers, croyez-moi, seulement ça tombe à un très mauvais moment, je regrette, je ne peux vraiment pas », et l'autre se serait retiré, un peu gêné, mais respectueux, chapeau bas... et c'est ce qui lui manque justement, cette force qu'il faut pour supporter que l'autre recule ainsi devant vous, tête basse, pour ne pas avoir envie de se mettre en quatre aussitôt, de le prévenir, de le retenir, de réparer...

Maintenant, il recevrait sa récompense, il s'avancerait vers elle, la tête haute, ceint de lauriers, s'inclinant avec grâce, ramassant le gant qu'elle lui lance. Elle laisserait là ses rangements, on se mettrait l'un contre l'autre, comme autrefois, sur le divan, on échangerait ses impressions, on reprendrait tout depuis le début... « Moi, dès le potage, j'ai senti quelque chose... Il préparait le terrain... — Non, moi je ne me suis douté de rien, ça m'a même étonnée quand il s'est mis à parler de ses déclarations fiscales, quand tu lui as dit... — C'est que je le voyais venir, le vieux renard. Seulement, moi non plus je ne suis pas né de la dernière couvée, je sais me défendre... — Oh! ça oui... tu ne te laisses pas faire... » Elle lui prend la main, elle le regarde, elle a son jeune sourire tendre, un peu moqueur... Ce serait si bon : il aurait tant besoin d'un peu de douceur, de soutien... Les choses ne sont peut-être pas si sombres après tout, il a toujours tendance à tout voir en noir, à exagérer... c'est sa faiblesse, sa manie, de grossir, de schématiser, de donner aux choses des contours tranchés, de les étiqueter grossièrement et de rester là devant elles, obnubilé : Un homme de paille... Mais qui a jamais dit cela? Quelle idée... Qu'est-ce qu'il est allé chercher... Mais les gens sont bien plus perspicaces qu'on ne croit, ils vous comprennent bien, au fond; lui, le vieux renard, il s'est frotté à bien trop de gens pour pouvoir s'y tromper; il sait reconnaître le désintéressement, la générosité; il n'a même pas osé suggérer qu'il y aurait un avantage, une rémunération quelconque, non, un simple service entre amis... cet air attendri dans l'entrée quand il lui a serré la main... il était sincère... ces choses-là ne trompent pas... et elle... sur qui s'appuie-t-elle avec fierté, parfois, sur qui a-t-elle jamais compté dans les moments durs, sinon sur lui... bien sûr, elle est comme tout le monde, elle a ses petites faiblesses, mais il faut être indulgent, ne pas même y penser, il faut faire confiance, crédit aux gens, les prendre par leurs bons côtés, ne jamais perdre de vue ce qui seul compte, les vrais grands sentiments... elle l'aime, il le sait bien, elle le connaît, elle aime ce goût viril du risque qu'il a par moments, ces élans de générosité... il s'approche d'elle et lui met la main sur l'épaule... « Alors, tu ne dis rien... qu'est-ce que tu en as pensé? On a passé une bonne soirée...Il est bougrement intelligent, tu ne trouves pas? »

Certains, que je connais bien, à la place de

madame Martereau, ici n'auraient pas résisté : « Intelligent, ah! ça, tu peux le dire... ça finissait par m'amuser... Je me suis demandé jusqu'où irait son cynisme et ta faiblesse... Quand je pense que tu ne te serais pas gêné pour refuser à des amis, des vrais... surtout si c'était des amis à moi... ma famille... avec nous tu ne te gênes pas... » Le cœur battant, haletants, ils auraient collé leur bouche là où le sang tiède afflue, où le pouls bat, ils auraient sucé, mordu... « J'avais envie de rire par moments... Si tu te figures que c'est ainsi que tu éveilleras la sympathie, la reconnaissance d'un homme comme lui... il te croit trop honoré... il a bien dû voir que ça te flattait... Tu as vu... quand il a daigné se rasseoir pour nous accorder encore un quart d'heure... un petit supplément... » Mais madame Martereau n'a rien du vampire. Elle n'a pas le moins du monde le goût des grandes réjouissances, des festivités, des orgies à la fin desquelles on roule enlacés sous les tables dans les vomissures et le vin. Aucun goût pour les jeux malsains. Elle ne dirait rien si elle pouvait, pourquoi faire? A quoi bon? Les gens sont comme ils sont. Il ne faut pas se montrer trop intransigeant dans la vie, trop exigeant. Elle ne peut pas trop se plaindre quand même, elle aurait pu tomber plus mal, il n'y a qu'à regarder autour de soi. Elle a tout de même la chance d'avoir ce qui s'appelle un bon mari... Si elle pouvait, elle l'écarterait juste avec une pointe d'agacement... (ah! les hommes sont de grands enfants)... « Oui, oui, mais laisse-moi donc passer, veux-tu... Je n'ai pas fini... Je n'ai pas le temps de bavarder... il est plus de minuit... » Seulement cette fois c'est

sérieux, il y a un enjeu important à sauver, quelque
chose avec quoi on ne peut pas plaisanter, l'achat
de leur maison à eux est compromis, elle n'a pas
le droit... Ça l'ennuie d'être obligée de lui faire
des reproches, pauvre vieux, il a l'air bien embêté,
elle aimerait mieux pouvoir le rassurer, mais elle
a des devoirs à remplir, il s'agit de leur sécurité,
de leur avenir, ah! si elle n'était pas là pour l'aver-
tir, le protéger... « Oui, tu peux le dire. Je te crois
qu'il est intelligent, trop intelligent même, beaucoup trop, il t'a possédé, le vieux renard, il a bien
su se servir de toi... Qu'est-ce que tu vas faire à
présent? Nous voilà dans de beaux draps. »

Il sait maintenant : il n'a plus le choix. C'est
la rançon de tant de faiblesse, d'abandons, de
cette dernière lâcheté, la plus belle : d'avoir
essayé de tricher, de se mentir à soi-même, d'avoir
fait semblant d'espérer obtenir sa complicité, et
de lui avoir, à elle aussi, stupidement prêté le
flanc. Il ne reste plus qu'à se retirer en bon ordre,
à limiter les dégâts, à sauver devant elle au moins,
s'il en est temps encore, la face... Elle ne pense
tout de même pas que c'est elle maintenant qui
va le manœuvrer — ce serait le comble, il ne
manquerait plus que ça — qu'il lui permettra de
tirer à son tour les ficelles... La remettre à sa
place au plus vite, la forcer à reculer, avec elle
c'est facile... « Ah! non, je t'en prie, laisse ça,
veux-tu, ne t'occupe donc pas, je crois que je suis
assez grand pour savoir ce que je fais... » Bas les
pattes... Qu'on le laisse tranquille. Seul, loin d'eux
tous, marcher seul sous le ciel étoilé, au grand
air, respirer un peu d'air pur... Il va vers la
porte... « Ah! tiens, j'ai envie de sortir. Je vais

faire un tour. Tu dois être fatiguée. Couche-toi. Ne m'attends pas. »

Autrefois, dans les premiers temps, dès qu'elle le regardait ainsi devant les gens pour lui faire signe, le retenir, le mettre en garde, toute sa joie tombait d'un coup : la fête était finie, il n'avait plus qu'un désir, que tout le monde parte, qu'on les laisse seuls... il fallait qu'il sache tout de suite... qu'elle lui dise... il s'est peut-être trompé, ce n'était peut-être pas à cela du tout qu'elle pensait, elle ne l'a même peut-être pas regardé... il sait bien qu'il est si soupçonneux, qu'il se fait, comme elle dit, des idées pour tout... A peine la porte refermée, il la regardait d'un air suppliant... « Écoute, ma chérie, dis-moi, promets-moi que tu me répondras franchement... on s'est promis qu'on se dirait tout... Dis-moi, tout à l'heure, au moment où j'ai accepté de lui prêter de l'argent, il m'a semblé que tu m'as regardé... » Au début, elle ne se méfiait pas, elle répondait tout bonnement : « Je te crois. J'espérais que tu comprendrais. Mais il faut que tu sois fou, voyons. Mais il ne te le rendra jamais... » Quelque chose en lui s'arrachait, tombait : c'était donc bien cela. Le pire. Ce qu'il craignait. Le beau fruit qu'il avait cueilli était véreux, pourri... Sournoise, froide, mesquine, méfiante, jamais un élan généreux, jamais un bon mouvement... Mais non, il a trop peur... il ne peut pas le supporter, il ne veut pas, il y a peut-être encore moyen de tout arranger... elle est si jeune encore, il peut lui apprendre, elle peut changer, il suffit de lui expliquer, elle comprendra... « Écoute, ma chérie, il ne faut pas... je te l'ai déjà dit, je déteste ces signes devant les gens, ces regards... ils les voient, je t'assure, c'est très blessant... Si nous nous conduisons comme ça, nous n'aurons pas d'amis... ce n'est pas ça, tu sais, l'amitié, la camaraderie. Forcément... tu as vécu un peu en vase clos... Si tu savais quel bonheur ça peut être, parfois, de donner... je n'ai jamais été aussi content, tiens, que lorsqu'il m'est arrivé autrefois, de donner mon dernier billet de cent francs pour payer à boire aux copains... » Elle avait alors une sorte de rire blasé, vieillot... « Ah! tu es bon, toi... C'est très joli, tout ça, mais après c'est sur moi que ça retombe, c'est moi qui trimerai après ça pour rattraper toutes tes folies... Je m'abîme... Regarde mes mains... Je me prive de tout... C'est toujours comme ça : pour toi les beaux gestes, pour moi les petites économies... »

Mais peu à peu elle avait remarqué que c'était devenu chez lui une sorte de manie comme celle qu'il avait de se relever plusieurs fois la nuit pour voir si l'on avait fermé le robinet à gaz; il finissait par s'imaginer à propos de tout qu'il avait surpris chez elle un signe, un regard... quand il ouvrait une nouvelle bouteille de vin, remplissait un peu trop les verres, offrait des cigares... Elle avait pris le parti d'esquiver ses interrogatoires doucereux qui aboutissaient aux sempiternelles leçons de morale, aux reproches, aux scènes... Quand il lui demandait : « Pourquoi m'as-tu regardé comme ça? » elle prenait aussitôt son air fatigué, excédé... « Oh! je n'en sais rien, je ne me rappelle pas, je ne sais pas ce que tu vas toujours chercher... » Et le doute le torturait, des élancements affreux qu'il parvenait à calmer pour quelques instants en se persuadant qu'il s'était trompé, qu'elle lui disait la vérité, puis les élancements reprenaient.

Mais il y a longtemps qu'il ne lui demande plus rien et qu'il ne se pose plus de questions : il a su, dès qu'il a vu son regard, que la trappe venait de se refermer sur eux. Il était seul avec elle au fond du trou. Personne ne pouvait plus rien pour lui. Ni les regards innocents et affectueux de son ami, ni ses remerciements, ses assurances... qu'il percevait comme venant de loin, séparés de lui par une très grande distance... ne pouvaient l'en faire sortir. Qu'il s'en aille tout à fait, le plus vite sera le mieux, qu'il l'abandonne à son sort. Un sort que lui-même s'est choisi... un sort qu'il a mérité par sa confiance enfantine, sa lâcheté... Il avait vu, pressenti tout cela dès la première fois qu'il l'avait rencontrée, mais il essaie toujours de se mentir à lui-même, de tricher. Maintenant il faut payer. Comme on fait son lit on se couche. La coupe est là : il faut la boire.

Il marche de long en large, les mains dans ses poches, il sifflote, il lui jette un regard haineux... ça y est... elle arbore déjà son expression de victime : Ah ! il n'en fait jamais d'autres, elle devrait être habituée, mais à présent, elle n'en peut plus, elle vieillit, elle est fatiguée, ça ne finira donc jamais, cette vie de chien, il y a des moments, tenez, où l'on voudrait... mais que voulez-vous, il faut continuer... Elle a son air faussement résigné, trop doux : la pauvre femme sans défense entre les mains d'une brute... il sait qu'elle se voit ainsi. En ce moment, elle en jouit, triste, faible... Toute la féminité avec sa longue patience, sa souffrance,

— qu'est-ce que les femmes doivent supporter — chacun de ses gestes l'exprime quand elle vide dans le cendrier les mégots déposés dans les assiettes, examine la nappe en hochant la tête, trimbale le lourd plateau, les bras écartés, les lèvres serrées : « Laisse-moi passer, veux-tu. Ouvre-moi la porte, s'il te plaît. »

Elle l'inciterait au crime quand elle prend ce ton, cet air, elle le pousserait à je ne sais quels excès. Une brute : elle a raison : un bourreau. Seuls ici tous les deux. Qu'elle lui tire ses bottes quand il rentre en titubant du bistrot. Une brute avinée qui hoquette, se plante devant elle, lui barre le passage et éclate de rire en regardant ses yeux bleus que l'horreur dilate : Alors, ma belle, on ne rit pas, on n'a pas envie de sourire, de montrer ses belles petites dents? Il aurait un plaisir immense à la pincer pour la faire crier, à donner un bon coup de poing et à jeter tout ça par terre, le plateau, les verres. Il lui saisit le poignet : assez de comédies, parlons un peu, ma belle, tout seuls, là, entre nous, c'était, n'as-tu pas trouvé, il lui prend le menton, une bonne soirée bien réussie, pas, ma chatte... « Il est charmant, bougrement intelligent, hein? Tu ne trouves pas? On a passé une bonne soirée... C'est un plaisir de parler avec des hommes comme lui... »

On dirait qu'elle se rétracte, se resserre, il y a sur son visage une expression sournoise de crainte et de défi... « Tu peux le dire... Ah! pour ça oui, il est intelligent... trop même... il t'a bien roulé... »

Il a pressé fort, juste au bon endroit et ça a jailli, il le reçoit en plein dans les yeux... A ce serrement de cœur qu'il sent tout à coup, à ce mouvement, aussitôt réprimé, de désarroi, il se rend compte qu'il conservait malgré tout, vieil imbécile qu'il était, vieux fou, une petite parcelle d'espoir...

Maintenant que la poche en elle est percée, elle va vouloir la vider jusqu'au fond. Mais ça non. Qu'elle ravale son fiel, son venin. Que cela se remette à enfler en elle, l'empoisonne, lui fasse mal... « Ah! non, mon petit, je t'en prie, ne commençons pas. J'ai d'autres idées que toi là-dessus. Tiens, tu ferais mieux d'aller dormir. Va donc te coucher, je sors. Ne m'attends pas. »

« On dirait la scène finale du Procès de Kafka »... comme cela m'a traversé l'esprit, tout à coup, ce jour-là, quand nous visitions la villa de banlieue, quand nous marchions tous les trois, mon oncle et Martereau m'encadrant de chaque côté, dans l'allée qui menait à la maison... « Les Messieurs »... ils me faisaient penser à eux avec leur démarche tranquille, un peu cadencée, leurs longs pardessus de ville légèrement cintrés à la taille, leurs chapeaux de feutre sombre à bords roulés, et la douceur têtue, implacable et un peu sucrée avec laquelle ils me conduisaient. Et moi, comme le héros du Procès, je me laissais faire, consentant, presque complice, un peu écœuré...

Ridicule, évidemment. J'avais trouvé cela ridicule. Je l'avais repoussé tout de suite, cela s'était effacé aussitôt, cela avait dû aller s'enfoncer quelque part en moi et c'était resté là, enterré. Maintenant, tout à coup, cela ressort, cela déchire ce que j'étais en train de fabriquer, cette impalpable toile tremblante faite de l'entrecroisement de fils arachnéens que j'étais en train de sécréter et où j'essayais d'attraper Martereau. Je voulais le broyer lentement, l'agglutiner, en faire cette matière informe et molle, si fade, celle dont nous sommes faits ici, celle dont je me nourris. Mais les liens ténus sont tranchés. Martereau se délivre. « Les Messieurs »... Martereau était celui des deux qui dirigeait l'opération. Martereau savait où il me menait : pas d'histoires, pas de simagrées, inutile de regimber. On vous fera marcher droit. Son petit sourire quand il m'a regardé tandis que je me débattais mollement, assis devant lui sur le strapontin, que je demandais timidement : « En quoi est-elle, la maison? » et que mon oncle, jouant son jeu sans le savoir, resserrait son étreinte : « Mais c'est que vous ne les connaissez pas, mon cher Martereau, la meulière, c'est leur bête noire, l'abomination de la désolation. C'est la vieille chaumière qu'il leur faut... » Une aubaine pour lui, ces jeux... Et après, quand je l'ai vu qui nous attendait devant la voiture avec le vendeur... Il avait le dos tourné... il se balançait légèrement d'avant en arrière. Son long pardessus sombre, que ses mains enfoncées profondément dans ses poches tiraient en avant, moulait son dos... Il s'est tu brusquement en nous entendant approcher et puis il s'est remis à parler de n'importe quoi comme on fait dans ces cas-là, comme si de rien n'était... C'était pour parler au vendeur qu'il était parti le premier, nous laissant dans la cave, occupés à admirer notre beau jouet neuf, à déchiffrer les indications sur les manettes de la chaudière...

Et le jour où nous lui avons remis l'argent...

Quel régal je pourrais offrir à ma cousine si j'allais maintenant la trouver : « Écoute, tu as un moment? Je voudrais te parler... C'est au sujet de Martereau... tu sais, ça me tourmente, toute cette histoire. Je voudrais que tu me dises si je deviens fou... mais ce jour-là, quand nous sommes allés chez lui... dis-moi... tu as parfois de ces divinations... est-ce que tu n'as pas senti... tu sens parfois si bien ces choses-là... (j'arrêterais ainsi d'emblée ses manifestations agaçantes de naïveté, d'enthousiasme puéril : " Oh! qu'est-ce que vous allez chercher, tous, avec monsieur Martereau, je l'aime bien, na, c'est un amour...")... essaie de faire un peu — tu le fais si bien quand tu veux — la voyante extra-lucide... Souviens-toi... est-ce qu'il ne t'a pas semblé au moment où tu lui remettais l'argent... est-ce que tu n'as pas eu comme un pressentiment, une certitude, que cet argent, tu ne le reverrais jamais, que cela ferait toutes sortes d'histoires... Moi je suis sûr que j'ai dû le sentir... cela me revient maintenant... ça avait passé comme un éclair... sur le moment, il m'avait semblé que je lui remettais ainsi l'argent sans preuves, sans reçu, pour lui marquer notre amitié, notre confiance — j'ai toujours l'impression que ton père... tu sais comme il est... qu'il doit le vexer par moments, l'humilier — j'avais cru que Martereau avait apprécié, qu'il était touché, mais ce n'était pas ça. Il y avait autre chose dans son air de satisfaction quand il a pris l'argent, quand il a enfermé le paquet... tu te souviens comme il nous a regardés?... cette satisfaction connue de lui seul, cachée... Comme s'il se disait : " Ouf, ça y est... le piège a fonctionné. La trappe s'est rabattue. Ils sont pris. Bouclés. ''» Elle écoute, les yeux brillants, la bouche entrouverte. Je la sens qui se serre contre moi, qui vibre à l'unisson... « Écoute, tu as raison... ça ne m'avait pas frappée... mais maintenant que tu m'en parles, je vais te dire... c'est même bien plus fort : j'avais envie de me débarrasser de cet argent, j'aurais voulu le jeter par les fenêtres... J'ai toujours envie de jeter par les fenêtres tout ce qu'ils me donnent... tout ce qu'ils ont... » J'approuve de la tête... « Oui, oui, je sais... » Nous avançons doucement, la main dans la main, le Petit Poucet et sa petite sœur qui cherchent leur chemin dans la forêt, nous retrouvons un à un les cailloux... « Tu sais comme je fais enrager maman par mon désordre, mon étourderie... je perds tout. Il n'y a pas longtemps que j'ai trouvé ce que c'était... un refus... une révolte... je ne veux pas de leur argent... de ce grappin qu'ils jettent sur moi... Maman s'en rend compte sûrement, sinon elle n'en ferait pas de tels drames... Je le leur ai dit, tu t'en souviens, quand il y a eu cette grande scène parce que j'avais perdu mon sac... Ils ont cru que j'étais folle. Eh bien, c'était vrai ce que je leur disais... Quand j'ai remis l'argent à Martereau, je savais qu'il le garderait. Je voulais qu'il le garde... J'ai fait exprès de ne pas parler de reçu... » Je l'interromps : « C'est probable... Seulement, je vais te dire plus... » nous sentons l'un et l'autre cette délicieuse titillation, cette volupté qu'on éprouve tandis qu'on descend, qu'on se laisse tomber toujours plus bas vers les tréfonds... « Je vais te dire... Même si tu avais voulu en parler, tu n'aurais pas pu... Martereau t'en empêchait . Martereau pressait sur nous de toutes ses forces... Un courant très fort sortant de lui nous maintenait... Nous ne pouvions pas lui demander, souviens-toi... »

Oui, nous pourrions passer, elle et moi, un bon moment. Mais ce serait du temps perdu, un gaspillage inutile, un vrai gâchis. Je peux tirer de ce petit trésor que j'ai découvert un profit bien plus important. J'ai pour lui meilleur acquéreur.

Cette fois, je crois bien que toutes les chances sont de mon côté, les risques d'échec à peu près nuls. Ma satisfaction, la conscience que j'ai de ma force rendent adroits tous mes mouvements. Mon oncle paraît content de me voir... il a son bon regard, gentiment moqueur et affectueux : « Tiens, te voilà, toi... Alors? Quoi de neuf? Qu'est-ce que tu as encore trouvé? Quoi de nouveau avec Martereau? » La joie me rend modeste, généreux : « Écoutez, mon oncle, c'est formidable : vous aviez cent fois raison. Je viens faire mon *mea culpa.* » Il lève très haut les sourcils, écarquille comiquement les yeux pour bien marquer sa surprise, son intérêt : « Ah? Ah? Il y a quelque chose de nouveau? — Non, rien de spécial. Seulement vous aviez raison; il n'y a qu'à réfléchir une minute, ça tombe sous le sens. » Sans hésiter, je choisis maintenant pour le convaincre la méthode qui convient. Il y en a deux qui s'offrent à moi, comme, pour certains problèmes, deux procédés : l'un par l'algèbre, l'autre par l'arithmétique. C'est l'arithmétique dont je me sers habituellement pour mon usage personnel. Pour lui, elle ne vaut rien :

toutes ces données concrètes, sensations, impressions vagues, réminiscences, pressentiments, fluides et courants, éveilleraient sa méfiance ou sa fureur. Seul le signe couramment admis, indiscutable, général, le convainc. Rien de plus facile que de l'employer. Le raisonnement se construit tout seul quand on connaît le résultat final : « Écoutez, ça tombe sous le sens... Il n'y a qu'à réfléchir une minute... Je ne sais pas ce que j'allais chercher : les faits sont là; il n'y a pas à tortiller. C'était clair comme de l'eau de roche depuis le début. Tout d'abord, il prend l'argent sans proposer de donner un reçu, mais ça, passe encore. Oui, enfin, je vous l'accorde, ce n'était pas correct, mais nous n'en avons pas demandé. Mais après : il déménage dans la maison; il s'installe comme chez lui, il y fait des frais, des réparations soi-disant assez coûteuses sans rien vous demander... comme ça... pour son propre compte... Et l'histoire de la lettre : il se vexe soi-disant parce que vous osez réclamer un reçu, mais en fait c'est toujours la même chose : il ne veut vous laisser entre les mains aucun papier. Surtout pas de preuves. Ni vu ni connu. Mais ça suffirait largement pour faire condamner un homme par n'importe quel tribunal. Et le tribunal aurait raison. Les faits : il n'y a que ça qui compte. Et les faits parlent. »

Je retrouve cette sécurité exquise que Martereau m'a toujours donnée. D'un fait à l'autre, la pensée se tend, nette, droite, le plus court chemin. Joignant l'un à l'autre des points exactement situés, elle trace un dessin qui a toute la précision d'une figure géométrique. Il suffit de le regarder : la définition s'impose. Aucun doute n'est possible.

Martereau est un filou. Mon oncle goûte comme moi l'instant. C'est celui, délicieux, où la démonstration aboutit, où le résultat se révèle juste à un millième près. Et c'est moi qui ai trouvé la solution : un enfant appliqué qui a bien su tirer parti des leçons de son maître. Il rit d'un rire heureux, il me donne une de ses bonnes grosses tapes amicales sur l'épaule : « Hé là... pas si vite, mon vieux... » Il est si content qu'il a envie de s'amuser un peu, de faire durer le plaisir, de me taquiner, peut-être veut-il, avant de m'accorder la mention, me poser encore une dernière colle... « pas si vite... Comme tu vas fort... Un filou : c'est un bien grand mot. Tu n'y vas pas de main morte, toi, dis donc, quand tu t'y mets. Non, n'exagérons rien... » Il doit trouver que je le gâte trop, que je suis vraiment trop généreux... c'est de la folie, voyons... il n'en demandait pas tant... Mais je le lui offre avec joie, je suis si heureux de donner, je le supplie d'accepter : « Si, si, je vous assure, c'est le mot. Martereau a machiné tout ça depuis le début. Je suis sûr qu'il était déjà de mèche avec le vendeur. Après, l'occasion était inespérée, il a sauté dessus. Je me suis laissé mener par le bout du nez. » Il est ravi, touché, son regard caresse mon visage, ses doigts me palpent le bras, il me pince affectueusement comme il fait à de très rares moments d'attendrissement... « Mais non, écoute, tout de même les choses ne sont pas si simples... » il veut rivaliser avec moi de générosité, me rendre la pareille, il est prêt à toutes les concessions. Les rôles sont intervertis, il prend celui que je tiens habituellement. Maintenant que nous sommes si près l'un de l'autre, qu'il est assuré de ma soumission, de mon respect, il peut se détendre, un peu, se laisser aller, me montrer qu'il est capable aussi, comme moi, de voir les demi-teintes, les nuances... « les choses ne sont pas si simples... Ah! ces jeunes gens, ils s'imaginent toujours qu'un abîme les sépare de la génération précédente, mais nous aussi, quoi qu'ils en pensent, nous comprenons tout ça, toutes leurs subtilités, leur "psychologie"... ça porte d'autres noms maintenant, voilà tout, mais les hommes n'ont pas changé, quoi qu'en disent tous leurs psychiatres à la mode... Moi aussi, j'ai quelque flair, je me suis frotté dans ma vie à pas mal de gens... tu as sûrement raison, en gros, mais ce n'est pas si simple que ça... Les gens ne sont pas tout d'une pièce. C'est un brave type, Martereau. Pas très fort. Pas très intelligent. Il n'a jamais bien réussi. Ils ont fait quelques économies en grattant, en rognant par-ci, par-là, toute leur vie, pour mettre un peu d'argent de côté... on est honnête, on triche bien un peu de temps en temps comme tout le monde, mais enfin, on serait mort sans avoir jamais commis d'indélicatesse flagrante... brave homme, bon père et bon époux... et puis voilà tout à coup l'occasion... pensez-vous... deux millions huit cent mille francs... qu'on vous remet comme ça, de la main à la main, sans exiger le moindre papier... alors que voulez-vous, c'est dur, hein, à lâcher, la tentation est trop forte... Vois-tu, mon petit, maintenant que nous en parlons à cœur ouvert... tu sais bien qu'avant il ne fallait pas qu'on y touche, vous ne juriez que par lui... » Il me semble que la tentation est trop forte pour lui aussi, il ne peut y tenir, la jeune chair douce est là, offerte, il n'y a qu'à étendre la main... je sens sur

moi son souffle brûlant... « Il ne fallait pas y
toucher... Martereau par-ci, Martereau par-là...
Mais moi il y a longtemps que je l'ai jugé, je le
connais depuis longtemps, votre Martereau, je
l'avais un peu perdu de vue, mais je sais, les gens
ne changent pas : c'est un touche-à-tout, il a
essayé tous les métiers... ça a toujours craqué, il y a
toujours eu quelque chose qui clochait... c'est un
paresseux, au fond, un faible... » J'éprouve, en
l'écoutant, une sorte d'émerveillement mêlé d'ef-
froi... « Eh oui, mon cher Martereau, croyez-moi,
il n'y a que ça pour réussir : taper sur le même clou,
n'avoir qu'une seule passion... » Son indignation,
sa fureur dans ces cas-là, quand nous voulons le
démasquer : « Qu'est-ce que c'est encore que cette
histoire-là ? Qu'est-ce que vous allez encore chercher ?... Mais est-ce que je sais, moi, s'il a changé
ou non de métier, votre Martereau... En voilà des
susceptibilités d'écorchés... » Il arrive à nous donner le change, à nous faire honte. Nous nous
sentons sales et vils d'avoir seulement osé soup-
çonner... Il s'est livré, cette fois. Il est démasqué.
Aucun doute n'est plus possible. C'était donc bien
ça. Et je me sens propre tout à coup, nettoyé : une
sensation de brûlure bienfaisante comme celle
qu'on éprouve quand on vous désinfecte une plaie.
Il est lancé maintenant, la bride est lâchée... « Oui,
c'est un paresseux, au fond, votre Martereau, un
raté... Mais j'ai cru qu'il était tout indiqué pour
me rendre ce petit service... je pensais qu'il serait
flatté. Je comptais le rémunérer plus tard... Il
devait bien se douter que je le récompenserais
d'une façon ou d'une autre... Mais il a voulu jouer
gros jeu... il paraît qu'il a un tempérament de

joueur... Tu savais ça, toi, que Martereau aimait jouer? Quand il allait au casino, on ne pouvait plus le tenir : un mouton devenu enragé. Sa femme l'a encore dit, le soir où j'ai dîné chez eux : autrefois il allait à Enghien tous les dimanches. Il jouait à la roulette... » Mon oncle est aux anges, il rit d'un rire fluet et aigu de vieillard... « Oui, oui, c'est un impulsif, votre Martereau, un passionné... »

Nous nous taisons brusquement... voici ma tante... Habillée pour sortir, gantée, fardée, elle se tient sur le seuil de la porte et nous considère d'un œil glacé, tandis que penauds, honteux, nous nous figeons comme des enfants qui se sentent pris en faute. Elle déteste entre nous ces rapprochements et cette gaieté louche, ces rires complices... Elle sent comme il se recroqueville déjà, rentre la tête dans les épaules, attendant le coup. Elle sait qu'elle peut le frapper : le moment est propice. Elle ne le ratera pas : « Encore? Ce n'est pas fini? Vous en êtes toujours à ça? Toujours Martereau? Mais mon pauvre ami, quand ça vous prend, vous ne pouvez plus vous arrêter. C'est une véritable manie... une idée fixe... méfiez-vous, à votre âge ça devient dangereux, vous commencez à radoter... c'est du gâtisme... » Une même chaleur nous inonde. Ses joues à lui rougissent encore à son âge comme celles d'un adolescent...

Tendre, faible, transi de froid, tendant sa main déformée aux portes des restaurants... les gamins lui jettent des pierres... elle l'a ridiculisé, déshonoré, ruiné... La face peinte, affublé d'oripeaux grotesques, elle le force chaque soir à faire le pitre, à crier cocorico sur l'estrade d'un beuglant sous les rires, les huées... La garce... elle relève sa jupe très haut et l'oblige à s'agenouiller devant elle pour lui enfiler ses bas... les collégiens se tordent de rire... le professeur Unrat... c'est lui... mon cœur saigne, j'ai envie de le rassurer, de le protéger... Ne craignez donc rien, mon oncle... Je vous emmène. Sortons d'ici. Voici mon bras.

V. (l'ère du soupçon) onwards

chap 7.

Nevew dans
l'hopital
— waiting
for xray
(Reality).

Le vrombissement sourdement angoissant des
appareils derrière les murs bourdonne dans mes
oreilles. La chaleur ouatée des salles d'opération,
des maisons de santé m'engourdit. Je suis là, oublié
depuis je ne sais plus combien de temps, affalé au
fond d'un fauteuil, la tête résonnante et vide,
comme à demi anesthésié. Il faudrait faire un
effort, se lever, sortir dans le couloir, appeler,
mais je ne bouge pas, je préfère attendre... ma
tante va venir, elle a insisté pour passer me
prendre, elle va arriver. Comme ces jeunes filles
d'autrefois qui, pour connaître leur avenir, s'as-
seyaient devant leur miroir entre deux rangées de
bougies et le regardaient fixement jusqu'à ce que
dans leur demi-sommeil, dans leur rêve, elles y
voient apparaître et s'avancer vers elles l'image
tant attendue de leur futur époux, je regarde
fixement à travers la vitre la porte en bois du
jardin, dans l'espoir de la voir surgir... Tirée à
quatre épingles, le visage lisse, serré, son visage
d'après-midi, elle s'avancera rapidement dans
l'allée, j'entendrai dans le couloir le bruit de ses
petits pas pressés... « Comment, vous n'êtes pas

encore passé ? Mais c'est fou, voyons, il faut réclamer, attendez un peu, je vais aller les secouer. »
Elle ira, toute droite et un peu raide sur ses hauts
talons, « secouer » les infirmières en train de bavarder au bout du couloir dans le petit bureau vitré :
« Mais mademoiselle, c'est insensé, il y a une
heure et demie que Monsieur attend pour se faire
radiographier... »

Enfin la petite porte en bois au bout de l'allée
— est-ce un rêve — s'entrouvre... c'est elle, je
reconnais son mantelet de fourrure et sa toque
de velours noir, mais comme elle se tient drôlement, elle tourne le dos, elle n'entre pas, elle se
tient le dos tourné, immobile, dans la porte
entr'ouverte... derrière elle il y a quelqu'un, une
grande silhouette sombre... elle recule d'un pas,
la silhouette s'avance... épaules carrées, visage
rose, chapeau de feutre à bords roulés... Martereau... il est venu aussi... ils vont entrer... mais elle
me tourne toujours le dos, on dirait qu'elle l'empêche d'avancer... il se penche, son menton
effleure la toque de velours noir, il se redresse
comme tiré en arrière, et elle referme la porte sur
lui.

Elle avance toute seule dans l'allée, tirée à
quatre épingles, le visage lisse, serré... j'entends
dans le couloir le bruit de ses pas pressés, elle
court presque, elle ouvre la porte du salon d'attente... « C'est affreux... je suis très en retard...
Comment, vous n'êtes pas encore passé, mais vous
serez là demain si vous ne dites rien... Attendez un
peu, je vais aller les secouer... »

Les mots que j'attendais résonnent drôlement.

Ils sont irréels, lointains comme les voix des gens qu'on entend au moment où l'on s'endort.

Ils flottent entre elle et moi, aussi différents des mots qu'elle prononce d'ordinaire et que je peux sans trop de difficulté suivre en elle jusqu'à l'endroit où ils prennent naissance, que sont différents des arbres solidement plantés dont les racines plongent loin dans le sol, ces branchages arrachés dont les armées se servent pour se camoufler.

Un camouflage — rien d'autre, ces mots, cette voix — qu'elle interpose entre elle et moi pour que je ne la voie pas, derrière lequel elle m'observe, invisible, redoutable, d'où par des ondes puissantes elle dirige tous mes mouvements. J'obéis. Ma voix a comme la sienne une sonorité étrange : « Oh oui, je vous en prie, je suis si fatigué, je me suis assoupi un peu, je n'ai pas le courage de bouger. Dites-leur que j'étais inscrit pour trois heures. Ils ont dû oublier... »

Le bruit régulier de ses petits pas sur le linoléum du couloir a un ton implacable qui signifie : pas d'histoires, je vous en prie; pas de rêveries à dormir debout; redescendez sur terre; un peu de tenue — ils me disent cela. Elle revient : « Allons, vous allez passer tout de suite. Dépêchez-vous. »

Martereau a donc accompli ce tour de force : il nous a saisis de sa poigne solide et nous a tirés au grand air, hors de notre mare stagnante. Cela peut donc se produire chez nous aussi — de vrais, de larges mouvements. Pas nos flageolements habituels, innommables, à peine décelables, nos pâles miroitements, mais quelque chose de fort, de net, de bien visible : une vraie action. Quelque chose que chacun aussitôt reconnaît et nomme : un adultère...

Mais moi, tant l'habitude du grand air et de la lumière me manque, il me semble encore tout le temps que cela ne nous arrive pas pour de bon : je suis comme ces voyageurs sophistiqués qui, visitant des contrées lointaines, voyant pour la première fois des Esquimaux dans leurs igloos ou bien la foule arabe, presque un peu trop pittoresque à leur goût, les femmes voilées, les hommes coiffés de turbans, vêtus de burnous, les conteurs publics, les porteurs d'eau, les charmeurs de serpents, ont l'impression d'assister à un spectacle de l'Opéra ou du Châtelet. Il m'avait semblé ce jour-là, à la clinique, que ce n'était pas tout à fait réel, cette apparition, dans la porte du jardin, de ma tante et de Martereau : un peu trop scénique.

Et depuis, cela continue. C'est vraiment comme au théâtre. Nous sommes des acteurs en train de jouer. Autour de nous, dans l'obscurité, un public silencieux nous regarde et veut savoir ce qui va arriver.

La scène : un salon bourgeois. Le soir, après le dîner. A gauche, près de la cheminée, assis dans un grand fauteuil, en train de lire son journal — le mari (mon oncle). A une table, sous la lampe, enveloppée dans un châle, la tête appuyée sur une main, de l'autre main tenant une carte en l'air — sa femme (ma tante). Auprès d'elle : leur jeune neveu (c'est moi) la regarde faire sa réussite et, dans son impatience, déplace une carte de temps en temps. Silence. Exclamations étouffées autour de la table de jeu. Froissements agacés du journal. Soudain le mari jette son journal, se lève. Il traverse la pièce et va se planter devant les joueurs.

Le mari : « Lâchez donc ça cinq minutes, vous voulez ? J'ai quelque chose d'important à vous dire. »

(La femme, les yeux toujours baissés sur son jeu, ne dit rien, déplace une carte.)

Le mari (d'une voix sifflante) : « Écoute donc, veux-tu, je t'assure que c'est un peu plus intéressant... » Elle, douce : « Mais j'écoute très bien. — Eh bien, j'ai eu un coup de téléphone de Martereau. En réponse à ma lettre. Il était temps. Écoutez, ça vaut son poids d'or : la maison, il ne sait pas encore s'il peut la rendre en ce moment. Sa femme et lui ont besoin de bon air, ça dépendra de l'avis du médecin. Pour les frais, il ne sait pas. Je lui demande de me dire à peu près, *grosso modo*... il a bien des factures, des devis... Des factures ! Il a vu rouge. Je me permets de lui parler de factures ! Je le prends pour qui ? Pour mon entrepreneur ? Mon intendant ? J'ai vu rouge alors, moi aussi. Je lui ai crié : Et vous, pour qui me prenez-vous ? Pour un crétin ? Vous croyez que je ne comprends pas pourquoi vous ne m'écrivez pas ? Vous avez peur de me fournir des preuves : pas un papier, hein, entre nous... Alors là, il m'a sorti quelque chose... » Il saisit le bras du neveu : « Tu sais, mon petit, ce qu'il m'a dit ? Vous savez ce qu'il m'a répondu ? » Sa femme du coup le regarde : « Eh bien, il m'a dit : Ah ! vous y voilà. Enfin, vous l'avez sorti. Moi non plus je ne suis pas un crétin. Il y a longtemps que j'ai compris.

Je sais. Je sais ce que vous racontez — la femme et le neveu font un mouvement — je sais ce que vous dites de moi... que j'ai tout manigancé depuis le début, que c'est exprès que je n'ai pas donné de reçu... Je le sais, ne niez pas, c'est inutile. Vous m'attribuez Dieu sait quelles vilenies, vous me couvrez de boue... » Silence. La femme et le neveu restent immobiles, comme pétrifiés. Le mari, les mains derrière le dos, se met à arpenter la scène de long en large. Sa voix a baissé d'un ton : « La maison, l'argent, je m'en fiche, vous le savez bien. Il y a une chose que je veux savoir... » Il s'arrête devant eux, il regarde sa femme rapidement et puis plante son regard dans les yeux de son neveu : « Je veux savoir qui trahit ici. » Sa voix monte : « Qui va raconter au-dehors ce qu'on dit dans la maison, ce qui se passe ici, chez moi ? Hein ? Qui fait ça ? » Silence. La salle, dans l'ombre, attend. Je pâlis. Je me dresse. Je sais que mon rôle me commande de regarder ma tante, mais c'est trop fort pour moi; même ici, au grand air, parmi les vastes mouvements, je ne peux pas... Je parle d'une voix tremblante : « Il y a une chose que je vous jure, mon oncle, je vous en donne ma parole d'honneur : je n'ai pas dit un mot de tout ça à Martereau. » Mon oncle me regarde et puis il va se rasseoir dans son fauteuil. Toute son excitation est tombée. Sa voix est fatiguée : « Alors, comment a-t-il su ? » Silence. Tous les regards sont fixés sur ma tante et sur moi, assis sous la clarté de la lampe. Ma tante a baissé les yeux sur son jeu de patience. Pensive, elle soulève une carte. Elle tient une carte en l'air et dit d'une voix très douce : « Maintenant que tu t'es un peu calmé, je peux peut-être dire un mot. Quand tu t'excites, c'est inutile de t'expliquer, tu n'écoutes pas. Tu lui as toi-même demandé un reçu, tu lui as écrit, tu as envoyé ce petit... Comment veux-tu qu'il ne comprenne pas ce que tu penses. Tu crois toujours les gens plus bêtes qu'ils ne sont. Il a voulu t'impressionner, alors il t'a dit qu'il savait. Et tu as marché tout de suite. Tu as été accuser ce petit... Vraiment, quand tu t'y mets... » Mon oncle a l'air las, comme vidé et aussi comme un peu honteux. Il fait un geste agacé de la main pour la faire taire comme on chasse une mouche. Il reprend son journal. Je me lève alors d'un air digne : « Si vous n'avez rien d'autre à me dire, je crois que je vais aller me coucher. » Je fais un petit salut de la tête et sors. Après mon départ, ils restent encore quelques instants, assis chacun à sa place en silence, elle continuant sa réussite, lui replongé dans son journal. Et puis le rideau tombe.

Mais je ne peux pas me maintenir longtemps hors de mon élément : la lumière m'aveugle, l'air me fait mal, le grand mouvement m'étourdit. Aussitôt revenu derrière les coulisses, seul dans ma chambre, j'aspire à redescendre vers les molles vases putrides qui frémissent au fond des eaux stagnantes. Très vite, cela me reprend...

« Taper sur le même clou... croyez-moi, mon cher Martereau, il n'y a que ça... » et moi oscillant entre eux, liane, algue tremblante, porté de l'un à l'autre, me collant à chacun d'eux tour à tour, voulant maintenir mon oncle ou protéger Martereau... Comme Martereau devait s'amuser de mes tentatives maladroites, affolées...

La dame à la licorne, la statuette de Tanagra, la petite fée... Mariée si jeune, presque une enfant... Regards pensifs dans le lointain tandis qu'assis près d'elle sur la banquette d'un café, à une table de salon de thé, il la contemple. Il presse ses doigts fluets. Soupirs. Confidences. Larmes essuyées discrètement avec le coin du minuscule mouchoir... « Ah! si vous saviez... J'ai passé des nuits à pleurer... Il peut être d'une dureté... on serait en train de mourir à côté de lui qu'il ne s'en apercevrait pas... il n'y a que lui qui compte. Imbu de lui-même. Bouffi de vanité : Moi. Moi... » Martereau écoute, compatissant, attendri, un peu gêné par moments de s'introduire ainsi, d'écouter aux portes; mais les femmes ne sentent pas ces choses-là de la même façon... C'est délicieux pourtant, ce rôle qu'elle lui fait jouer, qu'elle a choisi pour lui : le chevalier, le protecteur des faibles, le juste. Compréhensif, délicat et fort. Généreux envers le rival vaincu qu'elle traîne devant lui pieds nus, enchaîné...

C'était par moments un peu gênant, trop grotesque, mais le spectacle en valait la peine, c'était vraiment curieux, une magnifique exhibition, une représentation de choix. Martereau s'amusait beaucoup. C'était vraiment étonnant, trop beau, là aussi, pour être vrai, tant mon oncle ce jour-là se surpassait : on aurait dit qu'il s'efforçait de faire de son mieux pour ressembler parfaitement au portrait qu'elle avait peint; fasciné qu'il était probablement, comme cela arrive aux gens nerveux, par cette image de lui-même qu'il voyait en Martereau, exécutant docilement les mouvements que dirigeait en Martereau une baguette invisible. Martereau avait envie de crier bravo! tant le portrait était ressemblant (les femmes possèdent souvent ce don, ce coup d'œil lucide, impitoyable), il avait envie d'applaudir. Assis sur les gradins, confortablement installé sur les coussins, l'air indulgent, amusé (j'admirais tant chez lui cet air-là), il regardait l'autre à ses pieds dans la poussière de la piste, sous le feu des projecteurs, faisant le clown, se frappant la poitrine, l'invectivant : « Regardez-moi, moi, moi je sais ce que c'est que trimer, je vous en réponds, je sais ce que c'est que travailler, j'ai fait la journée de douze heures, moi, oui monsieur, j'arrivais en même temps que les ouvriers... J'ai travaillé toute ma vie... Taper sur le même clou... voilà le secret... » Les mains croisées devant lui, un peu renversé en arrière, Martereau l'observe : fruste, grossier, n'aimant pas perdre son temps à des subtilités : dès qu'un homme a franchi la porte de son bureau, en un clin d'œil il l'a jugé, il sait qui il est, ce qu'il lui faut... Maintenant, il croit que c'est cela qu'il faut lui servir, à lui, Martereau, pour le subjuguer, pour l'écraser... Une petite femme comme elle, fragile petit oiseau des îles, s'étiole auprès d'un homme comme lui... plantes de serre délicates, elles ont besoin pour s'épanouir d'un peu de tendresse, de chaleur, de petites attentions, de câlineries... Comme elle est touchante en ce moment, c'est émouvant de la voir ici, dans l'antre du dragon... douce proie... oiselet effrayé... c'est pour lui qu'elle tremble, il le sent, tandis que l'autre se rapproche, cherche l'endroit vulnérable... il a envie de la rassurer, qu'elle ne craigne rien, il est fort, très sûr de lui. Tous ces mots dont l'autre l'arrose ne sont que des douilles vides, des bombes désamorcées... Assis l'un auprès de l'autre dans les cafés, aux tables des salons de thé, ils les ont vidés de leur contenu : une substance devenue inoffensive qu'ils ont tournée entre leurs doigts, examinée à la lumière, classée...

Martereau sourit comme le psychiatre qui écoute d'un air satisfait les insultes que lui lance le malade et qui révèlent son état, caractérisent son cas. Il a envie de se tourner vers elle, son assistant, et de lui dire : « Mais mon petit, je vous félicite, votre observation était très bonne. Votre diagnostic excellent. C'est vraiment parfait. »

Son rire quand elle parle au chauffeur, au coiffeur, un petit rire qu'elle a, comme une sorte de ricanement, saccadé, aigu, glacé, et ses questions comme des chatouilles, des caresses à rebrousse-poil, des pinçons légers qui agacent, excitent... « Vous aimez danser, Julien ? hn, hn, vous dansez bien ? Vous allez souvent au bal ? A Montmartre ? Qu'est-ce que vous dansez ? le tango ? ma danse préférée... Mais si, mais si, vous êtes trop modeste, vous devez très bien danser... hn, hn... vos danseuses sont sûrement de mon avis... » et ce feu follet au fond de ses yeux qui se dilatent tout à coup, pâlissent... Non, ils n'iront pas dans un café, quelle idée, elle veut aller dans un salon de thé, chez Poiré, chez Colombin... « Vous ne connaissez pas Colombin ? Mais mon cher, vous ne connaissez donc rien... hn, hn... Vous n'avez jamais de votre vie invité une jolie femme à prendre le thé chez Colombin? Je vais vous débaucher, hn, hn... Vous verrez, c'est l'endroit à Paris où l'on boit le meilleur thé, où l'on mange les meilleurs gâteaux... Il faut apprendre à être gourmand, hn, hn... » Exquise odeur fraîche de son parfum, de sa fourrure, douceur de sa fourrure, de sa peau... Martereau baise le frêle poignet, la main minuscule gantée de suède fin... Mais ou elle voudra, bien sûr... il la suivra au bout du monde... Elle adore cela, quand elle est avec lui, se sentir ainsi, la grande dame gâtée, capricieuse, fantasque, et lui admiratif, soumis... Madame Récamier devant le petit ramoneur, bonne fée dispensatrice de moments exceptionnels, transformant d'un geste gracieux de sa baguette magique une morne vie. Tout cela il le sent très bien, il le perçoit parfaitement : cela se dépose quelque part au fond de lui, une fine poussière impalpable, un mince sédiment... rien qui affleure, il ne le laisse pas affleurer... il faut profiter de l'instant, elle l'aime, il le sait bien, il est amusé, ravi, il se laisse faire, il baisse la tête docilement quand, avant d'entrer, elle lui passe la main dans les cheveux, chuchote... « Attendez un instant... » elle ébouriffe une mèche sur son front... là... elle n'aime pas ce cran, les cheveux en brosse lui iraient bien, il suffirait de si peu de chose — elle sait exactement ce qu'il lui faudrait — pour qu'il ait vraiment beaucoup d'allure, de la branche... elle aime cela, rogner, modeler, couper sur ces patrons qu'elle a dans la tête... « Allez vite choisir les gâteaux, je vous fais confiance, ils sont tous délicieux... » Tandis qu'il avance entre les tables parmi les chuchotements, les pépiements, les froufroutements, il sent comme elle appuie sur son dos son regard perçant, minutieux, un regard auquel rien n'échappe : l'épaule droite plus haute que l'autre, la nuque mal taillée, la coupe un peu douteuse du veston... elle le force à avancer, à petits coups dans le dos... allons, allons... grotesquement accoutré, criant cocorico, au milieu des rires, des huées... La pelle à gâteaux à la main, l'air résigné, distant, la serveuse, une pimbêche aux façons hautaines et distinguées, attend... Il se sent ridicule d'hésiter longtemps, il a l'air de lésiner, la serveuse qui l'a jaugé d'un coup d'œil doit penser qu'il trouve les prix exorbitants... Quand il revient vers leur table avec son assiette chargée de gâteaux, elle lève vers lui un regard amusé, attendri... « Mais vous êtes fou, mon chéri, mais vous en avez pris pour tout un régiment... »

Ce n'est rien, tout cela, le plus fin dépôt, un mince sédiment invisible, mais qui reste en lui, que rien n'altère, et qui peut affleurer tout à coup. Dangereux comme ces éruptions différées qui rendent plus malignes certaines fièvres.

Tout cela, ces jeux, ces rires aguicheurs, ces regards pointus, ces sourires, Madame Récamier et le petit ramoneur, la bonne fée, tout cela, mon oncle le connaît. Cela s'est rassemblé en lui petit à petit — un seul bloc compact, un seul corps composé dont il n'a jamais songé, peut-être avait-il peur, à séparer et à examiner tous les éléments — c'est là en lui aussi, tandis qu'il s'avance, agressif, outrecuidant, se frappe la poitrine : « Moi, moi j'ai travaillé toute ma vie... Je n'ai jamais compté que sur moi... Taper sur le même clou, mon cher Martereau, croyez-moi, il n'y a que ça... » Il sait parfaitement bien, tandis qu'il s'avance, qu'il n'est pas le vaincu pitoyable qu'on amène devant son rival triomphant : il est le chevalier revêtu de sa plus belle armure qui entre dans la lice sous les yeux de sa dame dont il porte les couleurs. Ils ont, il le sait, elle et lui, les mêmes couleurs, le même blason. Elle admire en lui son courage, son adresse, son audace orgueilleuse, sa puissance. Un lien indestructible les unit. Les autres — de simples passe-temps, des jouets, de pauvres bouffons. C'est cela qu'il crie maintenant et qu'elle entend tandis qu'il s'avance dans la lice, brandissant ses armes. Même moi, quand je veux le retenir, m'interposer, je ne peux m'empêcher de l'admirer : c'est de sa trop grande force qu'il ne sait pas très bien manier que nous avons peur. Nous avons honte de voir Martereau terrassé brutalement, humilié, nous demandons grâce...

Ce cri de guerre, ce chant de victoire, Martereau aussi l'entend. Ce n'est pas le clown grotesque qu'il voit s'exhibant dans la poussière de la piste, l'ennemi captif, traîné dans l'arène devant lui — ou peut-être voit-il cela aussi, en même temps, comme en surimpression, c'est une chose qui arrive assez souvent, qu'on perçoive d'un même objet, à la fois plusieurs images très différentes — ce qu'il voit, c'est un adversaire puissant, armé jusqu'aux dents, qui parade dans la lice devant une assistance admirative et un peu effrayée, qui fonce sur lui, qui frappe... « Taper sur le même clou, mon cher Martereau, croyez-moi, quand on veut réussir il n'y a que ça... » Il est adroit, il sait viser juste. Exactement au bon endroit, là où cela s'est déposé, où cela s'est amassé peu à peu, le sédiment qu'ont laissé en Martereau les jeux, les goûters fins, les regards qu'elle appuyait sur son dos tandis qu'elle le forçait à avancer parmi les rires, les chuchotements... ses sourires devant les assiettes chargées de gâteaux, devant les trop grands pourboires... et tant d'autres choses... certaines, qui forment parfois le plus solide dépôt, plus infimes encore, à peine décelables... Sous les coups qui lui sont portés, tout cela, qui était enfoui, se dégage, est ramené au jour. Martereau le voit clairement. Il sait qu'il est seul, en territoire ennemi, abandonné, trahi. Elle est du côté de l'adversaire, de la même espèce que lui, du même sang. Ils ont la même devise, les mêmes armes. Il y a toujours eu entre eux, malgré tous les soupirs, les confidences et les pleurnicheries, une connivence secrète, un pacte. Lui, Martereau n'est rien — un amusement. Même moi, il sent qu'au fond je suis de leur côté — tel oncle, tel neveu — tous la même engeance.

Vraiment ma naïveté m'attendrit, ma stupidité, quand je me rappelle comment, au moment où Martereau, ayant réussi à sauver la face, se retirait avec dignité, je l'ai suivi... j'étais si inquiet, je voulais qu'il me dise... n'avait-il pas eu trop mal ?... qu'il me rassure... Avec quelle répulsion il devait observer mes mouvements, quand je rampais vers lui avec précaution, essayais de me rapprocher pour examiner ses plaies... « Dites-moi, monsieur Martereau, franchement, mon oncle, quel effet est-ce qu'il vous fait? »... pour le soulager, le consoler, lui montrer comme je suis moi aussi logé à la même enseigne... tout endolori moi aussi, couvert d'ecchymoses, de cicatrices... me serrer contre lui, nous blottir l'un contre l'autre, nous tenir chaud... Ah! non, pas ça, il n'en veut pas, il ne veut pas de cette promiscuité dégradante, de cette complicité d'humiliés et d'offensés. Il s'est raidi devant le contact répugnant. Il a fait le mort.

Il m'a forcé à garder mes distances. Il m'a signifié qu'il n'y avait rien de commun entre nous, qu'il n'était pas de mon bord.

A dire vrai, je pense — et il pensait aussi probablement — que s'il lui fallait choisir entre nous, c'est peut-être encore mon oncle qu'il choisirait; il serait, comme elle, comme moi, du côté du plus fort : mon oncle lui répugne moins que nous, les révoltés impuissants, les pleurnicheurs, les lâches parasites, les profiteurs...

Cette lueur satisfaite au fond de ses yeux quand il me regardait, assis devant lui sur le strapontin, gigoter et me débattre comiquement dans le poing de mon oncle... « Elle est en meulière, la maison? »... et quand mon oncle me serrait plus fort, me faisait tourner en tous sens devant ses yeux amusés... « Mais regardez-le donc, mon cher Martereau, ah! mais c'est que vous ne le connaissez pas... la meulière, vous ne savez pas ça, c'est notre bête noire... C'est la chaumière qu'il nous faut, le vieux château... »

Un saint n'y résisterait pas, la tentation est trop grande. Martereau n'a pas pu y tenir... les

victimes apeurées, les enfants martyrs éveillent
ainsi, chez d'autres que leurs tortionnaires habituels, de tels mouvements... Martereau n'a pas pu
résister le jour où nous nous sommes présentés
devant lui, tendres petits cochons, apportant l'argent, quand nous nous trémoussions devant lui,
ma cousine et moi, tout frétillants et minaudants...
Je me souviens comme il l'a regardée : une carica-
ture de la mère, coquette, mijaurée... « ah! Monsieur Martereau, je l'adore, na, c'est mon grand
béguin, il est si beau... » mais plus insensible au
fond que la mère, lourde, molle, inerte... il n'a pas
pu résister... Elle était une proie offerte, elle était
l'otage en son pouvoir, l'effigie en cire de la mère
qu'il tenait dans le creux de sa main... L'occasion
s'offrait à lui d'une délicieuse vengeance, d'une
revanche pour les petits jeux, pour les rires glacés,
les regards amusés, les dressages de chien savant
— il l'a regardée dans les yeux en souriant et elle a
flageolé sous son regard, toute molle, rougissante...
Il a levé son doigt, il l'a agité devant son nez, et il a
chanté d'une voix de fausset... *J'ai mal à la tê-te-*
sa-vez-vous-pour-quoi? Parc'-que-ma-grand-mè-re m'a
don-né le fouet...

Et quelle revanche pour lui, maintenant que j'y
repense, quelle jouissance, quand il nous condui-
sait vers la maison. Nous formions, avançant dans
l'allée, une petite troupe étrange. Je n'étais pas,
comme il m'avait semblé, semblable au héros du
Procès conduit par les « Messieurs ». Je n'étais
pas seul : la petite princesse lointaine, Madame
Récamier, la bonne fée, marchait auprès de moi.
Martereau, qui nous poussait en avant, fermait

la marche. Le clown grotesque, le redoutable chevalier, était parmi les prisonniers, mais promu par Martereau au rang de surveillant. Il faisait du zèle, veillait au bon ordre, remettait au pas les récalcitrants. Martereau lui réservait un sort assez semblable au nôtre. Mais lui, étourdi, insouciant, rassuré de se trouver du côté du plus fort, enivré de son éphémère et dérisoire puissance, se gaussait de ses compagnons, cherchait à amuser Martereau à nos dépens, nous montrait du doigt en ricanant... « Les voyez-vous ? Mais regardez-les donc... c'est que vous ne les connaissez pas... Moi je les connais... la meulière, voyez-vous cela, ça nous soulève le cœur, nous sommes si raffinés, si délicats... c'est le vieux château romantique qu'il nous faut, nous rêvons à la vieille chaumière. » Vêtus d'un même uniforme rayé, la tête rasée, enchaînés l'un à l'autre, nous marchions en silence. Martereau la contemplait, avançant tête basse auprès de moi. Qui la reconnaîtrait, la princesse, la reine détrônée, la femme Capet qu'on conduit sous les quolibets de la foule du palais des Tuileries au Temple... Finis les bals, les fêtes nocturnes, les jets d'eau, les rendez-vous galants, les jeux champêtres, allons, princesse, pas de simagrées... comme on frissonne, comme on regarde autour de soi d'un air effarouché... allons, en avant, ce n'est pas le moment de faire la délicate, la mijaurée, il faut payer, il faut refaire maintenant dans l'allée de gravier, sous les affreux arceaux d'où pendent des roses pompon, le chemin qu'elle s'était amusée à lui faire parcourir au milieu des sourires, des chuchotements, grotesquement empressé, l'assiette chargée de gâteaux à la main... Assez de grimaces, ma

belle. Voici la terrasse en ciment. Les papiers du
salon sont en parfait état. Aucune humidité. Vous
n'aurez pas besoin de les changer. Le propriétaire
serait disposé à vous laisser à bas prix quelques
meubles : le cosy — rien de plus pratique — divan
dans la journée, pour la nuit, un lit. Le buffet
Henri II, la chambre à coucher en pitchpin... Que
dites-vous ? Mais nous ne disons rien. Mon oncle
approuve de la tête et nous regarde, très satisfait
de nous voir si bien matés et mis au pas.

Martereau devait être aux anges. Quelle aubaine, quelle chance inespérée de les tenir là tous
les trois, venus d'eux-mêmes se remettre innocemment entre ses mains. Le clown, le matamore,
le grand conquérant bouffi d'orgueil s'est fait son
serviteur empressé, heureux lui aussi de la voir
matée, de lui faire payer pour tout ce qu'il a dû
lui aussi subir, les dressages — Cocorico ! Ma
chérie, excusez-moi... quand on se lève de table au
milieu du repas — les airs d'initiés, mystérieux,
distants qu'ils prennent devant lui — elle et le
petit greluchon délicat — devant lui, le béotien,
tout juste bon à leur apporter de l'argent, il doit en
avoir lourd sur le cœur, lui aussi, il se venge :
« Bien sûr qu'on l'achètera, ce cosy, et comment !
Bien sûr que c'est très pratique. Ils s'en accommo-
deront, on leur fera passer leurs rêvasseries de
désœuvrés, leurs aspirations poétiques, mon cher
Martereau, vous pouvez compter sur moi... » Martereau y compte. Mais le serviteur empressé aura
son tour, comme ces tueurs que supprime, une fois
le coup accompli, le chef de bande. On lui ôtera
l'envie de donner des leçons : « L'argent, mon
cher Martereau, vous me croirez si vous voulez,

mais pour moi ça n'a jamais compté...» Taper sur le
même clou, n'avoir qu'une seule passion et l'argent viendra après, tout seul, plus qu'on n'en voulait... — Ouais, à qui le dites-vous? Avec la guerre,
mon petit monsieur, ça vous ne le dites pas. En
spéculant... La chance — votre plus grand mérite...
une veine éhontée. Vous n'avez jamais connu la
nécessité. Les travaux assommants. La recherche,
votre seule passion, voyez-vous ça... On a toujours
joué, toujours plané au-dessus des petits calculs
sordides, des bas intérêts... Un coup de téléphone
donné au bon moment peut rapporter davantage
que vingt ans d'efforts obscurs, de privations... On
joue toujours, on s'amuse. Cette maison — le dernier jouet, le nouveau hobby, un caprice passager,
une simple spéculation... Mais ne joue pas qui
l'on croit. C'est lui, Martereau, cette fois, qui
mène le jeu, vous êtes le pion qu'il pousse. Il vous
voit et vous ne le voyez pas. Il vous mène, allons,
par ici, à la cave, vous allez voir les nouvelles
chaudières, un nouveau système très curieux,
regardez les robinets, les manettes, amusez-vous,
pauvres débiles, enfants gâtés, lui une affaire
importante l'appelle, le vendeur l'attend... Il
s'agit maintenant entre hommes — vous êtes
exclu — de débattre du bénéfice, de la commission,
du prix qu'on vous fera payer.

Il s'en était douté, il l'avait pressenti aussitôt
franchi le seuil de la maison, dès qu'il avait
entendu le bruit des voix venant du salon, aperçu
par la porte ouverte de la cuisine le service à thé
préparé sur le plateau et la bouilloire — sa femme
avait dû l'oublier sur le feu depuis une heure, l'eau

débordait... C'était bien ça — il en était sûr — c'était bien moi qui étais là... c'était pour moi tout ça, pour le petit greluchon, l'enfant gâté, chéri, pourri, de sa tante, de son oncle... envoyé pour l'espionner, pour essayer de « le faire marcher »... et elle, bien sûr, s'empresse, tout sourires, sémillante, rougissante, « ne me regardez pas, j'étais en train de nettoyer, ne regardez pas mes mains, mon tablier »... pensez donc, quel honneur, que ne ferions-nous pas, de petites gens comme nous, de pauvres métayers, quand le fils du châtelain, le jeune seigneur... mais elle se mettrait en quatre, elle court... « si, si, vous ne refuserez pas, vous prendrez bien une tasse de thé, j'en ai pour une seconde »... elle se dépêche, il ne faut pas le laisser seul trop longtemps, vite, elle remplit la bouilloire jusqu'aux bords, le quart pour deux serait suffisant, mais plutôt trop que pas assez, elle n'a pas le temps de calculer, qu'importe, elle est pressée d'aller le retrouver, il faut se dépêcher, avant le retour de son ogre de mari, de se plaindre, de le rassurer : « Ah! je comprends très bien, j'en souffre tant, moi aussi, si vous saviez... mais prenez patience comme moi, il y viendra, croyez-moi, vous aurez votre maison... seulement il faut être prudent, il n'aurait pas fallu le froisser, il est si susceptible... » qu'ils ne craignent rien, ils auront tout ce qu'ils voudront, elle s'en charge, ils peuvent dormir tranquilles... l'eau coule, inondant le fourneau, le gaz brûle, elle s'en moque, il s'agit bien de ça... mais elle leur donnerait toute l'eau de la Seine si cela pouvait leur faire plaisir, elle leur donnerait sa chemise pour gagner leurs bonnes grâces, pour qu'ils aient bonne opinion d'elle, de lui, « Mon mari a bien des défauts, mais ça, pour l'honnêteté », pour qu'ils aient toute satisfaction, pour les servir, en bons domestiques dévoués, prêts à sacrifier leurs économies quand il s'agit de sauver la fortune de leurs maîtres menacée par de malheureuses spéculations... une chaleur l'inonde : un homme de paille... un instant ils ont osé croire cela... bien sûr, tout de suite, mais comment donc, à votre disposition, mais c'est trop d'honneur, flatté — ils ont cru cela — par leur confiance, leurs confidences, ces os qu'ils jettent aux gens... éperdu, se dépêchant comme elle, les bras chargés de gâteaux, de bouteilles, la bousculant, « tu n'es pas encore prête, il va venir, dépêche-toi d'aller te changer »... elle, obtuse, docile, inerte, exaspérante comme un objet, une chose inanimée, elle continue les mêmes gestes comme un jouet mécanique qu'il a remonté, on ne peut plus l'arrêter, impossible de lui expliquer cela, Colombin, la petite fée, et lui courant avec l'assiette pleine de gâteaux à des prix insensés, — elle lèverait les bras... est-ce Dieu possible ? — jetant des pourboires ridicules, faisant le pitre... Cocorico !... aveugle, butée, idiote, elle le maintient, le force à continuer : Allons, courbettes ! Mais souris donc ! tu n'as pas vu qui est là ? Qui est venu nous voir ? Mais c'est fini. La fête est finie. Finie la danse. Assez joué, assez ri. Bas les masques. Il est chez lui ici. Finis les simagrées, les thés, les dîners fins, pas un regard pour le petit monsieur, tant pis si ce qu'il voit n'est pas de son goût, répugne à son odorat délicat, à son sens esthétique si fin, ils sont si épris, ma chère, « d'allure », de bonnes manières. Ils vont voir. Il regarde sa femme — sa voix est froide, sifflante : « Tu as oublié la bouilloire sur le gaz, l'eau débordait. J'ai éteint. Tu l'avais remplie pour un régiment. » Finis les comédies, les coquetteries, les fards — il est comme il est... Nous ne sommes pas riches, nous, mon petit ami, l'argent ne nous tombe pas du ciel à nous, nous trimons, ce n'est pas beau, la pauvreté, vous saurez cela, sordide comme vous dites... ma femme se tue au travail ici, elle est souffrante... Il est le maître ici, il est chez lui... l'otage est venu de son plein gré se remettre entre ses mains... il me repousse, il m'envoie rouler dans un coin, il lève son pied : « Oh, vous, mon petit, vous savez comment on l'appelle, votre maladie ? »... tout recroquevillé, les yeux levés, j'attends... un pied immense de géant, une énorme semelle cloutée... Mais il ne m'écrasera pas. Juste un coup pas fort, un saint n'y résisterait pas, mais il se retient. Il me laisse partir, il me pousse dehors... allons, qu'il file, qu'il coure ventre à terre rapporter le morceau... ensemble ils vont renifler de tous côtés, tourner et retourner, déchiqueter, mastiquer, se repaître sans fin... ses deux mains puissantes nous serrent la nuque, nous frottent le nez l'un contre l'autre... allez-y donc, allez... « rendra, ne rendra pas... tu t'es laissé rouler, tu as agi comme un enfant, il savait ce qu'il faisait depuis le début... c'est vous qui l'avez vexé »... des fourmis qui s'agitent au creux de son énorme main... les téméraires petits cochons qui font des agaceries au loup... immobile et doux, pour ne pas nous effrayer, il nous laissait approcher, plus près encore, n'ayez pas peur... il laissait mon oncle renifler, enfoncer ses dents... il me laissait ramper vers lui, tout tremblant : « Avez-vous eu mal, monsieur Martereau ? Rassurez-moi, j'ai eu si peur... » Voyez-vous ça, le petit délicat, ses nerfs fragiles ne supportent pas la vue du sang... il nous voyait venir, il prévoyait, observait tous nos mouvements... les regards qui se perdent dans le lointain, les airs pensifs, la femme chère, goûters fins, petits gâteaux, petits triomphes, oh! tout ça pour deux, chéri, mais vous êtes fou... coups d'œil amusés sur le pourboire... Rira bien qui rira le dernier... Maintenant ça suffit. Fini. Rappel à l'ordre : la limite qu'il a tracée d'avance à nos ébats ne doit pas être franchie. A vos places. Fixe. Regardez-moi bien... je souris un peu de travers... Allons, risette, mieux que ça... Ses doigts chauds chatouillent mon cou, palpent avidement mon foulard, ses dents d'ogre luisent. Ses yeux... sa voix se mouille, chaude, brûlante... « c'est votre tante, dites, c'est votre tante qui vous a tricoté ça? » l'homme surgit de derrière un arbre, la fillette rougissante recule et baisse les yeux... « c'est votre tante, elle aime tricoter, votre tante, elle tricote bien, votre tante, ça l'occupe, hein, elle aime ça ?...»

On m'appelle. Ma tante m'appelle. La porte s'ouvre : « Comment, tu étais là? Tu n'entends donc pas? On te cherche partout. Une lettre de Martereau... » Comme l'asphyxié, le noyé qu'on est en train de ranimer, je perçois à travers un brouillard, irréels, lointains, leurs mouvements, leurs voix... « Mais oui, il était là, assis dans l'obscurité... à quoi pensais-tu? tu dormais? »... on ouvre les portes, les fenêtres, on laisse entrer à flots l'air frais, ils me mettent un papier sous les yeux... « Tiens, regarde ça... c'est une lettre de Martereau... " la maison... à votre disposition... 15 octobre... occupée le temps nécessaire pour faire les réparations... montant des frais ci-joint."» Ils me secouent, mon oncle s'impatiente... « Eh bien! quoi, tu me regardes d'un air ahuri, on dirait que tu ne comprends pas. Martereau nous rend la maison le 15 octobre. Il l'a occupée pour surveiller les travaux, il prétend que je lui avais demandé de s'en charger. Il envoie les factures. Il a fait contrôler les prix. Tout est en règle. Il n'y a rien à dire. » Le petit rire aigu de ma tante me glisse le long du dos comme un mince jet glacé... « Beaucoup de bruit pour rien... hn... hn... quel vide, hein? Brr. De qui parlera-t-on? De qui vous occuperez-vous? » La porte claque. Silence. Mon oncle se promène de long en large. Il s'arrête devant moi : « Alors? Qu'est-ce que tu en dis? Te voilà calmé à présent. En as-tu fait des histoires... quand il n'y avait pas de quoi fouetter un chat. C'est extraordinaire tout de même cette faculté que tu as de faire des montagnes de tout. Tu avais fini par me monter la tête, à moi aussi. J'ai vexé ce brave bougre pour rien... »

Tout est comme dans les rêves. Étonnamment juste. Plus vrai que la réalité. C'est ce qu'il devait me dire. C'est dans les règles. C'est la récompense que je m'attends toujours à recevoir de lui pour tous mes dons, pour tout ce que sur son ordre tacite je vais chercher et dépose comme un chien bien dressé à ses pieds. Dès que ce n'est plus de son goût : « Allons, ça suffit. Assez. Où as-tu encore été fourrer ton nez? Qu'est-ce que c'est que ces saletés que tu as encore été déterrer? Qu'est-ce que tu vas chercher? » Et l'échine basse, je recule.

Par une de ces virevoltes rapides comme il en fait, il est passé dans l'autre camp. Ils sont de nouveau ensemble, Martereau et lui, ligués contre moi, ils avancent sur moi, bras dessus bras dessous, ils ont leurs calmes visages d'hommes sains.

Mais moi aussi je sais faire des virevoltes, des bonds. Moi aussi je peux... bras dessus bras dessous, comme autrefois... comme si de rien n'était. Mais pourquoi comme si de rien n'était? Il n'y avait rien : rien que bulles d'air, billevesées, mirages, fumée, reflets, ombres, ma propre ombre après laquelle je courais, tournant en rond.

Je n'ai pas su faire à Martereau tout le crédit qu'il méritait. J'ai manqué de confiance. J'ai osé m'imaginer qu'il était comme nous; pas comme nous exactement — je ne poussais pas jusque-là l'insolence. Mais j'ai pu croire que peut-être quelque chose de très fort (pour nous, un souffle, moins que rien, suffit pour nous désagréger), quelque chose de comparable à ces neutrons puissants qui parviennent à décomposer des corps simples que rien n'entame, l'avait, lui aussi, en quelque sorte désintégré. Mais il a tenu bon, apparemment. Plus stable que le noyau de l'atome. Pareil à ce que j'avais pensé qu'il était d'abord, à ce que j'avais désiré si ardemment qu'il fût.

Ses actes, ses gestes, ses paroles — des traits nets et purs qui le dessinent parfaitement, l'expriment. En dessous, autour, il n'y a rien : une feuille de papier blanc.

DOUBT STILL

De nouveau, comme autrefois, je suis des yeux,
fasciné, moi-même, tout entier ramassé en eux,
contenu en eux tout entier, les mouvements délicats, précis et lents de ses doigts charnus aux
ongles coupés droit : ils redressent avec précaution,
ils rattachent aux tuteurs les tiges des tomates, des
rosiers; ils fouillent dans la boîte aux hameçons;
ils enfilent dans l'anneau de l'hameçon le fil de
soie; ils nouent le nœud minuscule; ils tiennent
l'hameçon en l'air... « Voyez... » Son gros index
comiquement mutin, taquin, bat la mesure :
« J'ai-mal-à-la-tê-te-Sa-vez-vous-pour-quoi... »
Ses doigts appréciateurs palpent mon foulard, il
hoche la tête... « Tss... c'est bien, ça, dites-moi...
c'est chaud, ça, c'est votre tante, hein, qui vous a
tricoté ça?... » Rien autour, rien nulle part, j'ai
fait des montagnes de rien, mon oncle a raison : il
n'y avait pas de quoi fouetter un chat.

Pas de quoi fouetter un chat : c'est ce qu'il
faut se répéter, quoi qu'il arrive. Ce mouvement,
tout à l'heure, à peine perceptible, quand il m'a
aperçu franchissant la grille du jardin : comme un
déplacement très léger sur son visage, quelque

chose qu'il a aussitôt remis en place, rajusté — rien.
Il n'y a rien : la surprise de me voir, l'ennui
d'être dérangé, pas de quoi fouetter un chat, se
mettre, comme il dirait, martel en tête. Lui-
même, comme autrefois, a l'air maintenant de
vouloir m'aider à reprendre pied sur la terre
ferme... Allons, venez donc, approchez, il n'y a
rien, je vous assure, rien dans les poches, rien
dans les mains, voyez, je suis là au soleil, il fait
bon, « les derniers beaux jours, c'est le soleil
d'automne déjà, il fait un peu frais vers le soir,
mais en ce moment il fait bon, quel bon vent
vous amène ? Comment va ? Il y a longtemps
qu'on ne vous a pas vu... vous voyez, nous nous
apprêtons à déménager, à rentrer à Paris, je profite
des derniers beaux jours... » Il pose par terre la
boîte aux hameçons pour me faire une place sur
le banc à côté de lui ; il tient sa canne à pêche
appuyée contre ses genoux ; ses gros doigts patients,
adroits, déroulent sans se presser la ligne entor-
tillée autour de la longue canne de bambou,
dénouent un à un les nœuds ; il saisit avec la
pointe des ongles de son pouce et de son index
repliés le fil serré dans le nœud, il tire doucement...
ça vient... bravo, encore un de défait, au suivant...
il prend la canne à pêche dans sa main, la plante
tout droit devant lui, la secoue, laisse pendre la
ligne, secoue encore, et tandis que nous regardons, tête levée, se dérouler quelques derniers
anneaux entortillés autour du sommet, il me
parle... quelques mots... ce qu'on peut dire en
pareil cas, pas de quoi fouetter un chat, quelques
formules de politesse sans importance... « Eh bien...
vous ne dites rien... quoi de neuf ?... » Je donne-

rais n'importe quoi pour ne pas avoir perçu dans le ton, dans le son de sa voix, moins dans les mots eux-mêmes que dans leur prolongement, dans le silence entre les mots, quelque chose d'agressif, d'un peu méprisant... « Quoi de neuf?... Vous ne dites rien?... Qu'est-ce que vous fabriquez?... Comment ça va chez vous? »... un frottement, un grincement léger... une sorte de petit sifflement... un mince jet âcre et chaud qui sort de ses mots... mais j'exagère déjà, je vais perdre pied, c'est moins que cela, bien moins, à peine une nuance, comme un minuscule rouage mal huilé dans un mécanisme d'horlogerie parfaitement entretenu, réglé, mais c'est là, je l'ai perçu, il ne m'en faut pas plus, moins que rien maintenant suffit, le pli est pris entre nous, mon équilibre si fragile est menacé, rompu, j'oscille, je vacille, et il le sent, il le sentait depuis le début, il me sentait là, près de lui, tout tremblant, guettant, quêtant... quelque chose de lourd, de mou, collé à lui, le tirait; il avait envie de se secouer pour l'arracher à soi... l'agacement, la rancune, le dégoût en un jet ténu se sont échappés dans ce chuintement à peine perceptible qui prolongeait ses mots... « et alors... vous ne dites rien... quoi de neuf?... qu'est-ce que vous fabriquez de beau? »... presque rien, moins que rien, des formules banales, des mots anodins, mais il n'y a pas de mots anodins entre nous, il n'y a plus de mots anodins, les mots sont des soupapes de sûreté minuscules par où des gaz lourds, des émanations malsaines s'échappent, m'entourent... maintenant c'est fait, j'absorbe, je m'imprègne, je reproduis comme toujours en moi tous ses mouvements, les remous en

lui, les déroulements, ou bien est-ce que ce sont
mes propres mouvements qui se répercutent en
lui? — je ne sais pas, je ne l'ai jamais su : jeu
de miroirs où je me perds — mon image que je
projette en lui ou celle qu'il plaque aussitôt, férocement, sur moi, comme fait l'autre, mon oncle,
sous laquelle il m'étouffe... je gigote pour me
dégager, mais il me tient, je cède, il a raison, je
me sens cela, je suis cela : le greluchon délicat,
l'enfant gâté, pourri, les soins, les petits plats,
« la maladie des riches »... et je baisse les yeux,
honteux... « c'est ça, votre maladie, mon petit,
croyez-moi... le service militaire, la vie dure, rien
de tel pour vous remettre d'aplomb »... faible,
docile... un parasite... venu ici pour espionner,
guettant sournoisement, observant — le jet brûlant jaillit... « Eh bien... vous ne dites rien...
qu'est-ce que vous fabriquez?... » un propre à rien,
de la graine de raté, toujours ses meubles en tire-
bouchon, ses tables en verre filé, ça doit leur
coûter une fortune, mais il faut l'occuper, n'est-ce
pas, ce petit, le distraire... l'image que je vois en
lui me fascine, je me penche... notre image à tous
ici : malsains, frivoles, désœuvrés, gâtés... je fais
un effort pour me retenir, quelque chose dans ma
voix aussi — qu'il perçoit — sonne faux... « Mais...
je ne sais pas, moi, rien de bien intéressant...
mon oncle a été un peu souffrant ces derniers
temps, il dit qu'il se sent fatigué... » lui donner
ce qu'il attend, l'amadouer à tout prix... derrière
eux, à l'abri derrière eux... je les lui offre, qu'il
les prenne et m'épargne... être avec lui, contre
eux... « Vous savez comme il est... il se plaint...
il dit... » c'est là, devant moi, cela se dessine dans

241

le lointain, une menace, un danger, pas net encore, mais je l'aperçois, une masse sombre, un bloc informe, l'obstacle contre lequel je vais me briser, mais je sens que je vais foncer dessus tout droit, comme ces cyclistes, ces skieurs novices qui vont immanquablement buter contre l'arbre ou la pierre au bord du chemin qu'ils s'efforcent justement d'éviter... mais ce n'est pas cela qui me pousse, pas l'appréhension, je n'ai pas peur — ou peut-être ai-je peur aussi, en même temps — je pressens, j'appelle une jouissance, celle même, sûrement, que doit éprouver si souvent en pareil cas mon oncle... que l'inévitable arrive, que le choc se produise, que tout se mette en branle, frémisse, palpite, je veux voir les tourbillons, les remous... je lâche les freins, je dévale... « mon oncle dit que c'est parce qu'il n'est pas allé en Suisse cet hiver, comme tous les ans... son médecin lui a recommandé absolument un mois tous les hivers... à Saint-Moritz... » Martereau détourne les yeux de l'hameçon qu'il est en train d'examiner et me regarde... « En Suisse ?... à Saint-Moritz ?... » Saint-Moritz... palaces... terrasses... quelque part à une distance immense, perché parmi les pics étincelants... Le shah de Perse, la rhanée de Kapurtala... valises couvertes d'étiquettes, le groom touche sa casquette, la valetaille s'empresse, ils avancent — navires qui avancent toutes voiles dehors — dans le grand hall, et lui fourré ici par eux, dans ce trou, se cramponnant misérablement à ce trou sordide... ils le narguent... j'ai osé... cela frémit en lui, se soulève, bouillonne, tourbillonne, myriades de particules infimes, mondes qui gravitent, cela déferle de lui sur moi, ce que je redoutais, ce que j'attendais... ils l'insultent, mais c'est bien fait, imbécile, vieux fou... il avait tendu les bras, il avait cru... il a envie de se déchirer, il se battrait, clac... la tape protectrice sur l'épaule... le ricanement, taper sur le même clou, monsieur Martereau... mous crachats gluants, mais il n'essuyait pas, pas broncher, trop poli, mais comment donc, au contraire, ne vous gênez pas pour moi, donnez-vous-en à cœur joie... clown grotesque, cocorico, courant, rouge, essoufflé, les bras chargés de paquets, grimpant quatre à quatre les escaliers, vite, _il_ va arriver, dépêchons-nous, ôte ton tablier, et elle, sa tête, digne compagne, chaussure à son pied, il a envie de la griffer aussi, de la piétiner... son air de souris apeurée quand elle dénouait les cordons de son tablier... et l'autre — ils savaient tout, ils voyaient — son mouvement quand il s'est laissé retomber sur le divan... trop maigre pourboire, il fallait un léger supplément... et lui-même, c'était splendide, sachant tout, tout depuis le début, mais faisant semblant, incapable de renoncer... si fragile, voyez-vous ça, espérant contre tout espoir, jouant le jeu pour glaner... peu de chose, mais toujours mieux que rien, on se fait de moins en moins difficile avec le temps, quelques miettes vous satisfont... flatté malgré tout, souriant, s'empressant... « mais voyons, il n'est pas tard »... versant encore un peu de liqueur... ce regard, ça l'avait frôlé, coupé comme une lame de rasoir, ce regard qu'elle avait jeté sur le pourboire... lisse douce peau soignée, parfum discret, dans sa main les frêles doigts aux ongles peints, fraîche odeur de fourrure, ce regard rapide en coin sur le billet qui dépassait de l'ad-

243

dition repliée... de loin, ils le jaugeaient, impitoyables, implacables, lucides : froide chambre
violemment éclairée, hermétiquement close, aux
parois nues, où il se débat, inutile de frapper,
d'appeler, silence au-dehors, aucun secours, le sort
en est jeté : petit bonhomme sans envergure, bon
bougre, homme de paille, trop flatté... il y avait
une issue pourtant, un moyen de s'évader, il aurait
pu si facilement... mais elle, c'est elle, c'est sa
faute, souris apeurée, si timorée, ses airs suppliants,
souffrants, ses insinuations à tout moment... pauvre
face délavée par d'infinies acceptations, résigna-
tions... en train de trimer maintenant, on l'entend
remuer des meubles dans la maison, pour tout
laisser en parfait état, qu'ils n'aient rien à redire,
pas une critique surtout, un reproche à encourir,
bons serviteurs dévoués... elle l'a forcé à marcher
droit, à se conformer, pas d'audace surtout, de
fantaisies, pas pour lui... limé, brimé, ruiné, ils
l'ont grugé... il se prive de tout, il ne fume plus,
ne dort pas, il faut économiser encore un peu
plus, les maisons ont monté de prix depuis un
an... Nous l'avons empêché, privé... nous l'avons
dépouillé, je regarde son profil amaigri, il y a
quelque chose de touchant, de pur, dans la ligne
amincie de son cou qui flotte dans son faux col
trop grand, il sent mon regard et force un peu
sa ligne... pitoyable, désarmé... il se ratatine encore
un peu plus... nous l'avons diminué, humilié... nos
jeux d'enfants gâtés... je l'ai apporté en pâture et
ils l'ont dévoré... mais on dirait qu'il se redresse
légèrement, il saisit le fil entre deux doigts et le
passe dans le trou minuscule; j'admire son courage,
sa tenue, il sourit, juste une amertume légère, une

douce ironie dans son sourire... « Ah! votre oncle va à Saint-Moritz... qu'est-ce qu'il y fait, votre oncle? il fait des sports d'hiver? du ski? » Très loin, vu par le gros bout d'une lorgnette, un sec petit pantin dévale la pente, vacillant sur ses jambes grêles, agitant les bras, nous rions ensemble avec Martereau, nous le regardons de loin... à distance... c'est lui maintenant, Martereau, qui prend ses distances. Finis les illusions enfantines, les tendresses, les élans. Il sait maintenant, il comprend : c'était une dernière erreur de jeunesse, il faut savoir mûrir, vieillir... il a payé : ce qu'il fallait, le gros prix, sans lésiner. Les comptes sont réglés, il peut bien essayer de s'amuser un peu, d'en prendre un peu à son aise, il rit, mais sans joie, un petit ricanement morne... « votre oncle prend part aux concours de slalom? » ← *IRONIC*

Je ris aussi — goût âcre et douceâtre, saveur que je connais, de la trahison — je regarde mon *[ironie M.]* oncle dévaler la piste devant nous, les yeux exorbités, regardez-moi celui-là, oh! attention, il va de travers, comme les crabes, il lâche ses bâtons, il roule, le rire nous secoue, ensemble maintenant, au chaud, moi pelotonné contre Martereau dans la douce intimité, la confiance, on se comprend si bien... « Mon oncle! oh vous le connaissez, il joue au bridge toute la journée... » quelque chose en Martereau me tire, m'aspire... plus près, se coller à lui plus près, caresses, chatouilles, agaceries, pinçons légers... « Ma tante »... je la pousse tout contre lui... « C'est tout juste si ma tante arrive à lui faire faire quelques pas chaque matin sur la terrasse... » Son regard fixé sur l'hameçon qu'il tient en l'air s'adoucit... fragile petit oiseau des îles, petit chat, douce esclave captive, pas toujours rose pour elle, la vie, il est si personnel si vous saviez, il ne pense qu'à lui... il sent sous ses doigts la frêle petite main... la douce chair innocente à sa portée... il se tourne vers moi, quelque chose dans son regard vacille, une lueur mouillée, il me montre d'un signe de tête la large bande de ciment devant la maison... « Eh bien! elle aura une belle terrasse ici, votre tante, ils pourront se promener, jouer au bridge, organiser, comment appelez-vous ça... des tournois... » Il cligne de l'œil vers la hideuse tonnelle couverte de lierre poussiéreux... « Là, on dirait que c'est fait exprès, c'est tout indiqué, elle mettra un jazz », il rit... délicate, rougissante... la princesse captive, la reine déchue aux mains de grossiers geôliers... elle fait une moue dégoûtée, elle détourne les yeux, elle lève le nez fièrement, mais finies les délicatesses, les simagrées, allons, inutile de rechigner, il la tient serrée, il la conduit, « là, ce sera magnifique, ne trouvez-vous pas, c'est tout indiqué, votre cousine pourra danser, vous pourrez donner des bals ici, hein, qu'en dites-vous? »... Moi aussi, avec elles, serré, étreinte humide, sur mon visage quelque chose de tiède, de mou, mais ne pas l'essuyer surtout, ne pas bouger, ne pas sourciller, acquiescer avec un sourire, un petit sourire contraint, un peu gêné, c'est plus fort que moi, j'ai envie de détourner les yeux, mais il peut être tranquille, il joue sur le velours, je ne broncherai pas, j'ai trop peur... un seul mouvement pour me dégager, pour le repousser, un seul mouvement un peu trop brutal, et quelque chose d'atroce, d'insoutenable se produirait, une explo-

246

sion, une affreuse déflagration, nos vêtements arrachés, miasmes, mortelles émanations, toute sa détresse sur moi, son impuissance, son abandon... nos deux corps nus roulant ensemble enlacés... (il me pose la main sur le bras, il émet une sorte de craquement satisfait « aah »... il me montre l'hameçon qu'il tient en l'air par le fil raide serré entre le pouce et l'index... « aah, voilà qui est fait. Tenez, jeune homme, regardez... » une claque pour me rappeler à l'ordre? m'arracher du bourbier où j'étais en train de patauger? ce qui faisait tant enrager mon oncle, ce qui l'humiliait tant quand nous marchions ensemble, nez baissé, dans les prairies et que je l'interrompais tout à coup pour lui montrer les violettes, les pâquerettes, « n'est-ce pas beau, mon oncle, regardez... » Je regarde Martereau. Il est assis très droit, les yeux fixés sur l'hameçon. Il y a de la bonté, de la pureté dans les plis attentifs autour de ses yeux... « Voilà qui est fini. Est-il bien fait, mon nœud? Un nœud de marin, on a dû vous apprendre ça quand vous étiez scout. Ma ligne est prête. Mais je trouve qu'il se met à faire frais. Dès que le soleil se couche, le froid tombe tout de suite à présent. Je crois qu'on ferait mieux de rentrer. Aidez-moi donc, tenez, à remporter tout ça. »

DU MÊME AUTEUR

Aux Éditions Gallimard

PORTRAIT D'UN INCONNU, *roman.*

Première édition : Robert Marin, 1948.

MARTEREAU, *roman.*

L'ÈRE DU SOUPÇON, *essais.*

LE PLANÉTARIUM, *roman.*

LE SILENCE, LE MENSONGE, *pièces.*

ENTRE LA VIE ET LA MORT, *roman.*

ISMA, *pièce.*

VOUS LES ENTENDEZ?, *roman.*

« DISENT LES IMBÉCILES », *roman.*

L'USAGE DE LA PAROLE.

THÉÂTRE :

Elle est là – C'est beau – Isma – Le Mensonge – Le Silence.

POUR UN OUI OU POUR UN NON, *pièce.*

ENFANCE

Aux éditions de Minuit

TROPISMES

Première édition : Denoël, 1939.

Cet ouvrage a été composé
et achevé d'imprimer par l'Imprimerie Floch
à Mayenne le 25 juin 1984
Dépôt légal : juin 1984
1ᵉʳ dépôt légal dans la même collection : juin 1972
Numéro d'imprimeur : 22049

ISBN 2-07-036136-5 / Imprimé en France.